观乎人文,意义之美。

文学×思想
译丛

05

文学×思想
译丛

主编 张辉 张沛

诗与非诗
十九世纪欧洲文学札记

Poesia e non poesia

［意］贝内德托·克罗齐 著

郭逸豪 译

商务印书馆
创于1897 The Commercial Press

Benedetto Croce
POESIA E NON POESIA
根据 Gius. Laterza & Figli 出版社 1923 年版译出

译丛总序

"文学与思想译丛"这个名称,或许首先会让我们想到《思想录》一开篇,帕斯卡尔对"几何学精神"与"敏感性精神"所做的细致区分。但在做出这一二分的同时,他又特别指出相互之间不可回避的关联:"几何学家只要能有良好的洞见力,就都会是敏感的",而"敏感的精神若能把自己的洞见力运用到自己不熟悉的几何学原则上去,也会成为几何学家的"。(《思想录》,何兆武译,商务印书馆,1995年,第3—4页。)

历史的事实其实早就告诉我们,文学与思想的关联,从来就不是随意而偶然的遇合,而应该是一种"天作之合"。

柏拉图一生的写作,使用的大都是戏剧文体——对话录,而不是如今哲学教授们被规定使用的文体——论文;"德国现代戏剧之父"莱辛既写作了剧作《智者纳坦》,也是对话录《恩斯特与法尔克》和格言体作品《论人类的教育》的作者；卢梭以小说《爱弥儿》《新爱洛伊丝》名世，也以《社会契约论》《论人类不平等的起源》而成为备受关注的现代政治哲学家。我们也不该忘记，思想如刀锋一样尖利的维特根斯坦，在他的哲学中讨论了那么多文学与哲学的对话关系；而桑塔亚纳（George Santayana）干脆写了一本书，题目即为《三个哲学诗人：卢克莱修、但丁和歌德》；甚至亚当·斯密也不仅仅写作了著名的《国富论》，还对文学修辞情有独钟。又比如，穆齐尔（Robert Musil）是小说家，却主张"随笔主义"；尼采是哲学家，但格外关注文体。

毋庸置疑，这些伟大的作者，无不自如地超越了学科与文体的规定性，高高地站在现代学科分际所形成的种种限制之上。他们用诗的语言言说哲学乃至形而上学，以此捍卫思想与情感的缜密与精微；他们又以理论语言的明晰性和确定性，为我们理解所有诗与文学作品提供了富于各自特色的路线图和指南针。他们的诗中有哲学，他们的哲学中也有诗。同样地，在中国语境中，孔子的"仁学"必须置于这位圣者与学生对话的上下文中来理解；《孟子》《庄子》这些思想史的文本，事实上也都主要由一系列的故事组成。在这样的上下文中，当我们再次提到韩愈、欧阳修、鲁迅等人的名字，文学与思想的有机联系这一命题，就更增加了丰富的层面。

不必罗列太多个案。在现代中国学术史上，可以置于最典型、最杰出成果之列的，或许应数王国维的《红楼梦评论》和鲁迅的《摩罗诗力说》。《红楼梦评论》，不仅在跨文化的意义上彰显了小说文体从边缘走向中心的重要性，而且创造性地将《红楼梦》这部中国文学的伟大经典与叔本华的唯意志论哲学联系了起来，将文学（诗）与思想联系了起来。小说，在静庵先生的心目中不仅不"小"，不仅不只是"引车卖浆者之流"街谈巷议的"小道"，而且也对人生与生命意义做出了严肃提问甚至解答。现在看来，仅仅看到《红楼梦评论》乃是一则以西方思想解释中国文学经典的典范之作显然是不够的。它无疑启发我们进一步思考文学与更根本的存在问题以及真理问题的内在联系。

而《摩罗诗力说》，也不仅仅是对外国文学史的一般介绍和研究，不仅仅提供了比较文学法国学派意义上的"事实联系"。通读全文，我们不难发现，鲁迅先生相对忽视了尼采、拜伦、雪莱等人哲学家和诗人的身份区别，而更加重视的是他们对"时代精神"的尖锐批判和对现代性的深刻质疑。他所真正关注的，是如何通过召唤"神思宗"，从摩罗诗人那里汲取文学营养、获得精神共鸣，从而达到再造"精神界之战士"之目的。文学史，在鲁迅先生那里，因而既有其独立存在的价值，也实际上构成了精神史本身。

我们策划这套"文学与思想译丛"主要基于以下两个考虑。首先以拿来主义，激活对中国传统的再理解。这不只与"文史哲不分家"这一一般说法相关；更重要的是，在中国的语境中，我们应该格外重视"诗（文学）"与"经"的联系，而《诗经》本身就是经的一个重要组成部分。正如刘勰在《文心雕龙》中所揭示的那样，《诗》既有区别于《易》《书》《春秋》和《礼》而主

"言志"的"殊致"："摘《风》裁'兴'，藻辞谲喻，温柔在诵，故最附深衷矣"；同时，《诗》也与其他经典一样具有"象天地，效鬼神，参物序，制人纪，洞性灵之奥区，极文章之骨髓"的大"德"，足以与天地并生，也与"道"不可分离（参《宗经》《原道》二篇）。

这样说，在一个学科日益分化、精细化的现代学术语境中，自然也有另外一层意思。提倡文学与思想的贯通性研究，固然并不排除以一定的科学方法和理论进行文学研究，但我们更应该明确反对将文学置于"真空"之下，使其失去应该有的元气。比喻而言，知道水是"H_2O"固然值得高兴，但我们显然不能停止于此，不能忘记在文学的意义上，水更意味着"逝者如斯夫，不舍昼夜"，意味着"弱水三千，我只取一瓢饮"，也意味着"春江潮水连海平，海上明月共潮生"……总之，之所以要将文学与思想联系起来，与其说我们更关注的是文学与英语意义上"idea"、"thought"或"concept"的关联，不如说，我们更关注的是文学与"intellectual"、"intellectual history"的渗透与交融关系，以及文学与德语意义上"Geist（精神）"、"Geistesgeschichte（精神史）"乃至"Zeitgeist（时代精神）"的不可分割性。这里的"思想"，或如有学者所言，乃是罗伯特·穆齐尔意义上"在爱之中的思想（thinking in love）"，既"包含着逻辑思考，也是一种文学、宗教和日常教诲中的理解能力"；既与"思（mind）"有关，也更与"心（heart）"与"情（feeling）"涵容。

而之所以在 intellectual 的意义上理解"思想"，当然既包含着对学科分际的反思，也在很大程度上，是对过于实证化或过于物质化（所谓重视知识生产）的文学研究乃至人文研究的某种反悖。因为，无论如何，文学研究所最为关注的，乃是"所罗门王曾经祈求上帝赐予"的"一颗智慧的心（un cœur intelligent）"（芬基尔克劳语）。

是的，文学与思想的贯通研究，既不应该只寻求"智慧"，也不应该只片面地徒有"空心"，而应该祈求"智慧的心"。

译丛主编 2020 年 7 月再改于京西学思堂，时在庚子疫中

目 录

卷首语 ……… i

1. 阿尔菲耶里 ……… 1
2. 蒙蒂 ……… 18
3. 席勒 ……… 30
4. 维尔纳 ……… 43
5. 克莱斯特 ……… 50
6. 沙米索 ……… 58
7. 沃尔特·司各特 ……… 63
8. 福斯科洛 ……… 74
9. 司汤达 ……… 88
10. 莱奥帕尔迪 ……… 101
11. 阿尔弗雷多·德·维尼 ……… 118

12. 曼佐尼 …… 133

13. 乔万尼·贝谢特 …… 151

14. 朱斯蒂 …… 169

15. 海涅 …… 178

16. 乔治·桑 …… 194

17. 费尔南·卡瓦列罗 …… 215

18. 阿尔弗莱·德·缪塞 …… 237

19. 巴尔扎克 …… 253

20. 波德莱尔 …… 264

21. 福楼拜 …… 279

22. 左拉和都德 …… 292

23. 易卜生 …… 304

24. 莫泊桑 …… 318

25. 卡尔杜奇 …… 331

人名索引 …… 339

译后记 …… 343

卷首语

我考虑重新审视19世纪的欧洲文学,是为了让一些关于作家们的模糊结论变得清晰,或是为了更准确地论证其他结论,或是为了反驳流行的偏见,同时提出一些新的评价。但更重要的是,我们始终要把思考带回到诗,诗(尽管许多批评家容易忘记这一点)理应是构成文学批评和文学史的固有论题。无论是过去还是现在,我的其他研究妨碍了我继续开展这项业已开启的工作,但我收集了自己已经落笔却很少发表的关于19世纪某些诗人与作家的札记,也没有放弃能在某一天完成和继续写作它们,并提供一幅关于19世纪诗歌的相当完整的画卷的希望。不用说,本书对作家的选取不是基于其他理由,而是我碰巧先重读了他们。也无须赘言,我的札记并不打算取代现有关于个别作家的许多有价值的作品,而是组织它们以便发展它们,必要时纠正它们。因此我的札记不会佯装穷尽了它们处理的所有论题,而只是解决——正如我所说的——某些问题,明确某些仍有疑问的论点,开启进一步的研究。此外，这就是所有以科学方式理解的研究的特征，文学批评也应该更好地适应它，以自身的方式变得更加科学，摒弃某些依然呈现为武断的个人主义、艺术的天马行空和虚假天才的习惯。同时，知识分子们说我不是在批评诗，而是提出对批评的批评，这在我看来无关紧要，因为他们深知诗的批评要形成一体，就离不开对诗的批评的批评。

那不勒斯，1922年3月
贝内德托·克罗齐

1. 阿尔菲耶里

意大利新文学的开端有时以朱塞佩·帕里尼(Giuseppe Parini)为标志。然而,无论是思想上还是灵魂上,帕里尼都是18世纪的人,一个理性主义和改革时代的人。尽管他的艺术具有极为优雅的18世纪风格,但其主要论调充满了说教与反讽,次要论调色情又风流。意大利新文学的真正开端(如果考虑到思想活动和情感特质的话)是维托里奥·阿尔菲耶里(Vittorio Alfieri),他拨动的琴弦在19世纪长时间地振动,从乌戈·福斯科洛(Ugo Foscolo)到贾科莫·莱奥帕尔迪(Giacomo Leopardi),最终到焦苏埃·卡尔杜奇(Giosuè Carducci)。我无法否认维托里奥·阿尔菲耶里与德国狂飙突进运动的同时代人之间有极其相似的地方,阿尔菲耶里和他们一样都受到了普鲁塔克作品的启发,同时又深受卢梭的影响。如同狂飙突进运动人士一样,他也是个强烈的个人主义者，个人主义表现为他对自由的热爱和对暴政的强烈憎恨，但个人主义在他的政治倾向中是如此的不确定，因为他憎恨国王，也同样坚决地憎恨共和国中蛊惑人心的政治煽动家和贵族（威尼斯"肮脏可耻的假自由"和热那亚"蠢货们的六十顶假发"），他不在他的生命中寻求其他状态，也不在他的艺术中追求其他理想，除了"自由人"的理想以外——那意味着可以移动、说话、行动，实现自己的想法和使命，不受任何外部力量的压迫和钳制，不遭受任何的阻挠与障碍。如同其他袭击道德巴士底狱的有意识或无意识的卢梭主义者，他对暴力也拥有极端的激情。或许是为了缓和这种激情，他热爱孤独，他愉悦地沉浸在忧郁当中，感受山水与沙滩，感受自然景观的美妙。他厌恶伏尔泰和他所代表的冷峻的理智主义，也无法忍受启蒙运动人士的"诙谐风格"和轻快易懂的散文，这种散文十分适合传播，但正因为如此，在他看来像在糟蹋"我们男子气概的艺术"。倘若他像他的德国同行那样并不全然是一个莎士比亚主义者，倘若他很快暂停阅读那位他业已开始阅读的诗人，这不是因为莎士比亚不符合他的口味，而恰恰是因为过于喜爱，他写道："这位作家多么占据我的心，我就多么想远离他。"这意味着，他无需冒着模仿他的风险，让自己保持自发的莎士比亚风格。阿尔菲耶里身上甚至还有一些天主教的观念，尽管他本人并非天主教徒，但这预告了夏多布里昂（Chateaubriand）（他是否是严肃的天主教徒真的无从得知）。我指的是那首独特的十四行诗，它是这样开头的："崇高、虔诚和神秘的机巧，愉悦视听，和谐的天堂颂歌，那是我们的崇

1. 阿尔菲耶里

拜：和蔼地庄严……"，往后还有一句："只有罗马理解人类的所有奥秘。"

因此，依据我的观点，应该把阿尔菲耶里视为一个原始的浪漫主义者，而非真正意义上的浪漫主义者，如同人们现在习惯性地称呼他的那样，他们混淆了精神发展的不同阶段。阿尔菲耶里缺乏浪漫主义的本质特征，那就是对生活目的和价值的宗教焦虑、对历史的兴趣，以及对事物个别与现实方面的满足。他的自传也走上了卢梭《忏悔录》的路线，充满激情，却对他的时代和他自己的生活缺乏历史感。他意识到了自己的局限，也意识到他无力刻画——正如他自己所说——"我们真正赤裸的悲伤本质"，以及个人和社会的病症。"迄今为止我写过不同风格的诗歌与散文，但我不能说我是勇敢的；我从未写过历史……"史诗、演说、悲剧、哲学，也就是道德和政治反思，这是他的领域，"在所有神圣的艺术中，一幅可能是他的男性肖像，瞬间让写作和阅读它的人升入天堂"。

这大概就是阿尔菲耶里在现代精神史和道德史中的位置。但为了理解和评价他的艺术，解决他的美学发展问题，同时也是历史问题，我们需要关注他心灵的特殊构造。因为无论在成为诗人前还是作为诗人时，阿尔菲耶里都是一个拥有炽热激情的人（"狂怒"[furore]这个词经常出现在他的作品中），以至于他直接投入到行动和实践中，并受他坚定不移的决心驱动。行动和实践当然不会发生在语言或书面以外的地方，但行动依然存在，如果它的本质是演说。渴望自由和憎恨暴政让他在想象中产生了一个可怕的幻觉，暴君，它不是一个诗意的幽灵，而是一个激情的噩梦，一种最黑暗的人类罪恶的结晶，它发生在一个特定的个体身上，没人知道为什么，如果不是因为吸引力和凝聚力无法压制的力量。他的暴君们有罪吗？没人敢确定。或者说，他们当然不会比那些感染了狂犬病或者破伤风的不幸之人更加罪孽深重。"啊，你们或许说出了真相！"——暴君泰摩法尼斯（Timophane）对他的亲人与朋友叫喊，他们试图重新唤醒他作为公民的责任——"但是无论你们怎么说，无论说得多么热烈，都不会改变我的想法。我不可能再变回好市民了。对我而言，人生的一部分已经无法改变，我只有一个强烈的愿望：统治……兄弟，我已经告诉过你：你只能用武器来纠正我，任何其他的方式都是徒劳……"另外一个暴君是《墨洛珀》（Merope）中的波吕丰忒（Polyphonte）——他不是儿子，不是丈夫，也不是父亲，而是一个"彻彻底底的暴君"，眼里只有"统治"——他在第一幕的结尾发出一声叹息，又在他自己难以抗拒的罪恶的堆积下感到疲倦："啊，守住你多么难啊，王冠！"暴君死在了一记铁权杖下，这对他来说更加可恨，因为诗人以一种有必要让他无法理解的方式来呈现他。阿尔菲耶里用广为人知的形式构建他的悲剧，没有知己，没有逸事，没有爱情的间奏，好比一台骨瘦如柴且精准快速的机器，这便是他著名的犀利风格。这种风格有它的意图、坚持和固执。因此，如我们所见，他无法容忍风趣诙谐和启蒙运动时期的轻浮散文，那个时期相关的清唱诗歌也让他感到反胃，他指的就是不仅限于意大利的梅塔斯塔西奥诗歌（metastasiana），他的戏剧和风格与梅塔斯塔西奥的音乐剧存在强烈反差（斯塔尔夫人和威廉·施莱格尔最早认识

1. 阿尔菲耶里

到这一点）。和梅塔斯塔西奥的人物一样，他的人物伴随着小咏叹调和小抒情曲出场，咬牙切齿地发出尖锐的声音，听起来刺耳又破碎。当他的怒气碰巧转化成挖苦和嘲讽，如同在他的讽刺作品和《厌恶法国人的人》(*Misogallo*)中所表现的那样，悲剧的皱眉被变成了喜剧，但那仍然是皱眉。因此，我们看到了他在"喜剧的狂怒"(furor comicus)中的创造，怪诞的词汇，古怪的遣词造句或缩小词，以及不亚于悲剧的坚硬如铁的诗句。

这并不意味着我们承认阿尔菲耶里无法运用活力与智慧来创作。但他创作的不是他内心的诗，而是热情洋溢的演说。他宏大的劝诫和痛斥将被人铭记，如《维尔吉尼娅》(*Virginia*)中的维尔吉尼奥说：

> 哦，一群出生卑贱的无耻奴隶
> 你们能有多恐惧？荣耀，孩子，
> 因为生活的爱而忘了这一切吗？
> 我听到了，我清楚听到轻声低语，
> 但没有任何动静。哦，加倍的卑鄙！
> 和我一样的命运！可以降临到
> 你们每个人身上。更糟的是，如果有：剥夺
> 你拥有的，荣誉、自由、孩子、
> 妻子、武器，和理智，在长期折磨后
> 暴君可以在某天夺走你们可怕又可鄙的
> 如今以如此卑鄙的代价维持着的生命……

这里的演说非常激动人心，尽管人物没有任何诗意。他创作了两部完美的悲剧，《布鲁图斯（一）》（*Bruto I*）和《布鲁图斯（二）》（*Bruto II*），得到了最受赞誉的批评家们的普遍认可：它们是由经过很好的淬火和抛光的钢材制成的两件坚固工具，是陈列在博物馆中的两把闪亮的刽子手大刀。但诗不是钢质工具。批评家们关于阿尔菲耶里悲剧中所采用的合适或不合适的方法的无休止的无聊争吵，以及与希腊或者英国悲剧体系上的显著差异，和与法国的相似，都是谬误或多余的。就像总是出现在这些例子中的缺陷，它并不在于悲剧手法或者其他类似的想象事物，而在于诗的本质。

12　　"实践的"阿尔菲耶里是指，在18世纪的尾声向热爱自由的人提供词语和音调的阿尔菲耶里，唉！那些意大利的雅各宾党人，法国雅各宾党人的朋友、追随者和模仿者，他对他们只有恶意的蔑视。在雅各宾党人的剧院中，他的悲剧被真正地搬上了公共舞台，在1799年昙花一现的共和国期间，《泰摩利昂》（*Timoleone*）在那不勒斯被打造成了"具有共和德性的戏剧"。接下来几代意大利真正的爱国主义者们需要其他词语和音调，他们不满足于这些。佩利科（Silvio Pellico）们和尼科里尼（Giovanni Battista Niccolini）们提供了新的需求，他们都是二流诗人，但适合这项任务，正如阿尔菲耶里的诗歌对于他的演说而言也是二流的。那些说阿尔菲耶里如今是已故诗人的人，都集中关注他诗歌以外的东西，而忽略了他的诗歌。我们不是在谈论那些通常意义上的"类型主义者"（generisti），他们认为诗歌是"戏剧"，或者

1. 阿尔菲耶里

"民族戏剧",或者"意大利悲剧"的一个方面,他们追求"类型化",同样也忽略了诗歌。

此外,阿尔菲耶里的诗歌中出现了他意料不到,在我看来却是十分自然的东西,假如我们考虑到我曾描述过的他的性情,以及他所属时代的精神运动,这场运动同样属于他。阿尔菲耶里最终仰慕和怜悯他的暴君,仇恨导致他始终无法理解暴君,而在新的同情里,他们变得可以理解,无论是对他还是对于我们而言。他不仅惊讶和钦佩那些心胸宽广的暴君,比如被他用斧头无情击中的凯撒,还有那些最邪恶、最凶残和最阴暗的暴君。美第奇的洛伦佐说,参与帕齐阴谋的人难逃被捕的命运,他心烦意乱地喃喃自语:

> 他拥有崇高的感知,几乎不配
> 当暴君。他将统治,如果我们的攻击
> 没让他倒下:他将统治。

这就像是一首序曲,或者像是纪念普鲁士腓特烈二世之死的十四行诗结尾诗句的回声:"但或许他不应生而为王。"厄忒俄克勒斯(Eteocles)拥有普罗米修斯或者卡帕纽斯的权势:

> 一个国王,不应从王位上跌落,
> 而是同王位一起
> 在高高的废墟下面,独自找到

> 荣耀的死亡和荣耀的坟墓。

这个可怕的弑兄者临死前还焦急地问支撑着他的母亲:"您告诉我,我会像个国王那样死去吗?"菲利普身上充满了他至高无上的威严,以至于他无法感受到渺小而卑鄙的人类情感的刺激,他感受不到爱,感受不到嫉妒。对于背叛他和被他惩罚的妻子,他严厉又鄙视地劈头盖脸骂道:

> 我从不在意
> 你的爱;但你应该对你的主人
> 深怀敬畏,他剥夺了
> 你所有的爱,还有思想。

那个扫罗难道不是一位暴君,一个"君王"?他在巨大失望的谵妄中,让自己变得如此高尚与值得尊敬。我在上文说过,这是最自然不过的事,因为一位属于狂飙突进运动的诗人,不得不将"超人"的形象置于他灵魂的顶端,观念与语词皆来源于此。这些超人形象吸引着他,对他而言,残暴的统治者比真诚拥护自由的人更像超人,后者有些教条主义,通常还都很平庸。

超人不仅在无垠的统治梦想中肯定自己,而且还在难以驯服又相互冲突的激情冲动中,在伟大与渺小、崇高与卑微、毫不妥协的责任与笼罩着的贪婪的斗争中,阿尔菲耶里总是感受到这种内心斗争与悲剧,在这个悲剧中,强力偶尔会败给虚弱或怯懦。

1. 阿尔菲耶里

他在发现自己的伤口后，形容自己是"此刻的阿喀琉斯和此刻的忒耳西忒斯"，而每当他营造"崇高感"时，他又在自己身上看到了"巨人身边的侏儒"。除了这个非凡的扫罗（他在自传中写道："我最亲爱的角色，因为在他身上能发现所有东西，绝对的所有东西"），除了这部关于晚年、猜疑、嫉妒和伟大，隶属于神秘与神圣情感的悲剧外（《扫罗》是阿尔菲耶里最复杂的作品，对此我不复赘言，因为它在每个人的记忆中闪耀），我认为他最伟大的悲剧是《阿伽门农》(*Agamennone*)，甚至是它的后续作品《俄瑞斯忒斯》(*Oreste*)。让我们忽略他作品中经常出现的明显缺陷，比如，理智的反思往往先于艺术的视野，并且还赋予反思以某种分析和计算的成分。这种缺陷也出现在下面这个著名场景中，埃癸斯托斯（Egisto）在克吕泰涅斯特拉（Clitennestra）的大脑中灌输杀死她丈夫的想法。但克吕泰涅斯特拉是多么生动、颤抖和痛苦，她被她可怕的爱所奴役！用厄勒克特拉的话来刻画她就再好不过了，厄勒克特拉曾用这些话责备她又同情她，试图让她成为怜悯的对象，并与她寻求复仇的兄长谈话，而后者只看到他妹妹杀死父亲后，嫁给了她的情人：

> 啊！你不知道她过的什么生活！
> 除了阿特柔斯的儿子，没人怜悯她
> 我们也十分同情。
> 她总是充满恐惧和怀疑
> 被她自己的埃癸斯托斯卑鄙对待。

> 她的爱人埃癸斯托斯,她知道他卑鄙。
> 她后悔,她或许有能力改正错误
> 只要让她愤怒和羞愧的
> 不值得的激情还在期盼:
> 一会儿母亲,一会儿妻子;却从未是妻子或母亲:
> 白天,苦涩的悔恨千遍万遍地
> 撕扯她的心;夜间,可怕的幽灵
> 夺走她的睡眠。她就这样活着。

当俄瑞斯忒斯以陌生人的样子出现在她面前时,看到她正为他死去的假消息哭泣,他惊讶地叫喊:"你真的那么爱他?"她似乎从震惊中苏醒过来,痛苦又甜蜜地回答:"哦,年轻人,你难道没有母亲吗?"可怜又可怕的厄勒克特拉,密切注视着这种犯罪激情走向它即将坠入的地狱深渊的必经之路,当她最终目睹两个共犯之间隐蔽的仇恨爆发时,她是如何爆发的!

> 哦,新的喜悦!哦,唯一的喜悦,
> 我心满意足了,如今已整整十年!
> 你们俩都陷入了愤怒与悔恨。
> 我终于听到了血淋淋的爱情
> 它应该是什么,甜蜜。终于,
> 所有的幻觉都消逝了;他们完全
> 不认识彼此。蔑视可以通往

1. 阿尔菲耶里

仇恨；仇恨可以通往新鲜血液。

她希望着，同时对她不幸母亲的救赎不抱希望，她代表着对未来，对正义的未来，对纯洁的未来的等待：

> 我内心有一股不由自主的冲动，
> 每当有陌生人陷入这些争吵，
> 我的心就感到不确定
> 在恐惧和渴望之间激动地摇摆……

埃癸斯托斯身上有某些埃古（Jago）的东西，较埃古而言，他身上邪恶和高傲的力量更少，但不同于埃古，他让人感受到一种传统的专制，命运主宰者。"我认识你"，他先用伪装的外表对俄瑞斯忒斯说，最终他揭示了自己的身份：

> 我认识你
> 感受到杀你的冲动！

埃癸斯托斯同样也让阿伽门农感到毛骨悚然：

> 你相信他吗，厄勒克特拉？就见过他一面，
> 我就感到一阵
> 从未有过的战栗。

阿尔菲耶里诗意地呈现这些预感和敌意，无需语言，只需姿态、眼神和音调，人们便能在氛围中感知到它们。凯旋的阿伽门农对与他分离多年的家人充满柔情，在"鲜血、荣耀和死亡"中他总能感受到他们的存在，而这次他察觉到了家中的重大变化：

> 我回到我家人之中了吗？还是我又
> 游荡在新的敌人之间？厄勒克特拉，让你父亲
> 摆脱可怕的怀疑。在我的王宫里
> 我发现了一种新式欢迎：对我妻子来说，
> 我几乎是陌生人。但在我看来，
> 她如今回到了完全自在的状态。
> 她的每句话，每个眼神，每个雕刻的动作
> 都带来了不信任与艺术……

这两部悲剧中有许多美不可言的地方，我只展示一个小片段，无法继续分析散落在其他地方的片段，比如《米拉》（*Mirra*）这部充满过度分析与计算的作品。它无辜的主人公陷入了一段有罪的爱情，她与之斗争，然后屈服、死亡，她的内心充满悲悯和崇敬，如同一个楚楚可怜的温顺的生物，一个不幸的女孩，被死亡的羽翼触碰。在米拉放任自己走入幻想，嫁给佩雷乌斯的时刻，她逃离了她的疯狂之地，也逃离了自己，去为自己创造一个新的灵魂，如同一缕阳光，刹那间照耀在她忧郁的悲剧上。我们的心也随着她的梦想跳动，和她一起努力实现她的幻想：

1. 阿尔菲耶里

是的,甜蜜的新郎,我已经如此称呼你了;
如果有什么是我在世上从未热切渴望过的,
我燃烧的渴望是和你一起奔向新生的太阳
我很快就会和你
单独在一起;在我周围再也见不到
任何可能长期见证过我的眼泪
和让我流泪的事物;
开辟新的海洋,登陆新的王国
呼吸纯洁新鲜的空气,身旁有一位
充满喜悦和爱的好新郎;
总之,我很确定,先前那些会
回到我身上。那么我希望
不会那么不幸。请你对我的状况
同时拥有那么一点儿怜悯;
但无需很长时间;这已被证实。
我的忧伤,会被迅速地连根拔起,
如果你不跟我谈起。唉!不要谈起
我父亲遗弃的宫殿,和我失去的悲伤的
父母。总之,不要谈起任何我的事情,
你不要让我回忆,不要提起。这是
唯一的补偿,它将永远拭干
我不断流出的可怕泪水。

18　　即使在他比较薄弱的悲剧中，我们也会遇到一些永恒的诗句，比如奥塔维娅说的话，她被召唤回尼禄的宫殿，对塞涅卡说：

> 在重新跨过这个门槛时，
> 我放弃了所有对人生的思考。
> 我不是不怕死，我身上哪里有这股力量？
> 死亡，真的，我惧怕它：
> 但我也渴望它；我哀伤地把目光转向你，
> 死亡的大师。

一部完整的悲剧就蕴含在这寥寥数语中。然而，我们必须像阅读抒情诗那样阅读阿尔菲耶里的悲剧，抛开对戏剧和剧场类型的所有成见和担忧。尽管他比较好的几部悲剧依旧令人钦佩地被搬上了舞台，只要演员具备演绎它们的能力，这是它们与莎士比亚和索福克勒斯的戏剧共有的条件。我们还需要阅读他丰富的诗歌，我很欣喜地看到它们现在越来越受推崇，在这些强劲有力的十四行诗中，爱情、痛苦、厌恶，沉思的回归，对自身的审视，对死亡的渴望，对荣耀的向往都得到一一展现。在诸多诗句中，我想起："我沉浸在忧郁的思绪中，独自徘徊在岸边""风云变幻之处，孤寂常在……""甜蜜至极的忧郁，它总是……""所有的时辰，不，一天中的大部分时光……""晚些时刻，我受苦于知晓了这种渴望""事情一遍又一遍地被看到，满足了……""从我第十次荣耀中，滋生了……"。我想起《厌恶法国人的人》中预言的

1. 阿尔菲耶里

十四行诗，以及某些刻画大革命场景的笔触，比如玛丽·安托瓦内特（Maria Antonietta）的行刑，在这个场景中，法官、牢犯、刽子手都知晓他们所犯的罪行，颤抖着完成整个犯罪过程（脸色苍白的看守在那里颤抖，刽子手也在颤抖，等待着同样也在颤抖的埃罗迪的手势）。他的诗歌以描述性的和色情的十四行诗开始，重新回归马里诺-阿卡狄亚（*marinesco-arcadica*）的古老传统。然后他摆脱了这种传统，接受了"温柔爱情的深刻大师"彼得拉克的引领。但总的来说，在他的抒情诗或者悲剧中，人们如果愿意的话，可以把阿尔菲耶里称为但丁式的，但不是蒙蒂（Monti）那种表面且花哨的但丁模仿者，而是与生俱来的但丁。

我们也能在《讽刺诗》（*Satire*）中发现这种但丁传统，虽然文选的编者和杂文作家习惯将它们与意大利文学中其他所谓的讽刺诗进行联系和比较，而那些诗歌完全是另一回事，或者什么都不是。《讽刺诗》以警句的形式包含了他对他所处时代的政治、习俗、道德、宗教和社会阶层的评价，并且可以说形成了他的"社会学"。当然，它们本质上是散文，强烈且具有原创性的散文，它们时不时地接近于诗，尤其是在《旅程》（*Viaggi*）中，充满了朴素的描述，比如他对瑞典的回忆：

> 刚毅、勇敢、节制的瑞典，
> 高山、森林和湖泊让我愉悦；
> 比起其他国家，它的人民更少戴着锁链。

有时是严厉的和善,如同德国人给他的总体印象:

> 我更喜欢那些诚实的蠢瓜……

或者,再一次地,伴随着激烈的讽刺和对自己的厌恶,就像这首关于那不勒斯的三行诗(terzina),他描绘了他在那里找到的陪伴,以及在当时的贵族社会中,所有的马匹、游戏、戏剧和芭蕾舞者:

> 像我这样的无知之人远不止一个
> 慵懒的那不勒斯以它的悠闲,
> 给予了我同样的愚蠢。

20 奇怪的是,曾几何时,有浪漫主义倾向的意大利批评家和外国文学鼓吹者常常贬低本国文学,他们推崇席勒,认为他比阿尔菲耶里更现代、更自由、更自发,而后者抽象、腐朽,受制于学院派的规则。在世人称道的戏剧《华伦斯坦》《玛利亚·斯图亚特》《威廉·退尔》中,席勒像冷静下来的阿尔菲耶里,他镇定、舒缓、有教养、审慎,但不再是位诗人。在他早年的作品《强盗》《阴谋与爱情》《斐亚斯柯》中,席勒与诗性的阿尔菲耶里极其相似。席勒那些粗鲁、混浊、失礼且常常表现幼稚的戏剧,尤其是其中一些布尔乔亚式的悲剧遭到这个严肃的意大利人的蔑视,被他斥为"青蛙们的史诗",但它们和阿尔菲耶里的悲剧与诗歌一样，都流淌着同样骚动不安的血液，流淌着这种血液的人在18世纪末欧洲的不同地区都感受到了同一种东西，它在德国被称为"狂飙突进"。

2. 蒙蒂

如果要描述 19 世纪初期的意大利诗歌史，人们很难抑制比较温琴佐·蒙蒂（Vincenzo Monti）与福斯科洛、莱奥帕尔迪和曼佐尼（Manzoni）的冲动，人们认为蒙蒂的诗歌老派，在崛起的新诗面前已日薄西山。实际上，如果不采取从一位诗人到另一位诗人，或者从一个诗人团体到另一个诗人团体的策略，如果没有那种时而富于想象时而又仅仅是约定俗成的联系，那么人们就无法书写一种所谓的文学通史，上面这种陈述并非最差的一个，它值得宽容的思考。另一方面，这并不妨碍人们反思和提问——为什么是老派的诗歌？——我们认为，老派的意大利诗歌可能是马里诺（Marino）及其追随者们那种介于色情和机敏之间的诗歌，抑或是继承它的，介于多愁善感和理智之间的梅塔斯塔西奥及其模仿者式的诗歌。但是蒙蒂与这些或那些诗人极少有共

2. 蒙蒂

同之处。倘若去看他的情感内容，你会在其中发现某种莪相主义（ossianismo）和维特主义（wertherismo），它们开启了浪漫主义时代。倘若去看他的政治内容，你会发现所有理想都在作家漫长的一生中不断出现、消逝和再出现，针对法国革命巨变的君主制与天主教式的咒骂、雅各宾派的激情、拿破仑的狂热、对复辟的欢呼，所有这些新颖的、符合时代潮流的事物，甚至可以说是太多了。倘若去看他的文学形式，你会发现他重新燃起了对但丁的崇拜，无韵的诗句和多韵脚的前浪漫主义风格，帝制的新古典主义，等等。不，不，在某种意义上，蒙蒂能与福斯科洛、莱奥帕尔迪和曼佐尼形成很好的对比，但从另一个角度看，这并不是老派和新兴诗歌之间的历史性区分。

年轻莱奥帕尔迪在他的《杂感录》（*Zibaldone*）（II，131-2）中着重指出"蒙蒂是真正的耳朵和想象力的诗人，但绝非心灵的诗人"，他之所以这样说是因为蒙蒂身上最珍贵的也可以说最独到的，是他诗句的千变万化，和谐、柔软、温和、高雅、优雅的高贵和高贵的优雅。所有这些特质同样体现在他的想象中，他赋予这些想象以幸福的选择、清晰和明确等。然而，他完全缺乏"所有属于灵魂、火焰和情感的，属于真实、深刻、高尚或是最温柔的冲动"。莱奥帕尔迪甚至更加尖锐地说（II，155）："他不是诗人，而是一位最卓越的翻译家，如果他剽窃了拉丁人和希腊人的话。如果他剽窃了意大利人，比如但丁的话，那他就是一位古老风格和语言最谨慎、最细腻的现代主义者。"

我们在博纳文图拉·尊比尼（Bonaventura Zumbini）的总

结评价中也可以读到或者说提炼出同样的观点,尊比尼在他关于蒙蒂诗歌研究的结尾部分写道:"在他的所有事物中,在所有细节中,他都是最卓越的艺术家,我其实想说,在他所有的词语和音调中。没有任何思想或形象进入他的幻想中,不以长着金色翅膀的闪闪发光的蝴蝶飞出。即便是最杰出的诗人,也会有艺术无力和主题粗俗的地方,尤其是因为使用了科学或抽象论证,他们有时候相信这样做能更好地实现他们提出的目标。但蒙蒂从来不缺想象,尽管可能缺乏一种自身的内在理念。在他的领域中,一切都郁郁葱葱,芳香四溢。当我们从一个目标到另一个目标地穿越他的那些领域,我们不会倒在任何一个不愉快的地方,更不用说荒芜的地方。蒙蒂有最广阔的视野,但他的视野中没有雾霭,他的天空没有一片不闪耀和不欢笑。"在这里,尊比尼似乎想得出和莱奥帕尔迪一样的结论,那就是这种天才不是真正的诗人天才,他身上同样缺乏痛苦、阴暗和坚硬这些在真正的诗人身上十分常见的特质,这也证明了他不是真正的诗人。

相反,卡洛·斯坦纳(Carlo Steiner)最近在他一项充满智慧的研究中也得出了这样的结论,他极富想象力地写道(我们看到蒙蒂的想象力是传染性的,它也影响了通常表达干巴巴的尊比尼):"他壮丽的文学诗歌仿佛在我们面前呈现了一个巨型场景,所有的拱门、廊柱和一排华丽的凉廊,它通往在绿丛中装饰雕塑和喷泉的花园,人们的眼睛在这场景之上愉悦地游荡,但完全不会被这些智慧的景致欺骗。读者在他的诗歌中感受到了一种纯粹的想象力的游戏,他们厌恶被它支配,他们欣赏艺术家,但不爱

2. 蒙蒂

他的人，他们感受到的与展示给他们的不同，在一种完美技巧在他们的想象力中释放出的所有奇迹，以及在他们耳边响起的和谐波浪之间，他们更多感受到的是困惑，而不是被征服。他们更是渴望自己被带走，而不是被真正地带走，因为他们在那种艺术下感受到了技巧，对此他们内心抵触，这位诗人从不知如何让人真正兴奋和陶醉。"

相对于那些常与他比较的诗人们而言，蒙蒂是耳朵与想象力的诗人，他不是一个时代对抗另一个时代的代表：差异在于精神形态，而非历史内容。很难说他终结了一个时代或者属于一个结束了的时代，相反，他创立了一个流派，一个的确鲜有价值或者毫无价值的流派，但也仅仅是因为所有诗歌流派都鲜有价值或毫无价值。就流行度和传播度而言，它并不亚于，甚至要超出福斯科洛和莱奥帕尔迪流派，或许它在我们的时代还未全然消逝，最近我们刚经历它最具才华的干将之一拉比萨尔蒂（Rapisardi）的过世。蒙蒂所出色代表的诗歌类型出现在各个时代，比如出现在15世纪的诸多人文主义诗人中，16世纪某些优雅的彼得拉克主义诗人中，还有与他同世纪的普拉蒂（Prati）、卡尔杜齐、帕斯科利（Pascoli）和邓南遮（D'Annunzio）的部分作品中。如果以上快速引语和提示在这些情况下不存在减少清晰度和说服力的风险的话，那么我们可以在原先较少被怀疑的地方找到相同的精神姿态：在那些不同于蒙蒂的作家身上——他极少，或者从未对现实产生兴趣，一切都是文学的——他们不受文学想象的禁锢，富有现实主义的想象和直接的观察，尽管如此，他们的创作依赖的是想象，而非诞生于情感的幻想。

重读《普罗米修斯》(*Prometeo*)，我们会惊讶地看到蒙蒂如何利用歌德不久前才重塑的古老神话形象，并赋予它人的崇高自豪感。这个人知道如何用自身的痛苦和劳累、泪水和鲜血来塑造自己，认为他有权不崇敬在天另一边悠哉游哉的朱庇特。重读《巴斯维利阿那》(*Basvilliana*)，我们会重新想起安德烈·谢尼埃（Andrea Chénier）的抑扬格或者埃德蒙·柏克（Edmund Burke）的散文。重读《菲洛尼阿德》(*Feroniade*)，我们会发现，同为意大利人的福斯科洛，德国人歌德和荷尔德林以及其他人都展现了古代形象如何转变成现代象征和语言，我们将会惊讶地听到蒙蒂的一首歌谣，它对这些深刻的重新改编漠不关心，他以完全不同的方式自我满足：

> 但她不知如何摆脱朱庇特多情的诡计。
> 他看着她，被她漂亮的双眼
> 刺痛，神伪装成一个
> 没有胡子的年轻人，欺骗了
> 粗心大意的宁芙，在神圣的婚礼中
> 将她紧紧靠在胸前。神的橡树的影子
> 庇护了甜蜜的偷窃。快乐的大地
> 在他们旁边长出了
> 紫罗兰、番红花和风信子，
> 和许多柔软的小草

2. 蒙蒂

> 小草为新人提供了床。
> 深厚和神圣的雾水
> 遮盖了爱情神秘的劳作；但知晓一切
> 的天空燃烧着闪电，在崇山的山巅
> 反复发出长长的哀鸣
> 来自预感的宁芙……

难怪蒙蒂后来对浪漫主义者试图禁止神话感到愤慨，也难怪他惋惜古老神话的方式如此不同于同时代或稍晚一点表达过类似惋惜之情的诗人，因为这些人悲痛的是一种情感宝藏的消逝，而蒙蒂担忧的是文学形式宝藏消逝的风险。当人们看到他从一个政党到另一个政党，却一直保留着风格的文学尊严，便不会想要责备他，因为对他而言这显然是件严肃的事，而参与政党充其量体现了生活的对立、厌恶和不幸，需要尽可能好地克服，而最好的方式就是妥协。在写给萨尔非（Salfi）的著名信件中，蒙蒂表达了他的歉意，因为他的《巴斯维利阿那》(*Basvilliana*) 不仅抨击了法国大革命，还如此雄辩滔滔，他说："他不得不牺牲他个人的意见，用来挽救，如果没有别的，一个并不恶劣的作家的名声"，在他身上，"对诗歌荣耀的热爱"胜过"对拙劣论证的羞愧"，他真正是个孩童。蒙蒂对其他人得出的结果和推论感到震惊，他们基于的是那些对他诗歌而言都是偶然的借口与托辞的东西。在错愕中，蒙蒂谴责自己的言行违背良心以表歉意，认为他无论如何都有拯救优秀文学荣耀的责任！我不认为他的言行违背良心，而是不同的事件和对立的学说时不时地点燃他想象力的火焰,他始终忠于同一党派,那就是优秀文学的党派。

尽管如此,人们如何会不喜欢他的诗句呢?我几乎喜欢他的所有作品,包括上面所引用的,被莱奥帕尔迪形容为"平淡无奇的篇章"(centoni)的诗句。比如,当记忆以对上帝的呼语(apostrofe)把《宇宙之美》(*Bellezza dell'universo*)的三行诗带回我嘴唇上时:

> 你的手用许多的火炬
> 绣着寂静漆黑的夜的裙摆,
> 你送它白色月亮作为礼物;
> 你用玫瑰填满晨曦的胸襟,
> 然后,一朵饱含露珠的云
> 落在了沉睡的凡人身上。

我知道,也很清楚,这里既没有宗教情感,也没有对自然的真挚印象,只有黑夜"绣过的裙摆",作为"礼物"的"白色月亮"和投入晨曦怀中的"玫瑰",它们却给予我一种特殊的愉悦。同样,蒙蒂在《伯里克利的拟人化》(*Prosopopea di Pericle*)中描绘了艺术之神示意下的希腊艺术的勤奋热情:

> 对我而言,无形和粗糙的金属块
> 在工匠的手下

2. 蒙蒂

> 获得了形状和力量
> 变得精美又柔和:
> 服从温顺的
> 铜变成了
> 宁芙或女神
> 卷曲飘动的头发……

我知道也很清楚,拟人化是一项学院任务,但我享受每一个音节,我沉迷于观察那些绽放在铜上的"卷曲飘动的头发"。我陶醉于对天文学的赞美(《孟高尔费赞歌》[*Ode al Montgolfier*]),遥远星辰的景色在望远镜的探测下展现出了它们的容貌:

> 最遥远的星辰
> 揭开了未知的面孔,
> 它们处女般羞赧的
> 火焰在靠近……

虽然我很快意识到这一切的背后什么都没有,它只是一场优雅的游戏。缪斯们围绕在死去的马斯凯罗尼(Mascheroni)周围哭泣和叫喊,亲吻他的手,她们当然没有方济各修士们的天真单纯,在乔托的画中,这些修士也类似这样围绕在圣方济各遗体的四周哭泣,打着手势和亲吻,而她们更像是有着寓意形象的学院派大理石群像。然而,这种学院派以其自身的方式绝美地呈现:

> 看哪，心 —— 其中一个人说 —— 在这颗心中
> 燃烧着正义的渴望，如此神圣，如此炽热：
> 她把手放在这颗心上，号啕大哭。
> —— 看哪，博学的前额，绽放出了
> 多么深刻的思想 —— 另一个人说：
> 她触碰这个前额，发出一声叹息。
> —— 看哪，右手，唉！把它们描绘下来 ——
> 另一个人呼喊：她啜泣着，将自己热情的吻
> 贴在他冰冷的手上。

蒙蒂的每个读者都会和我有同样的感受，就这些感受而言，认为他不是诗人，而是有文化、有技巧的修辞学家，一个充满想象力却缺乏情感和幻想的人，似乎是不合适的。简单的文学和简单的修辞或技巧令人憎恨和厌恶，它们无论如何都无法获得快乐，或者获得蒙蒂的诗句带来的那种快乐。因此，上述特征应该被视为是负面的和暂时性的，就像说蒙蒂不是什么，而非他是什么一样。蒙蒂真的缺乏任何一种情感和幻想吗？他，完全不是一个诗人吗？我们在莱奥帕尔迪的话中也能感到关于这一点的不确定，他有时认为蒙蒂是"耳朵和想象力的诗人"，有时认为他不是"诗人"。

因此，我们需要澄清和补充的是，蒙蒂缺乏人们在"情感"这个词语下普遍理解的那种情感，对真实事物（道德的、政治的、宗教的，等等）的情感。他也不是人们在普遍语境下理解的那种

诗人，在那样的诗人身上，幻想燃烧着它的火焰，将现实世界的激情理想化。但世间存在一个叫作"文学"的角落，它以它真实的形式存在，它唤醒的情感也是真实的，因此它能产生一种特殊的偶像崇拜，一种特殊的幻想和诗歌，即文人的诗歌。在这里，蒙蒂真诚、动人，他诗篇的魅力也来源于此。

但是我们还需尽快指出，这种文学或艺术的情感介于最朴素和最贫瘠之间，因为它已沦为对外部形式，对形象、动作、节奏、词汇以及语言诡计的喜爱，这些语言诡计清空了它们已经总结和包含的生活，好似装过香水的细颈瓶和安瓿瓶，还留存着某些芳香的痕迹。文学情感容易逐渐地依附于外在和自身的特殊性，最终变得迂腐（pedanteria），迂腐的东西总是体现在文学形式的爱好者身上，正如老学究身上有恋人的东西，这有时给他们带来了一丝可爱的气息，带着神圣的简洁、神圣的愚蠢和虔诚的奉献，如同布鲁诺（Giordano Bruno）说过的那样。如果有人比较朴素和贫瘠的情感以及它所启发的文学诗歌，与一些更丰富的伦理、宗教、政治与类似的情感以及它们的高雅诗歌，那么他就会把缺乏情感与思想的人称为纯文人，把他的作品称为"非诗"，如同莱奥帕尔迪称呼蒙蒂那样。但这种评价是过分的，如果不把它理解为一种夸张表达的话，因此它只是相对意义上的。另一种表述似乎比较公正，蒙蒂是"耳朵和想象力的诗人"，因为它极为准确地认为，蒙蒂无论如何是一位"诗人"，也明确了他的特质，将他分配给"想象力"和"耳朵"的领域，这正是文学形式逃亡和留存的领域，保持着外在性。

总之在蒙蒂的诗句中，令人感到愉悦的是轻盈的诗意，它在诗句周围吹荡，并推动着它们，尽管它们都是文学诗歌，关于诗的诗歌。我们对他的爱与燃烧在他自己胸中的爱有关，甚至还互成比例。他转向他真正热爱的东西，而不是那些他假装或让自己相信心中拥有和赞美的东西，他转向荷马、维吉尔和但丁身上的轮廓、态度、姿势、眼神、微笑和激情，而不是转向关于教皇、法官、国王和皇帝的观念和政治著作。在他最后的日子里，某一次，可能也是唯一一次，他反思了自己。不像其他时候那样，他并未刻画他渴望创作的某个人，而是刻画了他真正的存在。他不去回忆其他东西，唯一让他感动和骄傲的是他曾经精心设计的优美的文学形式，《巴斯维利阿那》的三行诗和《伊利亚特》的无韵诗。我还想谈论一下他创作于1826年的献给妻子的抒情诗，在这首诗中，他预感到自己即将走向生命的尽头，并惊讶于他心爱女人缄默与忧思的眼神和偷洒的眼泪也印证了这一点。因此，他说出了这些宽慰的话。与他曾经习惯的那些诗句相比，它们当然朴实无华，却很真诚：

> 平静下来，把心
> 上升为一个想法，
> 让它更配得上我，和你坚强
> 的灵魂。我生命的星
> 正接近它的陨落；但我不会全部死去，
> 希望这能安慰你：想想，我留给你的

2. 蒙蒂

> 不是一个默默无闻的名字,而是有一天
> 会让你在意大利女性中间
> 骄傲说出的名字:——我是歌手
> 巴斯维勒的爱人,
> 用亲切的意大利曲调
> 为阿喀琉斯的愤怒谱曲的歌手……

这些"亲切的意大利曲调"是他真正的理想,是他奉献一生的崇拜。

3. 席勒

无论过去还是现在，弗里德里希·席勒都是一个响亮的名字，在诗歌史上占有重要位置。如果不是诗歌史上常见的混合手法（metodo ibrido），那究竟是什么让他拥有如此的名气和地位呢？实际上，席勒可以被视为这种混合手法带来视角偏差（aberrazioni prospettiche）的典型案例。因为只有混淆诗歌史和文化史，人们才有可能塑造出一对"歌德与席勒"，普遍诗歌史或者德国诗歌史上一对高贵的兄弟（par nobile fratrum），闪耀的星辰（lucida sidera）。这种并列或相似并非出于真正的艺术原因，与促使我们将但丁与彼得拉克、阿里奥斯托与塔索、高乃依与拉辛并列在一起的原因十分不同。人们建议并坚持这样做，是因为两人是多年的好友与合作者，在初登文学舞台时都赢得了同胞们的期望和掌声，也出于两人在德国文学和政治冲突中被利用为符

3. 席勒

号的共同命运。另一方面，正是由于诗歌史与文学体裁史或制度史相混淆，我们才会听到"席勒是创造德国民族戏剧的诗人"这样的赞美，或者诗人席勒的戏剧（正如近期的一位文学史学家所言）"无论有怎样的缺陷，它们比德国经典戏剧还要伟大"。

然而，倘若我们从诗歌史的专门视角来思考，并以不排斥该历史的朴素之心来论证，就自然而然会得出席勒仅是二流诗人的结论：要承认它，就必须站在贺拉斯（Orazio）观点的对立面，他认为诸神、人类和纪念柱都拒绝二流诗人。二流诗人是那些有文化且机智的专家，他们利用已发现的艺术形式，用反思来提升自己，并用心理的、社会的和自然的观察来丰富文学形式，创造出崇高的、有教育意义的或令人愉悦的作品。他们是智慧的和严肃的作家，却不是诗人：这并没有抹杀一个事实，那就是他们的作品有时也会很受欢迎，并且以它们自己的方式，比真正诗人的作品更加"有用"（utili）。

如今，席勒是位"二流诗人"的评价被广泛接受，虽然无论在德国人还是其他国家人民的实际认知中，它都未曾得到清晰的表达。在某个短暂时期，其他国家的人民阅读、翻译和效仿席勒，几乎把他视为莎士比亚的现代节制版本，如今他们对他已是漠不关心，把他还给了他的本国同胞。因为政治环境的变化，纪念席勒逝世一百周年的方式与1859年纪念他著名的百年诞辰的方式完全不同。人们邀请德国批评家和艺术家发表评论，无论是坦率的否认还是同情委婉的表达，他们都认为席勒作为诗人的名声已经一去不复返。一个也受邀发表评论的古怪的英国作家坦承，他从未读过席勒的任何一行诗，同时却声称自己拥有通过名字发音来推断一个作家的品质和价值的能力，他猜想"席勒"是课堂里最受推崇却令人难以抑制地哈欠连天的作家之一。他的名字发音理论也并非全然谬误，因为一个名人的名字蕴含着他的作品所能唤起的全部印象，或崇拜或非难，或是多多少少的热情声调。因而在其他信息一概不知的情况下，简单地从名字发音中获悉这是个大人物，小人物，还是平庸的人，是天才的还是迂腐的，在思想和情感深度上是深不可测的，还是容易让所有人都感到快乐的，是常见的事。

诚然，在适当降低席勒荣誉的同时，我们也尝试修改某些内在比例，降低他于成熟时期创作的、被认为是完美的戏剧作品的价值，提升他年轻时创作的、混乱和不完美的戏剧作品的价值。但我有充分的理由怀疑，在这种价值颠倒之间实行着一种流行于德国（准确地说也在德国以外）的标准，它涉及纯正德意志（echt-deutsch）和原始日耳曼（ur-germanisch）的巨大价值，过度亢奋和激动的现实主义借此被视为纯粹和高尚诗歌的标志。我个人认为，除了粗鲁之外，纯正德意志和原始日耳曼与阿米尼乌斯（Arminius）的丛林毫不相干，它不过是对莎士比亚的一种消化不良（indigestione）的反应，由卢梭酿制的醇酒浇灌，首次诞生于18世纪末的德国，之后多次获得新生，它也接受过其他酒类的浇灌，其中不应遗忘的是那个强劲又奸诈的品种，来自夏多布里昂子爵天主教的亵渎和乱伦的酒窖。

莎士比亚是精神史的一个时刻，但人们无法反复阅读他而收获快乐。当我们在《强盗》(*Räuber*)中的老莫尔或弗兰茨·莫尔或阿马利娅的外衣下看到席勒的李尔王们、埃德蒙们和科迪莉亚们时，我们似乎从神话和寓言中回到了残酷的现实主义，这种现实主义违背了伟大诗歌崇高和细腻的创造。《菲耶斯科》(*Fiesco*)中的詹内蒂诺·多里亚如同理查三世，是个邪恶、专制又爱自吹自擂的人，同部作品中的摩尔刺客不去做他的卑鄙勾当，却像伊丽莎白时期戏剧里的小丑那样说着蠢话，将陌生事物运送到它被引入的世界，这种模仿相当拙劣。我很清楚那个时代需要依靠卡尔·莫尔对社会规则与暴政疯狂猛烈的抨击来制造效果：

> 我！我不愿去思考它！我应该将我的身体挤进一件束胸里，把我的意志束缚在法律里。法律本应是鹰翼，如今却堕落为涡轮。法律尚未塑造伟大人物，自由却孕育巨人和极端……

而疯狂的解决方案是这样的：

> 看呐，它如瀑布般从我眼里流落，我多么疯狂，我想重返牢笼！我的精神渴望行动，我的呼吸渴望自由——凶手，强盗！——说着这些话，法律滚到了我的脚下。我呼唤人性，人们却在我面前藏起了人性，同情和人性的关怀离我而去！……

但是，在强盗们执行他们的强盗逻辑时，这位选择强盗手段的莫尔却变得义愤填膺，他是一个左顾右盼，想要维持观众同情的强盗：

> 哦，真是羞耻，杀害孩童！杀害妇女！杀害病人！这多让我抬不起头！它毒害了我的完美作品！

在所有喧嚣叫喊和暴力行动中，戏剧结构展现出它的理智与精心设计，没有什么事情会毫无预兆地发生：卡尔·莫尔离开社会，他对极端强盗行为的厌恶，他的忧郁，他悄悄回到父亲家中，与之问候又再度启程，阿马利娅的死，以及所有其他事情。《阴谋与爱情》(*Kabale und Liebe*)的结构是理智的，它也是对英法资产阶级戏剧与小说，以及对莱辛戏剧的文学缅怀。这里唯一值得称颂的是对老音乐家穆勒形象的成功刻画。

36 在他的这些戏剧中，席勒用借来的文学形式成为一位道德家和辩论家。因此我可能无法像最近他的批评家那样，惋惜他年轻时创作的艺术，强调从仅留下歌词的《唐卡洛》(*Don Carlos*)开始的后期衰落。在我看来，顺理成章且尤其值得称赞的是，他打磨了品味，提升了艺术理想，思考了艺术理念，脱离了适用于医学生的年轻手法，它不再适合如今像他这般细腻又深思熟虑的文学家。在这个过程中我没有看到他丧失任何天赋：他没有丧失他从未拥有过的幻想的自发性，也没有丧失他拥有和保持的道德热忱与充满争议的想法，还增添了对历史、哲学和艺术本身

3. 席勒

的更好的研究。正是作为道德说教者和反思性心理剧作家的天赋，为他赢得了民主社会的青睐，不仅在他的祖国，也在其他地方，比如我们的意大利，比起歌德和莎士比亚，朱塞佩·马志尼（Giuseppe Mazzini）就更喜欢席勒，因为民主社会的特点就是偏爱艺术中的低劣价值，而非真正的价值，后者是贵族式的，反功利主义的。波萨侯爵被定义为一种"人格化的绝对命令"，但这种人格化在他年轻时期的戏剧中就已经出现，比如那位谋害了他的朋友菲耶斯科的老共和主义阴谋家，他怀疑朋友的统治野心，改变只发生在宗教宽容和人民自由的斗士所活动的更广泛的理想范围内，以及艺术家获得的更丰富的经验中。在法国革命事件的影响下，席勒改变了他的政治立场，相较于政治自由，他更倾向于内在自由，它或多或少是真实的，但对诗而言却无关紧要，诗可能诞生于其中一个或者另一个理念，或者两者皆不。

然而，在《唐卡洛》之后的成熟期，明确的一点是他年轻时的冲动渐渐平息了下来，他自己和其他人都曾把这种冲动误认为是天才与诗的灵感，席勒进入了一种承受它和思考它都同样痛苦的精神状态：这是不受内在问题牵制或引导的艺术家的状态，这个内在问题仿佛一个发生在他身上的客观过程，有它必经的阶段，有从一个阶段到另一个阶段的自然步骤，它以自然的方式塑造了它的形式，或者总是更好地确定了它的独特形式。但另一方面，他像迷失了方向，变得犹豫不决，开始思考和讨论适合他的主题和被认为是最合适和最美妙的形式。这是一种我们经常观察到的（说句不讨喜的话）无能状态，对此没有补救措施，因为人们可以纠正因偶然因素而误入歧途的力量，但无法在没有力量的地方注入力量。那么，艺术家就让自己变得敏锐，构想出让自己和他人都震惊的诗歌理念，但作为理念，它们仍有缺陷，类似于批评家从现有艺术中总结出来的那些理念，它们形成于寻找一种艺术可能性的理智，从不具备产生艺术的力量。因此，通过一种简单的幻想，我们在这些耀眼的理念面前会说——太遗憾了！——仿佛它们是伟大作品在毁坏和遗失后的残留与痕迹。我们举几个席勒作品中的例子，比如玛利亚·斯图亚特，美丽和罪恶的女人，尽管厄运使她变得严肃冷峻，她却在其周围激起了疯狂的欲望，并传播了死亡。在《奥尔良的少女》(*Jungfräu von Orleans*)中，贞德在挥剑的瞬间被人类的情感冲动俘获，她失去了上帝曾因某个理想的原因而赐予她的高于一切个人情感与倾向的惊人力量。在他未上演的戏剧《马耳他人》(*Die Maltheser*)的草稿中，一群竭力防卫某个地方的骑士献出了自己的生命，却未能完成这项任务，尽管他们表现得英勇果敢，因为这是一种附带了其他动机的世俗英雄主义——爱、财富、野心、民族自豪感，而不再是追求事业的教会的和精神的英雄主义，它缺乏"纯粹的骑士团精神"(puro spirito dell'Ordine)。在这些构思中，艺术家像彼得·施莱米尔(Pietro Schlemihl)一样感到丢失了自己影子，他的自然形式，他四下寻找一种人造的或可获得的东西来替代。他计划结合希腊悲剧与莎士比亚戏剧，或者重新引入古人的歌队，或者复兴命运的理念，或者保持一种完全客观的风格，无论如何不透露作者的倾向，使人物和剧情自行发展，等等。在所有这些事情上，席勒超越了近期文学作品枯燥的努力,他甚至是某种理想的先驱,那就是对于所有优秀的行家而言,艺术无能最典型的标志在于戏剧作为"纯粹又凝练的诗"的理想,它摆脱了模仿自然的任何痕迹,通过引入"象征性概念"而获得空气和光亮,这些概念"取代了所有不属于诗人真正的艺术领域,无法被呈现,只应被暗示的对象",如此便接近于音乐和歌剧。[1]

席勒用这些方法创作了他成熟时期的戏剧,如同叔本华评论他的叙事诗那样,这些戏剧冷峻又造作(kalt und gemacht)。比起他年轻时期的戏剧,这些作品充满更多的可预见性,一切都如人们预期的那样,因为一切都在回答一个概念,只要一经表述,我们就会在它简单的推理中感受到熟悉的东西。真正的诗的作品包含着发现和进入未知世界的幻想,听起来更简洁的表达却用惊奇和喜悦填满了我们,因为它们向我们展示了我们自己。但席勒程式化(schematico)的退尔可能不是退尔,如果他不去拯救处在暴风雨和湖泊大浪中濒死的流亡者,如果他没有蔑视地拒绝弑父者约翰,后者敲他的门并且笃定会在政治暗杀的同伴那里得到热情的欢迎。侠义的马克斯·皮科洛米尼(Max Piccolomini)身处对皇帝的忠诚和对华伦斯坦温柔的小女儿的爱情之间,他抗争支持华伦斯坦的外国统治,并让自己被杀害。这种创作也体现在描绘华伦斯坦战场的精湛画面中。威廉·退尔的瑞士有高山和湖泊、牧民和渔民、牲畜和它们的铃铛,以及耶稣诞生的马厩的味

---

[1] 参见席勒于1797年12月29日写给歌德的信。

道。在这些剧作中,传奇和戏剧性取代了诗歌的变幻莫测。在阅读某些场景,比如《奥尔良的少女》中勃艮第公爵和查理国王和解的场景时,我们难免感到恶心,勃艮第公爵在提到阿涅丝·索蕾时装腔作势地说:"你们为什么不把她带来给我?我无法抗拒她的眼泪。"还有一个更糟糕的场景,国王用他父亲的姿态向女儿提出有关婚姻的建议:

> 灵魂之声如今驱使着你,爱情
> 在充满神的怀中静默。
> 她不会永远静默,相信我!
> 武器会停歇,
> 胜利会带来和平。

不论是在行动中,还是在对话与演讲中,这些频繁的甜言蜜语最后都戏剧性地从宣叙调转变成了押韵和咏唱,它们都是虚假浮华的金箔,取代了黄金般的诗歌。

需要付出必要的努力,才能防止这种艺术品质激发出的少量同情从艺术领域流出,触动席勒这个人。无论作为人、思想家还是作家,席勒都拥有高贵善良的品质,其中包含他的同胞正确颂扬的朴素的伦理情感和道德严肃性。正如讽刺作家所说,他不仅是位让小姐们欣喜若狂、让老妇们流下柔情泪水的诗人,更是几代德国人家庭和学校中的教育家。如果他的作品必须被排除出诗歌史之外的话,我认为最好在哲学史中赋予它们更应得的位置,

3. 席勒

虽然人们还不习惯于这么做：如果哲学史决心要更广泛吸收那些渴望接近哲学的灵魂，并将大部分枯燥无聊的体系制造者和学院追随者归入大学和学院史的话，如今谁又会阻止呢。

席勒利用哲学来增强他诗人的体魄，他不像精力充沛的诗人那样任性使用和滥用它，而是专注地思考它，与它维持联系，成为它的研究者。后来他不得不承认，哲学给他的艺术目标带来的损害要大于益处，它没有带来帮助，反而让他分心、偏离正轨，分散了他的精神力量，使他失去了必要的天真。如同哲学家，他将思绪主要集中在两个问题上：一是关于艺术本质的问题，他对康德的定义并不满意，认为它们过于负面和含糊；二是关于如何协调自由和必要性的伦理问题，他同样不满意康德义务论抽象的冷峻。在《审美教育书简》中，他企图将两个问题结合在一起解决。严格地说，这是两个不同的问题，他的艺术理论作为科学和道德自由世界、自然和精神的中介，存在着将艺术表现为练习和游戏的危险。尽管如此，席勒在这些发展中的学说基础上，创造出了比康德更鲜活和更统一的艺术理念，这种理念统一和结合了理智与幻想，拥有一种二元论和动力机制。关于上述伦理问题，席勒恰当地指出了蕴涵在康德道德理论中的禁欲主义和非人性的东西，而康德的道德理论一贯展现了针对自然倾向（tendenze naturali）的武器的样貌，对此人们可以说，最高尚的道德形象是被邪恶的道德倾向困扰纠缠，却驱逐、驯服和统治它们，并以顽强的精神完成自己义务的人。这类人令人恐惧，在现实生活中，人们不会喜欢身边有这种人，因为（我们思考一下），如果这种义务的钳制在某一时刻失效的话，将会发生什么？席勒突出了自然意义下的好人、高贵灵魂与美丽心灵（schöne Seele），拥有这些品质的人举止高贵得体，懂得如何让自身愉悦，如何满足内心的渴望。实际上，用康德的话说，自发的道德倾向就是自然，它在它的历史中由精神所创造，而道德意志倾向于保存和激发它，义务则是一瞬间，但不是道德辩证法的全部。除了就这些问题进行讨论本身的价值（如果不是其他），席勒的价值还在于他成为了某类人中的一员，这类人试图在自然和精神之间搭建桥梁，在自然哲学中实现带有目的论的康德式批判，尝试以哲学的方式写作文学史，在天真和情感充沛的（古典的和浪漫主义的）诗歌以及它们的子形式交替出现的时刻建构文学史。不是因为这两条路最终导向了好的结果，而是因为无论如何这两条路都值得经历。实际上，有两位哲学家在这两条路上追随席勒，他们分别叫谢林和黑格尔，在犯错的旅程中，席勒也收获了不少真理的果实。我无法理解的是，为何最近一些评论家都否认席勒的哲学价值，他们提出，席勒遵循的还是沙夫茨伯里（Shaftesbury）和莱布尼茨（Leibnitz）式的前康德主义哲学传统。因为据我所知，在一种新的哲学面前吸纳和利用旧的哲学传统，是一种更新和发展哲学的方式，总而言之就是推动科学发展的方式。谢林利用斯宾诺莎的哲学，黑格尔也吸收了斯宾诺莎、布鲁诺、亚里士多德和赫拉克利特的哲学，用来针对康德，没人因为这种反动和落后而去谴责他们。

哲学家席勒喜欢用诗句来传达他的理念，无论是在戏剧中（比如《墨西拿的新娘》[*Braut von Messina*] 中关于战争与和平的合唱《美好的是和平》[Schön ist der Friede]，等等），还是在抒情诗中，它们最珍贵的部分就是那些哲学部分，因为诗才的不足被此处展示的理念的重要性所弥补，匮乏的形式亲密感被明确的刻画和清晰的雄辩所弥补。教育式的诗歌因此不是真正的诗，但没人希望它从世界上消失，它过去可以，现在也依旧可以如此这般存在，做出它的贡献。曾经以及现在依然有用的可能更是这种诗歌的警句，它们诉诸口头，在有关美学、伦理和形而上学的辩论中更是有备而来且恰到好处。比如，为了厘清自发性的伦理（etica della spontaneità）和努力的伦理（etica dello sforzo）两者间的对立和统一，我们会援引席勒：43

> 如果你不能感知美，你还可以希望理性；
> 如精神一般行动，如果你不能如人一般行动。

为了批判那些认为物理公式和自然科学就是自然现实的人，我们很乐意再度援引席勒：

> 因为你在里面读到了你自己写的东西，
> 因为你让它们排成一队一队出现在眼前，
> 你的线索延伸在它们无边无际的田野上，
> 你是否幻想你的精神掌握了伟大的自然。

为了表明那些自然哲学计划实现的东西，在适当场合，自然哲学关于"自然三时期"的区分对我们还是有价值的：

44
>寓言给了她生活，学校丢了她的灵魂，
>理性重新将创造的生活带回给了她。

它们对于现代哲学家而言就是《波尔-罗亚尔逻辑》。[①]但区别在于，这些诗句超越了语法规则，表现出了高贵的艺术姿态。

---

① 《波尔-罗亚尔逻辑》（*Logique de Port-Royal*）是詹森主义运动的两位重要人物安托万·阿尔诺（Antoine Arnauld）和皮埃尔·尼柯尔（Pierre Nicole）合著并于1662年出版的一本逻辑学教科书，以他们所在的波尔-罗亚尔修道院命名。——译者

4. 维尔纳

维尔纳的戏剧，连同席勒的早期戏剧，在某些人当中收获了赞美，这些人热情地搜集现实主义和强烈的感觉主义的证据，并认为它们是纯粹的日耳曼戏剧的本质。但也是在这种情形下，人们能够在艺术作品中观察到与美学无关的空洞思考和演绎。

基于扎卡里阿斯·维尔纳（Zacharias Werner）的生平，我们很好地了解，也十分容易理解这个人：他邪恶堕落、荒淫无度，如恰科（Ciacco）般愤怒地用泥将自己包裹起来，同时又被宗教救赎的焦虑反复折磨。维尔纳出于救赎的目的来到罗马，每个早晨他都跪拜在教堂中，每个夜晚又去其他完全不同的地方。这很好地反映出这个人。类似的事情之后还发生在一位叫魏尔伦（Verlaine）的法国诗人身上，只是这两条平行线中，宗教那条线在后者身上是虚伪的，它由对文学戏谑（blague）与推销

（réclame）的敏锐探索塑造，这在法国并不罕见，而在维尔纳身上两条线都同样坚固。他摇摆于两者之间多年，其中一条攻击另一条，直到他自己打破这种平衡，全心全意投入教会，变成忏悔者、赎罪的布道者和神父。他身上一直缺乏人类崇高的情感、细腻和内在的精致。我们无意讨论他所知甚多的伦理认知和区分，因为他是一个德国人，生活在哲学与伦理文化蓬勃发展的时代，之后又成为天主教徒和神父。他最终能发现自己犯了一个明显的错误，那就是他试图把拯救的理想寄托于爱（因为他首先在一个改革的共济会教派中寻找救赎，然后在爱中寻找，最终才毅然决然地投入天主教会）。他批评自己混淆了感官之爱与上帝的仁爱（caritas），它们完全对立，维尔纳提出，对于仁爱应该保留"爱"（Liebe）这个名字，而对于感官之爱应该使用古德语词"Minne"。但所有这些都属于理智层面，不足以改变他精神的真正基调。他注定在天主教教义中找到最终归宿，因为那里给予了他忏悔、悔悟、苦修、沮丧，如此他便能获得或者相信自己能够获得赦免和拯救。但崇高对他而言不是必需，也许也不再可能。他于1814年写作《非力量的庄严》（*Weihe der Unkraft*），在最终皈依天主教后，在德国爱国主义革命期间，这部作品就其形式而言相当独特——这是一首粗糙的大众歌曲，暴力与讽刺的，谦卑的，友好与温厚的基调交替出现。但它的内容表明，维尔纳有足够的能力在人群的注视下艰难地前行于灰烬之中，也能做出最令人羞愧的忏悔行为，但无法在其自身完成真正的人的救赎，它集中于沉默之中，感受到新条件的尊严，在这种新的条件下，罪人在天堂里

4. 维尔纳

以道德人与先知的面貌出现。听他的话会让人感到尴尬，好比站在一个我们不想去斥责的人面前，因为他咒骂自己已经够多了，但又无法同情地旁观和评价他。维尔纳，像熊一样跳着舞，对德国人说，他那时攻击了一个陌生人，并将他赶出了祖国的土地：

> 我知道我没资格出现在你明亮的轮舞中，
> 作为一个勇敢的旗手展现在人们的面前，
> 然而，我做错了，同时我也犯下了罪行，
> 我的歌曲没有唱出损害德国尊严的东西。

人们认为，谁感到自己配不上他所属的人民，谁就无权表达自己的想法，当一个人被认为少有社会价值时，借口自己从未说过任何针对祖国的话也无济于事。

> 摆脱虚假的面具，我的和其他人的，
> 摆脱无助的懊悔，此刻就向目标前进！
> 最好的懊悔是更好地行动；我们像小伙儿一样喋喋不休，
> 但我们只有活下去，自由的光芒才能让我们振奋。

最好的懊悔是"更好地行动"。的确，但更好地行动需要"更好地感受"，也就是说，我们自身纤弱的道德良知要被唤醒，维尔纳迅速经历了这些，他宁可布道，叮嘱人们为人要谦逊，而他们原本没有和他一样的理由去谦逊行事。

维尔纳身上有明显的艺术家特征与品质：我们欣赏他戏剧中的现实主义呈现、活泼的对话和生动的风格，尤其是他皈依前的那些戏剧，比如关于马丁·路德的著名历史教育戏剧《力量的庄严》（*Die Weihe der Kraft*）。然而，在众多光彩耀眼的事物中，内在性（interiorità）却十分虚弱。因为他确实未曾从那儿获取过力量？这种内在性肯定不在他有关改革的共济会和情色理想主义的、脆弱且不确定的理智反思中。但也不在他感官的激情中，尽管他拥有大量的激情，却都是低级和粗俗的，同时还受到另一种灵魂的限制与冷却，即他身上人道主义空想家（utopista umanitario）的灵魂。因此，他也没有能力完整地刻画感官和精神的混乱的感动，这种感动通过它所带来的痛苦，偶尔会上升为诗或向诗敞开道路。在这一部分，他的生活回应了他的艺术：神秘主义者和修道士诞生于肉欲之人，而维尔纳式的荒淫无度（dissolutezza）只能产生舞台上的喜剧演员，用偶像崇拜式的、虔诚的外在行为努力清除他身上罪孽的、近乎外部性的动物行径。

统治维尔纳并赋予他的戏剧呈现以生命力的唯一真实情感，是悬在有罪之人维尔纳头顶上方的对阴暗报复的恐惧；对于因罪行而必受惩罚的迷信，这种惩罚由某种神秘力量实施，上帝或其他力量；以及他不得不屈从的无法抵抗的赎罪。在这里，生活与他的艺术逻辑形成了对照：他的皈依源于恐惧，和对逃避确凿且重大的惩罚的赎罪焦虑。从他灵魂的真实深处诞生了一出著名的悲剧：《二月二十四日》（*Der vierundzwanzigste Februar*）。

尽管《二月二十四日》被视为所谓"命运戏剧"（drammi del

4. 维尔纳

destino）的代表作，但我们不去深究这种类型，因为这里重要的不是命运的观念，而是在不同作者的情感中这个观念是如何表现的，是它催生了不同类型的诗歌。实际上，没有什么东西能让我们对体现在席勒的《墨西拿的新娘》和维尔纳的悲剧，以及穆尔讷（Adolf Müllner）、侯瓦尔德（Christoph Ernst von Houwald）和其他人的戏剧中的情感进行某种有益和可能的美学比较。在席勒身上，命运的观念服务于复兴希腊悲剧这一文学企图；在穆尔讷和侯瓦尔德这里，它则被用来吸引和震撼观众，符合了19世纪初体现在法国大众戏剧中的一种潮流，这种潮流同时也反映在拉德克利夫（Ann Radcliffe）的大量小说中，而在我们这个时代，它除了以古老的形式，也以新的形式出现在大木偶剧院（Grand Guignol）的演出和电影艺术中。然而，在维尔纳这里，罪行发生在一个二月二十四日，并且在间隔很长时间后的每个二月二十四日都会发生新的罪行，直至某个二月二十四日最后一个罪行摧毁了罪犯的整个家族。这是维尔纳的幻想形式，用来对付他作为有罪之人的焦虑，他虽未强大到从罪恶中解脱，却一直等待和畏惧着，在不久的或遥远的将来，不知来自何方的一个重击、一个事件会将他打倒在地。正如他自己在皈依后为悲剧增添的"序言"中所说，他唱了那首恐怖的诗歌（Schreckgedicht）：

> 当暴风雨的乌云，
> 让忧郁感知和陶醉精神变得迷惘；
> 当我唱起这首歌，

> 如猫头鹰的翅膀发出呼呼声！

50　　这种不安灵魂的关怀唤起了维尔纳身上最好的文学品质，并让他能够创作出一幅苦涩、忧郁的现实主义绘画。瑞士山谷的孤独小屋里住着一对可怜的老夫妇，他们忍受着寒冷与饥饿，于危险的残垣断壁中回忆惊悚的过去。第三人在深夜闯入，在绝望的贫困和内心诡辩的唆使下，计划着如何实施犯罪。灾难随之而来，这个曾遭其父诅咒之人，尽管不认识这对夫妇的儿子，却为了偷窃而诅咒了他们的儿子并将其杀害，而他的归来为他的父母带来了和平和拯救。这些画面以心理学家的自信呈现和推动着，并以热烈的激情叙说着。

　　然而，这部悲剧仍然是恐怖的想象的结合，它能让观众和读者感到一阵战栗，但从未给予他们纯粹的诗性感动，因为只有因良知的照耀而得到净化，罪孽的情感才是诗性的，良知才是诗真正的主体。但在这里，罪孽如此之少，以至于不存在突显它的道德背景，一项罪行甚至与一次偶然事件没有区别。维尔纳无法给出实际上他无论如何都不具备的东西。在体现作者的隐晦与作品的空虚的最后几段话中，作为凶手的父亲在将自己交给法官和刽子手的过程中说：

> 好吧！以上帝之名！
> 我很高兴为我辛苦挣得的东西赎罪！
> 我走向血的法庭，坦承我的杀人行径！

4. 维尔纳

> 当我通过行刑架,我的生命就结束了,
> 然后上帝会做出审判,他通晓一切!
> 这是一个二月二十四日!
> 那一天!上帝的荣耀是永恒的!阿门!

唯一可能有意义且听起来正确的命题是,只有上帝才能审判,也只有上帝才能解开这团纠缠的线,因为他知晓一切,而作者的思绪却一片混乱。

5. 克莱斯特

维尔纳和海因里希·冯·克莱斯特（Heinrich von Kleist）在艺术上存在某些相似之处，后者也同样拥有一个盲目的灵魂（un'anima cieca），尽管这种盲目与《二月二十四日》的作者颇为不同。在现实生活中，克莱斯特试图寻找适合自己的道路，但他失败了，最终结束了自己的生命。

什么是诗人的盲目呢？就是在人类激情的照耀下无法看到个别的激情，无法在根本和彻底的渴望中看到渴望，无法在由部分和不和谐的理想所和谐构成的理想中看到前者：有时候它也被称为"理想化"的无能。诗的理想化不是轻佻的修饰，而是一种深化，我们依据它从混乱的感动走向沉思的宁静。没有完成这个过程的人，依旧沉浸在激情的不安之中，无论他如何挣扎与努力，都无法给予他人或自己纯粹的诗性快乐。

5. 克莱斯特

德国评论家让人讨厌和憎恶的毛病在于，他们常常切割文学作品，将它们一一对应于作者生平中所发生的事件，声称它们是受到这些或那些真实体验的情感，以及真实意图与目的的启发。53 无论是在世时还是过世后，歌德都是这种评论的著名受害者，他在世时就十分反对它。当同样的评论方式被引入意大利时，人们尤其用它针对莱奥帕尔迪，它有时看起来是卑鄙的亵渎，有时是荒谬的笨拙，因为这就好像把这个或那个雷卡纳蒂（Recanati）女孩拿来与西尔维娅（Silvia）和内里娜（Nerina）的理想形象做比较，多么羞耻啊。然而，这种习惯做法在德国文学大部分不成熟的现实主义特征中找到了某种合理性。由于这是一种反美学的评论方式，它适用于解释缺乏美感的作品。尽管克莱斯特也常认为评论家是愚蠢的（比如，他们思考《施罗芬施泰因一家》[*Familie Schroffenstein*]中两个有亲戚关系的家庭是否分别居住在湖的两岸，理由是，诗人曾在一个瑞士湖泊的小岛中居住过一段日子，在那里能看到两栋面对面独立的房子！），但并非无关紧要的是，我们知道他的彭忒西勒亚（Pentesilea）就诞生于一种他因在艺术天空中如伊卡洛斯般徒劳飞翔而陷入的狂怒。《海尔布隆的凯瑟琳》（*Käthchen von Heilbronn*）明白如何将某种女性忠诚的理想和确切的失望对立起来，作者在某个尤利娅或朱丽叶身上经历过这种失望，在同一部剧中，库尼贡德形象的构思就是基于他对其他女性的厌恶，但我并不知晓是哪位女性。《赫尔曼战役》（*Hermannschlacht*）则诞生于克莱斯特因法国入侵普鲁士而激发出的爱国主义情感。批评家轻易地将这类艺术作品贬低为文献，因为它们本质上是文献，而不是真正天才的艺术作品。

那些感动的瞬间完全俘获了克莱斯特，在他刻画的形象中，他将这些感动进行了感官化。因为一种感动，无论其根源和倾向多么高尚（克莱斯特当然有着高尚的热情和冲动），如果仅看它的外在表现，而未能完全掌控并将其置于广阔的现实背景中，那么它就不过是一种本能的、野兽的或机械的冲动，被揭示出来的仅仅是它的感性部分，而这些部分也会被单方面地夸大和扭曲。因此，他的彭忒西勒亚常常充满恐惧，她唯一的渴望就是赢得她心爱的阿喀琉斯，并与他结合，当看到自己无法赢得他时，她便在愤怒的狂热中杀害了他，用击打和撕咬折磨着让她又爱又恨之人的尸体。对于克莱斯特和其他文学灵魂而言，这并不意味着以淫秽、血腥和惊悚为乐。相反，灵感的最初活动在于对一种最高理想的徒劳渴望和无法企及的绝望之中。但动机是象征性的，近乎讽喻的，超越了为它披上粗糙感官外衣的外部呈现（rappresentazione），酝酿着歇斯底里的愤怒。更显而易见的是，动机属于一种典型的伦理秩序，如同《赫尔曼战役》中对祖国的爱和对外国征服者的敌意。然而，克莱斯特只知道如何塑造一个欺骗、背叛、残忍和几乎犯罪的阿尔米努斯（Arminius），他对他人民的热爱（如康德所言）是反常的。又比如《海尔布隆的凯瑟琳》中的论据，一个单纯的小女孩无法抗拒一位伟大领主的魅力，像女奴般痴迷地追随他，对父亲的呼唤无动于衷，对她所狂热崇拜的，拒绝和凌辱

5. 克莱斯特

她的男人的殴打却百般忍耐，又是一个格里赛尔达（Griselda）①：这个论据是说，我们本应温柔对待一个传说，然而在克莱斯特的重手之下，它被迷信、歇斯底里和梦游症所玷污。甚至在《罗伯特·吉斯卡尔》（*Robert Guiscard*）充满力量的残稿中，主导基调也是对散布在诺曼军营中的瘟疫的恐惧（该军营位于被包围的君士坦丁堡的城墙前），以及一位英雄的艰苦努力，这位身染疾病的英雄从简陋的卧榻中起身，出现在人民面前，并对他们说话，为了让人民相信自己安然无恙，能够并且也已经准备好继续战斗。克莱斯特的短篇小说也是同样的快速、精准，所有事件的材料似乎都淹没在事件的叙述中，让人感到怪诞、好奇和恐惧，但非真正的悲剧性和感动，如同我们在《智利地震》《圣多明哥的婚约》《O侯爵夫人》中看到的。一个小女孩因为在爱情中犯了错而正准备走向断头台，此刻地震发生了，它摧毁了城市，她和她年轻的恋人在大逃亡中重获自由。但当两人踏入一座教堂时就被祈求的人群认出，人们用手指指向他们，仿佛他们是让神圣的愤怒（ira divina）降临在这座城市的理由，两人最终遭到人群的残杀。这是一件讲述得很好的逸事，但并非诗的篇章。这里缺乏诗的理念。在圣多明哥黑人叛乱时期的某个夜晚，一个白人在一间房子里逗留，他所属党派的人经常被引诱到这里，惨遭杀害。被当作埋伏工具的女孩爱上了他，她假装抓住和捆绑他，实际上却是为了救他。然而，当解救他的人赶来时，这位白人误以为自己被欺骗而

---

① 指顺从又有耐心的女人。——译者

射杀了这个女孩。"啊，你不应该不相信我！"，这个可怜的女孩死前说道。仅仅一句话就表明了，这部小说应该继续却没有继续，因为它只是一段美好的逸事。克莱斯特翻译和重新加工了一部轻快优雅的戏剧——莫里哀的《安菲特律翁》(*Amphytrion*)，他关注和坚持的是神话的哪方面呢？是阿尔克墨涅（Alcmena）意识到自己被其他人占有而这个人不是她丈夫时那无法修复的贞洁和无法克服的悲痛忧伤，尽管这个人恰巧是朱庇特（Giove），而他们的结合诞生了神之子。然而，批评家们称赞这个想法的"原创性"，同时也夸赞阿尔克墨涅的新形象是"如此德国"（affatto tedesca）。但这个想法体现了一种坏品味的诡计，它用无法安慰的忧伤创造出阿尔克墨涅的新形象，在愉快的喜剧式神话中显得愚蠢笨拙。在她为失去贞洁而感到痛苦时，这个形象就变得不纯洁了，但在艺术中却可以是纯洁的，如果它在一种戏谑的氛围中呈现。批评家们还称赞克莱斯特懂得如何不断赋予这个神话以一种神秘的价值，并把它视为一种"圣母领报"（Annunciazione alla Vergine）。但这种天真的宗教想象拍打着翅膀，避免沾染上色情精神病理学的泥浆，如同我们在圣母马利亚或朱迪丝的最初形象中看到的那样。

克莱斯特在保持物质性（*materialità*）的同时，为了赋予它生命而不得不依照某种设计夸大了物质性，这种设计是道德或政治的象征与意图。因此，我们在他的戏剧中感受到了理智主义的东西（d'intellettualistico），这些作品常常是演说式的（opus oratorium），最后上升成为一种教诲史（storia edificante），比

5. 克莱斯特

如在《洪堡亲王》(*Prinz von Homburg*)中，个别物质性的东西虽极少出现，但也并非完全缺席（亲王半梦半醒的状态，收到打仗命令时的消遣娱乐，死亡的想法引起生理上的战栗）。而这部作品很好地达到了某种宁静（calma）状态，这里的宁静是一个道德概念，而非艺术概念。克莱斯特的表现手法相当理智主义，但他经常无法避免论述的平庸、肤浅和幼稚。《洪堡亲王》是部情景剧，它的舞台和方法都是喜剧式的，为了欢乐的目的，这部作品中的大选帝侯（il Grande Elettore）是严厉的法律捍卫者，他判处亲王死刑，但他的言行似乎不是认真的，而更像是在努力上演一场道德寓言故事。在《彭忒西勒亚》中，爱上彭忒西勒亚的阿喀琉斯欺骗了她，尽管他是胜利者，却让她相信自己战胜并俘获了他。尔后，谎言被拆穿，为了取悦彭忒西勒亚，阿喀琉斯故意再挑战她，决意让她战胜和俘虏自己，这个轻歌剧中的阿喀琉斯，比梅塔斯塔齐奥笔下的还要逊色。这部戏剧中的一些对话表现出了某种无意识的诙谐，比如阿喀琉斯不知如何掩饰他痛苦的惊讶，因为女战士彭忒西勒亚切掉了自己的一个乳房，这对乳房原本是"可爱朝气的感觉之地"，她向他保证，他会在剩余的左乳房中找到所有的感觉，因此不必感到遗憾。克莱斯特的理智主义还体现在他的喜剧中，因为，尽管《破瓮记》(*Der zerbrochne Krug*)被誉为最为欢快的喜剧，一种德国缺乏的理想喜剧类型，但实际上，它不过是一场卖弄学问的令人难以置信的冗长的闹剧。

真相是，克莱斯特尽管表现出自己缺乏某种诗歌天赋，但这恰恰是因为他对艺术上的伟大与强劲抱有无尽的野心。这种野心和探索反映出他内在才华的虚弱,他的才华缺乏那种能够完成伟业的纯粹力量,这项伟业无须计划也无须被知晓,仿佛是自身单纯的拓展和呈现。他的天分是二流的,那是演说家的天分,也就是清晰的戏剧呈现,生动的描述和充满活力的语调。但他身上也许没有真正的诗性之地。在彭忒西勒亚面对自我进行沉思的那些话中,她强烈的情绪如同匕首,结束了自己的生命,而这些话让我们看到了克莱斯特可以上升到何种高度:

> 如今,我走入我的内心,
> 如同走下一个矿井,从身上挖出
> 毁灭般的感觉,冰如矿石,
> 我在痛苦的灼热中提炼这颗矿石,
> 变成坚硬的钢;然后用毒药彻底浸泡,
> 悔恨腐蚀性的炙热,
> 再把它放在希望永恒的铁砧上,
> 让它变得锋利、尖锐,变成一把匕首,
> 现在,这把匕首顶在我的胸口;
> 如此!如此!如此!又一次!现在很好。

克莱斯特的名声在真实主义(verismo)和自然主义(naturalismo)艺术时期得到了增长,因为他被认为是"心理戏剧"的奠基者或最初的奠基者之一。这个词恰好指出了艺术的对立面,那就是观察生活并将其图式化,从而取代了创造者富有想

5. 克莱斯特

象的灵感。当人们近期开始寻找德国粗糙的戏剧之后，克莱斯特、维尔纳和黑贝尔（Hebbel）被认为是新时代的莎士比亚，与易卜生并列（他不同于任何人，拥有艺术家高贵的灵魂）。依旧有许多人喜欢克莱斯特，因为如今（在德国或者其他地方）许多人喜欢巨型的、喧闹的东西，比如喇叭声中的鼓声，纯粹的诗在喧闹声中窒息了，如同声音纤细且寡言的科迪莉娅（Cordelia）。然而，歌德（克莱斯特渴望反叛和超越他）给他写了一封关于《彭忒西勒亚》的信，告诉他这部剧是"多么精彩绝伦，涉足了人们从未到达过的领域"，他要耗费气力才能读懂它。歌德谴责《安菲特律翁》最后一幕简直肮脏污秽（klatrig），同时认为克莱斯特是一个真正的"北欧疑病症患者"（ipocondriaco nordico），所以他选择的都是精神正常之人会拒绝的主题，无论作为人还是作为诗人，他注定走向毁灭。歌德还比较了克莱斯特的短篇小说与创作于瘟疫期间的意大利的宁静的短篇小说（le serene novelle）。精通艺术的黑格尔同样也比较了莎士比亚强烈而连贯的风格与克莱斯特的风格，他认为后者的主要特征是磁性与梦游症。[1] 我似乎在一本传记中读到，克莱斯特曾经因为歌德批评自己而想与他决斗，当然，他没有更合适的方法来让简单的真相沉默。之后他的自杀悲剧性地证明了这一点。

---

1 参见 *Vorlesungen über Aesthetik*, II, 182, 198。

6. 沙米索

《彼得·施莱米尔》

　　寓言的虚假形式之一，是故事的叙述以提供某种特定道德的、谨慎的或其他观念的方式展开。如果这里观念清晰，那么这种方式可以产生最优雅的事物。但这种情况只适用于寓言，而非诗，因为观念和叙述永远是两件不同的事，后者带有教导的义务，用以传达或巩固前者在头脑中的印象。

　　用寓言来影射生平或者生平中的某个片段，也是这种虚假形式的变种之一，因为这里也存在着形式与内容、字面意思与隐秘含义的二元论，而寓言被归类为"隐喻故事"（racconti a chiave），如同上一种情况，它可以是灵活的、恰当的和必要的，

6. 沙米索

但它本质上并不是诗性的。

第三种虚假形式介于（一方面）寓言或"隐喻故事"和（另一方面）自由想象的作品之间，要么是其中一种，要么是不同姿态的混合，尤其体现在荷尔德林（Hölderlin）和诺瓦利斯（Novalis）著名的浪漫主义作品中，如今它们又再度流行，但实际上，它们尚未达到成熟诗歌和完美艺术的程度，因为我们还能在其中感到某些晦涩、支离破碎、抽象和恣意的东西，尽管也有一些精致或刚劲有力的诗的片段。它们唯一的吸引力，同时也是吸引我的地方，仿佛是疾病的吸引，一种贵族的疾病，用痛苦和忧郁刻画美的轮廓。

然而，真正的寓言诗（fiaba-poesia）本身就拥有它的完整意义，任何一个长篇小说、短篇小说、戏剧或抒情诗亦是如此，因为联结或交织其中的寓言和神奇元素，相对于艺术而言并没有任何区别。

《彼得·施莱米尔》因此是一部小型杰作，因为它是部杰作，它要求人们以其自身唯一的含义即字面含义来阅读它，从头脑中清除所有解释学研究，比如什么是影子，什么是七英里靴，谁是彼得·施莱米尔，他描述的那个生命片段的意义又是什么。影子就是影子，是这个人自身的一部分或一种特性（virtù），看似微不足道，甚至可以没有它。但事实并非如此，因为缺少影子的人立刻会被合理怀疑的目光凝视，然后像是具有某些隐蔽缺陷的人一样被社会驱逐。施莱米尔确实有缺陷，因为他不是因为不幸才失去影子，而是出于对金钱的贪婪才卖掉了它，他把影子卖给了一个陌生人,这个神秘人物没有明确告诉他买他影子的合理理由,施莱米尔也没有问他,尽管那个人明显狡诈、歹毒又邪恶。施莱米尔虽然在贫穷的刺激下迈出了错误的一步,但他依旧是个诚实的人,有着纯粹的灵魂。不久他便发现自己犯了错,为此感到羞耻和悔恨,渴望重新赎回他的影子,并愿意做出任何牺牲。影子,他原本认为无足轻重的东西,如今对他而言已是珍贵得无法失去,他时刻感到悔恨并渴望重新获得它。某天,这个神秘人又重新出现,他从口袋里拿出施莱米尔的影子,将它摊在太阳下,"用这种方式,"他说,"走路时便会跟着双重影子,我的和他的,我准备好满足他的愿望,因为我的影子原本应该听从他,依照他的行动来表现和适应",痛苦搅动着他的胸膛,这多么绝望啊!"过了很长一段时间,当我再度看见我可怜的影子时,我发现它沮丧如悲惨的奴隶,就在那瞬间,我因为它而遭受巨大痛苦的折磨,以致心碎不已,爆发出最最苦涩的眼泪。"他的愿望如此强烈,他重获影子的需求又如此急迫,他抵抗着新的诱惑。如果说他因为有魔力的钱袋而抛弃影子,如今他不会因为影子而让渡他的灵魂。相反,他走得更远,他虽知自己无法重获影子,但他将那受诅咒的钱袋扔进了深渊。"我站在那里,既无影子也无钱;但我胸口巨大的压迫感正在慢慢减轻,这让我倍感宁静。假如我没有丢失我的爱,或者假如,尽管我丢失了它,我也不会有负罪感,我想我本可以幸福……"命运来协助他,但不是重新赋予他永久失去的东西(谁可以抹去一个已经犯下的错误呢?做过的事,就永远成为我们自身的一部分),而是让他找到有魔力的靴子,有了它,一个被社会驱逐的人，一个被排除在爱、家庭和友谊的喜悦之外的人，一个必须放弃所有这些好处的人，可以重新忙碌起来（rifarsi un'operosità），去设定一个目标，并享受实现它的过程。在所有具体、生动和清晰的讲述中，有什么寓意和隐蔽的东西？当然，影子不仅仅是物理意义上的，但也不是一种观念。真实情形是，它如观念般无法确定，沙米索自己也从不知道如何定义，尽管他向我们坦白了他的真正意图，意图就是意图，事实就是事实，也就是说，人人都能在字面意义上理解和品味艺术作品，更好的情形是能够理解它的唯一含义。影子不仅仅是物理意义上的影子，因为在诗中，没有任何人物、行动、事件只是简单的外部物质的人物、行动、事件，所有一切都是人类精神的理想力量，它们转化成了诗的动机和塑造的形式。彼得·施莱米尔动机中的动机和他惊奇故事的动机是永恒的戏剧，是梦想与现实、纯洁与肮脏、冲动与义务、愉悦与尊严间永恒的对立。倘若有人在这里寻找其他东西，想要确定并将那种诗性的动机还原成道德的动机，那么，他不是迷失在艺术上不存在的精巧中，就是将自己放置在适用于任何艺术作品的最普遍的普遍性之中。

评论家批评《彼得·施莱米尔》，不仅依据上述第一个种类——寓言，把它贬低为伪诗，尤其将它斥为"隐喻故事"，他们认为这个故事是作家本人的生活在惊奇面纱下的象征。众所周知，沙米索是一位德国化的法国移民，结果却成为最最德国的歌谣和浪漫曲的创作者。后来他学习了植物学，并长期投入科学事业。这并不是否认《彼得·施莱米尔》中或多或少有一些作家的自传元素，但因为德国的评论家（如上所述）异常滥用这种诗歌与自传式的研究，它造成的唯一结果就是减弱了诗歌的存在。最好还是再次重复适用于这种情形的唯一原则，因为只有它是真实的。这个原则是，艺术作品如同思想作品，一定会从作家的生平经历中汲取灵感，但我们无法比较和估算两者间的关系，好比摇摆律与比萨大教堂著名的灯，或者万有引力与砸在牛顿头上的苹果，当他躺在结满果实的苹果树下时。批评家尤其关注那些意外事件，这些意外事件转变成了诗的颤动，又将诗的颤动转化为现实事件，并将现实事件升化为孕育诗的动机。人们不难想象这个过程会为品味和判断带来怎样的后果。这些后果多么有害，那些作品就有多么美好、客观和经典，而它们却成了提炼和抽象工作的对象。有害性越少，丑陋和物质就越多，因为在第二种情形下，它们通常包含的是聚合的而非融合的因素，是被复制的和非理想化的因素，提炼和抽象它们只是让已经存在于作品本身的分析更加明朗。

7. 沃尔特·司各特

在19世纪上半叶，倘若有人撰写当时最新的欧洲文学史，他就一定会把伟大的苏格兰诗人和小说家沃尔特·司各特放在诗与艺术天空的首要星辰中。人们不会反对任何对他的赞美。他的作品成功地出现在所有国家，到处激励出他的模仿者。很少有一个作家拥有如此众多的弟子和荣誉。这些赞美和热情不仅来自大众之中的普通读者：只需回忆一下歌德，他认为司各特"是一个无人匹敌的伟大天才，他对整个读者世界造成了如此特殊的影响"。人们常比较他与莎士比亚，尤其在他的祖国，人们也认为只有莎士比亚才能与他相提并论，因为他创造的丰富性，原创角色无穷的多样性，历史的场景、状态和历险，也因为他表现出来的人类普遍的同情和道德的纯粹。

之后，所有这些荣耀都成为过去，在意大利也是如此，在19

66 世纪上半叶,他的小说全集和部分诗歌在意大利出版了多个译本,而到了下半叶,他作品的单行本只在休闲文学丛书中得到零星的重印,在演讲和写作中,人们不再常常提及他作品中的人物和行为,取而代之的是遗忘和远离。评论家们对他的批评,尤其在丹纳(Taine)的名著出版之后,表现出了严厉、残酷和蔑视。我们在意大利,在切基(Cecchi)关于英国文学史的书中也能听到此般论调。实际上,在阅读完那些小说之后,不断讨论它们会让我们感到厌烦:它们数量庞大,阅读它们让如今的读者感到十分疲惫——他们也能立刻感受到艺术的单调和创作的机械——他们愤怒地讨论它们,设法发泄和报复。如果他只有两三部作品,那么人们就更容易冷静和宽容!人们会欣然寻找它们积极的一面,小心翼翼地搜集闪耀在这儿或那儿的微弱的艺术光亮!

如果我们想通过司各特的作品去了解历史风格的规则,那么我们就需要保持冷静。在回归必要的冷静时我们会发现,讨论司各特首先应该关注他履行的社会职责。简单来说,就是为市场专心提供商品的企业生产者的职责,而市场对这些商品的需求强烈且合理。是否存在对消遣和娱乐的想象力的需求?对德性、勇敢、丰富情感的想象的需求是一种不健康的形式,司各特不希望在这种虚幻的满足中浪费自己所有的时间,他希望利用游戏来了解历史事件和风俗习惯?沃尔特·司各特拥有与这种企业事务相匹配
67 的天赋。他的事业起步于诗歌,他用诗歌首次满足了这种需求。但几年后,他开始意识到人们已经对这种商品感到厌倦,他开采的矿脉也已经枯竭,尤其在诗歌方面,一位危险的竞争者出现在

了公众视野：拜伦（Byron）。司各特从诗歌转向散文，并用"威弗莱小说的作者"这一称号为自己的名字增添了神秘色彩，由此他的整个事业生涯不断延续着惊人的成功。阅读司各特的传记会让我们获得这样一个印象，那就是我们正在面对一个工业化的英雄。他的传记作家阐释并崇拜他充满创造力的精神的洞见，和让他每年能够完成两到三部小说的辛劳，还有他投入巨额的收入来修建和装饰的、用来豪华款待宾客的城堡。他们不关心司各特的内在生活、爱情、宗教与思想，也极少论述他的精神斗争和发展。那本传记戏剧化的地方是他合作出版社的倒闭，司各特一下子陷入了破产和几百万债务之中。他从这种逆境中站了起来，没有丧失勇气，他重新握起了笔，承诺用写作来偿还所有债务，他为信守诺言而耗尽精力，当因极度劳累而倒下之时，他已经偿还了大部分的债务，在他去世后，剩余的债务也因全国人民的感激而得到豁免。我们不知道这种感激是给予一位伟大的作家还是一个为英国商业诚信带来荣誉的伟大商人。这并非文学史式的传记，而像斯迈尔斯（Smiles）的《自励》（*Self-help*）或者他其他类似的作品。

其次，没有人会从艺术的角度思考司各特，我们思考的是满足英国和欧洲大众普遍需求的独特形式，司各特正是用他的商品满足了他们的需求。这种形式存在于新的历史、道德和政治情感中，作为首次反抗18世纪理性主义和法国大革命雅各宾主义的结果而出现，它也存在于对历史的钟爱和崇敬意识中，对传统习惯价值的认同中，存在于反对表面和单方面世界主义的民族主义觉醒中。司各特肯定不是涉及上述所有方面的作家。这种类型的作家人数众多,大多出生在他之前的德国、法国、大不列颠以及意大利。但毫无疑问他是传播者,以及天才式的商业利用者。

我们不应否认传播工作的重要性及其精神影响。在哲学家和历史学家的思想或者诗歌的吟咏尚未抵达的地方,出现了简单的苏格兰小说,他的苏格兰诞生了许多其他的苏格兰,也就是说,发生在欧洲各大地区的对过去的诸多回忆和对人民习俗的再现,司各特描写和叙述的方式也影响了职业历史学家。这种影响是正面的,它促使职业历史学家走出人文主义和启蒙运动历史学的单调和无趣。但也有负面的影响,因为它使得历史学家常常将历史构思成历史小说,像一幅闪耀却意义不大的画卷。这种夸张的叙述后来遭到了摒弃,但好处却保留了下来。任何人在撰写19世纪历史研究的历史时,都无法忽略沃尔特·司各特在其中发挥的作用。

第三点也与艺术无关,因为它实际上属于司各特创作小说的才能:我们不应该用后来的或当下的写作手法来衡量他的才能,与这些手法相比,他的手法可能就显得贫瘠和生疏,总之不那么成熟,因为如今它已经过时。当下又有人重提司各特的初期写作和写作手法,对此我们无法容忍,但也只需一笑置之。为了公正地评价司各特的才能,我们应该拿他与之前小说家的写作手法进行比较,更要联系当时大众的兴趣。实际上,歌德(我们从他的诗性杰作《迈斯特》和《亲和力》表现出的局促与幼稚的写作手法中可以看出,他的小说天分也很差)崇拜沃尔特·司各特,尤其是他作为历史小说家的叙事能力,歌德不断思索在司各特身上

7. 沃尔特·司各特

发现的"全新的艺术",一种由其"自身法则提供"的艺术。司各特从古玩和旅游的知识储备出发,描绘了风土人情,并用神秘和动人的独特人物吊起了读者的胃口,营造出正在目睹诺曼人、萨克森人、清教徒和雅各宾派历史的幻觉,就像真实地发生在个人的行动和言语中那样。他将史诗与喜剧相结合,用慈爱的微笑刻画那些被单一思想或独特欲望占有的角色。他首先刻画的还是高贵和英勇的人物,一如既往地给予他们高度的同情。

第四点,也是最后一点,是关于艺术和诗歌的思考。如前面所说,这不能用来作为评价司各特的主要标准,因为在他身上,艺术和诗不是主要的东西。如果把它视为首要标准,那么得到的批评结果就是所谓的"严厉抨击"(stroncatura),它在当下的争议中可能大有用处,但针对过去人物使用起来是多么令人不快。批评家如高瑟(Gosse)不承认我们指出了司各特的缺点,他坚持认为"英国可以挑战世界上所有的文学,并且能找到一个更纯粹的天才,他以其更杰出和更持续的英雄气概,结合历史与小说、风土人情的绘画与惊世骇俗的叙述"。当然,我们在面对这样的批评家时,是很乐意去热烈反驳的。但我们值得为此丢失历史的重力吗?难道还不清楚,高瑟那坚定的判断看起来是如此不确定?因而他最后说,如果欧洲不愿再了解沃尔特·司各特,他的祖国英国将留住他的所有并为他狂热,他保留着民族文学更完美的风格,从不写作一个病态的、粗鲁的或低级的字,他代表着英国绅士的完整形态。绅士的,但不是诗人的。

司各特身上少有的诗人气质很快就耗尽在他平庸的性情中。

在创作诗歌时，他的诗人气质也很少见，诗歌的质量如何，我们可以再阅读一遍他诗歌中的那些著名片段，比如最后一位游吟诗人的肖像：

> 道路很长，风很冷峻，
> 游吟诗人虚弱又寒冷，
> 他枯槁的面容和灰白的长发，
> 似乎已经见识过更美好的日子，
> 竖琴，他唯一残留的喜悦，
> 由一个孤儿携带着……

或者是对梅尔罗斯修道院的描写：

> 你若要正确欣赏梅尔罗斯，
> 那就凭借微弱惨淡的月光；
> 因为明亮白昼艳丽的光线
> 会嘲弄地为灰色废墟镀金。
> 破败的拱顶在夜色中茫然，
> 每扇凸出的窗都泛着白光；
> 当清冷光线不确定的力量
> 倾泻在荒废的中央塔楼上，
> 那就去吧——独自前往——
> 去观看圣大卫荒芜的废墟；

7. 沃尔特·司各特

> 归家之时，我实际上发了誓，
> 从未见如此凄惨美妙的景象！

他长篇小说的艺术也同样肤浅，它们向我们展现了，怎么说呢，有趣的人和事：比如《艾凡赫》(*Ivanhoe*)，这部小说以一次穿越森林的旅途开始，神秘的朝圣者和自大的骑士在森林中相遇，并在夜间来到一位萨克森领主的城堡，城堡中美丽的罗文娜夫人光彩耀人。小说接着出现了决斗、马上比武、土匪、绑架、围攻和神判，出现了一支由英勇无敌的战士组成的彩色队伍，如艾凡赫和黑色骑士，后者最后揭示自己的真实身份是狮心查理。还有享乐的修道院院长如艾姆院长，勇敢又腐败的圣殿骑士如波阿-基尔勃，犹太人艾萨克和她迷人的小女儿丽贝卡，土匪罗宾·胡德和神父塔克，小丑万巴，诺曼男爵弗龙-德-伯夫，萨克森人锡德里克和萨克森事业的可怕叛徒乌尔里卡。但当我们读完这部小说时，就感到心灵的空虚。他的叙事没有史诗的情感，没有爱的情感，没有宗教也没有其他。所有人物只为自己存在。他们是视觉的，也是想象力的盛宴。但小说缺乏一种真正意义上的展开，因为它缺乏艺术理念，而是用一系列迷人的事件和历史概念来代替。小说有时试图制造一种更深层次的共鸣，比如在描写圣殿骑士对犹太女孩丽贝卡的热情的著名片段中。但如同其他片段，该片段也受到某种对风景画的渴望的启发。骑士性格的刻画，骑士与犹太女孩之间的对话都落入俗套，常常也很荒谬。小说有灵魂戏剧的外部轮廓，但缺乏灵魂。涉及圣殿骑士胸中高尚情感的片段是小说比较好的部分，尤其是他死于决斗，他并非死在敌人剑下，而是死于过度热情的紧张。丽贝卡的形象也有某些高尚而细腻的笔触，特别是在她最后一次拜访罗文娜夫人，以及她告别时的场景。她身上的犹太属性在于她为先人们保持了犹太信仰，同时又获得了纯粹的人性。在他其他的小说中也有类似片段，如《修墓老人》(Old Mortality)中粗野又荒淫的下士博思韦尔，他看似荒谬，不停唠叨自己是高贵的斯图亚特后代，当他在战役中英勇就义时，莫顿在他的胸口发现了一个钱包，上面有斯图亚特的家族树，还有两封20年前以女性优美字体书写的信、一绺头发和他自己创作的一些诗歌。莫顿当下怀着一丝怜悯思考着这个独特又不幸的男子的命运。在悲惨和蔑视中，他似乎一直思索着他的出身所赋予他的高贵地位。他沉溺于放纵，怀着苦涩的悔恨回忆起他的青葱岁月，彼时的他怀有一股道德热情。在对旅行和不期而遇的会面的真实渴望中，我们能够感受到些许诗性的东西，比如《罗布·罗伊》(Rob Roy)的前几章和《威弗利》(Waverley)中关于传统和半野蛮生活的那几章。当然，所有这些之后都将迷失在阴谋和不重要的事情中。如果我们开始愉快地阅读他的某些小说，比如《圣罗南之泉》(Saint Ronans Wells)，当我们进入虚构的传奇情节，也就是进入糟糕的困境时，就会开始感到无聊，而某些好的段落又让比如（因此我提到了这本小说）神父圣罗南的形象再次鲜活起来，充满了善良、感动同时又有仁慈的情感。

沃尔特·司各特纯粹的诗性可能就体现在这种善良的微笑中，

7. 沃尔特·司各特

同时它也照亮了他喜剧式的人物,这些人物有时带着特定的模式,但常常限制在合理范围内。因此我认为他最好的小说是《密德罗西恩之心》(*The Heart of Midlothian*),意大利文版叫作《爱丁堡监狱》,这部小说充满着善,它不仅体现在某些细节中,还体现在故事本身。小说中也出现了许多阴谋,常见的土匪(但他们不是土匪,而是情感充沛的绅士),以及其他剧目中的常见事物。然而,谁能不被优雅的埃菲的故事感动?她被错误地指控杀死了自己的孩子而遭监禁,谁能不被姐姐珍妮坚定的诚实和勇气感动?珍妮不愿为了救她而撒谎,却又救了她,自己面临所有危险,为她获得恩典!谁能不为沉重而节制、情感羞涩却陷入爱情的邓比迪克思领主(Laird of Dumbiedikes)感到快乐?谁不喜爱疯狂的玛奇呢?她的疯狂邪恶又慷慨,多疑又狡猾,虽以现实主义方式刻画,却充满了同情。司各特在善良虔诚的大卫·迪恩斯(David Deans)身上捕捉到了某些东西,他是两个女孩的父亲,爱卖弄学问,习惯说教,虚荣自满,但在痛苦的折磨和严肃的宗教性之中,这个人依然保持高贵动人。试图安慰他的牧师对他说:"您已经知道,我善良可敬的朋友,您就像十字架真正可敬的奴仆,就像一个——正如圣哲罗姆所言——在臭名和美名的不安中得永生(per infamiam et bonum famam quassari ad immortalitatem)的人,在诽谤和赞美中通向永恒的生活。此刻折磨您的打击是一个词语,是神意以其智慧认为应当降临于您的。"他抓住神父的手回答:"我如此接受它,如果不是用我的母语,我不知道如何阅读《圣经》(即使在痛苦中,他也没有丢失神父的拉丁文本),至

74 少我懂得默默戴着我的十字架。但是,鲁本·巴特勒!我经常被人认为(尽管是可卑的)是教堂的一根柱子,我从童年开始就经常坐在老人们中间,轻率之人如何看待无法阻止自己家人犯错的引导者呢?哦!当他们看到选民的子孙和彼列(Belial)①的子孙一样遭到玷污时,他们又如何唱起他们的谴责之歌。但我戴着我的十字架,我感到欣慰的是,我和我家庭的一切都接近于善,像昏暗的夜晚爬上石楠花的昆虫传出来的光。昆虫的眼睛在发光,因为周遭一片黑暗,但当晨光照亮山坡时,哪怕一只可怜的昆虫也不留下。正是以这种方式,而非其他方式,人类正义与司法的破布即将出现,我们可以穿上它们以便掩盖我们的耻辱。"还有好人塞德尔特里,他对他所谓的法律知识感到十分自负,表现为真诚的兴趣和自满的混合。"毋庸置疑,如果有人告诉塞德尔特里,可怜的埃菲·迪恩斯的不幸和她家庭的耻辱让他感到快乐,那么塞德尔特里会很愤怒。但人们可以探究的是,让一个重要人物来做,来调查,来引证有多少法律涉及此事的宽慰,对他而言是否是痛苦的一种补偿,这种痛苦引发了他对一个家庭的哀伤,而他自己的妻子与这个家庭有着某种血缘关系。"其中有个片段被我们的一位小说家模仿,十分打动我们意大利读者,那就是格罗西(他编辑过司各特和曼佐尼的作品)的《马可·维斯康蒂》(*Marco Visconti*),这部小说描写了船夫的小屋,他的儿子溺水淹死了。

75 "与此同时,太阳落在了城堡和西边山脉的后面。大卫·迪恩斯集

---

① 希伯来语,形容虚弱或无价值,《新约》中代表恶魔。——译者

7. 沃尔特·司各特

合他的家人进行晚祷。当他们坐在一起按韵律进行吟唱时（这就是他们通常做的祷告），埃菲平常坐的椅子这次是空着的。迪恩斯正准备开始祷告，他看到珍妮的眼里充满泪水，他转过身去，不耐烦地推开了椅子，仿佛想在这个精神朝向神圣的时刻，以此远离所有尘世的记忆：之后他们开始朗诵《圣经》中的某些诗句。"最美的是对公共审判的描述，一切都取决于姐姐珍妮将说的话，但她不会说出那个字，因为她无法说谎，大卫·迪恩斯知道她无法说出它，也从未要求或者希望她说出来。但是，当珍妮受到各方压力，要她说出她的妹妹信任她，如此便能提供法律上有效的豁免理由时，她告诉法官：呜！不，她什么都没跟我说！"人群中发出了一阵深沉的呜咽，而另一声更加深沉和痛苦的呜咽发自那位不幸的父亲。他没有停止希望，不由自主地、无意识地，而希望忽然消逝了……"

让我们寻找到处流淌着的人性善与仁慈的小溪，让我们刷新对沃尔特·司各特小说的认知。剩下的一切不是技巧就是渊博，还有他中庸的诗歌。它们让我们能同情地与一位让我们的奶奶辈和父辈都感到快乐的作家道别，也正是这个原因，使得他不应该被我们的子侄辈粗鲁地对待。

8. 福斯科洛

76 我们有必要付出坚决的努力,让阿尔菲耶里从意大利人狭隘的思考中解放出来(无论是政治上他被视为民族复兴运动的使徒,还是文学上他被认为用悲剧丰富了意大利文学,那是意大利唯一缺乏的文学形式),让他以欧洲作家和极度个人主义的面貌出现,他也的确如此,或者像如今其他人的粗鲁做法,让他以自由意志论者和无政府主义者的形象出现。更加容易,或者某种程度上对于普遍接纳程度和普遍评价而言准备更充分的做法是,将乌戈·福斯科洛视为一位欧洲作家和欧洲人。尽管欧洲文学界忽略了他(也更可能是阿尔菲耶里)的整体性格和重要作品。但从他生活的时代开始,他的书就在意大利之外被人阅读,他年轻时的作品《雅各布·奥尔蒂斯的最后那些信》(*Ultime lettere di Jacopo Ortis*)至今仍被翻译和重印,它将他与忧郁、沮

8. 福斯科洛

丧、自杀的前浪漫主义和早期浪漫主义直接联系在一起。他的诗歌《坟墓》(*Sepolcri*)与同时代英国、法国、德国的其他诗歌一道,被语文学家和批评家们放在同一个关于坟墓和墓园的诗歌系列里。在他旅居英国的那些年里,他的评论也迅速在英国主流杂志上找到了自己的位置。令人悼念的朱塞佩·马纳科尔达(Giuseppe Manacorda)在最近出版的一本书中研究了福斯科洛的诗歌,他时常援引荷尔德林、诺瓦利斯、蒂克(Tieck)、海因斯(Heinse)、歌德、卢梭和舍尼埃等人,他们不是作为他所模仿的或认识的作家,而是作为相似的精神,与他处在同一时代和同一精神氛围中。当然我们不想否认,福斯科洛比阿尔菲耶里更激烈地推动了民族主义情感,19世纪意大利的爱国主义者有合理的理由认为自己是他的孩子,如同他是阿尔菲耶里的孩子,阿尔菲耶里的名字对于他而言(他说)一直是"神圣的,以至于到了崇拜的程度"。就此而言,可能没有与福斯科洛相匹敌的人,他影响了马志尼,又通过马志尼的话影响了新一代的青年。然而,一个民族对其诗人和作家的利用不足以决定这些诗人和作家的性格与意义,我们要在他们自身中思考他们。

福斯科洛认为事物就是黑暗的:他感受到也认识到自身的压力,它来自某种凶猛的未知力量,一种将人推向世界和太阳,强迫人们"狂热地"生活的力量(莎士比亚曾谈论过它),之后它又将人们颠覆在死亡和遗忘的黑暗中。死亡的想法在他的思想中占据着主要地位,即便不是主导地位:从年轻时起,他就喜欢与死亡为伴,正如莎士比亚笔下的人物。他不仅喜欢那种如命运降临般的死亡形式，还喜欢另外一种需要呼唤和渴望的形式——自杀，离开生命的道路要永远敞开。精神的概念和意向在他普遍的观念中形成了许多不同的生活态度，禁欲主义和玩世不恭，残忍的决绝和轻浮的享乐，不做和做，慵懒的放弃和热情刻苦的工作与辛劳。但只有最后一种形式才能在福斯科洛的灵魂中扎根，那就是敏感又充满活力的，有扩展和行动需求的，向着高尚的冲动永远敞开的。在这里，生活与哲学明显联系在一起，生活向哲学提供自身，或者说自身的经验，尔后，思想让生活变得更加清晰强劲。灵魂和思想让福斯科洛在猛烈、未知和物质性的外部力量的黑暗中寻找到一束光，或抓住一个牢固的支点，重新获得了他的自发性、独立和自由。他在"欢愉"和"痛苦"的心跳中重新找到自由，那又如何？他在"厌倦"（noia）之名下，把"不做"、"不存在"、否定却充满动力的辩证时刻象征为逼迫他去行动的厌倦，那又如何？他把关于美、道德、友谊、祖国和人性的理想称为"幻觉"，那又如何？虽然他如此称呼它们，但自己却在实践上承认它们，在理论上认可它们，给予它们荣耀并认为它们是必要的。那是他作为公民、士兵、艺术家、饱学之士、朋友和爱人的生活。他一直以骄傲、崇高、尊严和内在的善感受和确认这种生活，复兴运动时期的所有意大利年轻人也都感受到了这种生活，那些人类价值的专家也理解这种生活，尽管人类价值里掺杂了人类的邪恶。即使那些恶毒的、爱搬弄是非的和目光短浅的人常常在周围展现他们道德上的无知，但就任由他们去吧！

这里不是要描述，也不是要快速勾勒福斯科洛的军人和市民

8. 福斯科洛

生活,但还是要再度提及卡塔内奥(Carlo Cattaneo)简洁而最真实的话,他说,即便福斯科洛没有为意大利做过什么,但至少他以自己为例为未来提供了一种极其有效的新制度:流亡。我也不想在他思想性和批评性的作品上耽搁太久,虽然它们给了我机会去重申我的一个颇受欢迎的想法,那就是,仅通过研究职业哲学家来研究哲学史的习惯做法应当得到修正,因为他们中的多数(学者、专题论文作者和体系编纂者)并不比那些非专业的思想者更有价值,后者说出事物,而前者只说出词汇。好的:福斯科洛遵循的是一种不可知论和物质主义的沉思性观念,对他而言,这在实践和政治层面都极其重要,但客观上缺乏重要性和原创性,从哲学上看,这是他的局限,是围绕着他的阴暗的那面。但苏格拉底也放弃了对自然和宇宙进行哲学思考,我们知道,他创造出了极为哲学的东西,并世代延续。我想说的是,虽然福斯科洛将自己的研究限定在有关人类灵魂的领域,并宣称自己不想追溯事物的起源,但他关于人类、艺术、政治、道德、历史和宗教的思考是如此生机勃勃与丰富。

从这个角度看,他也属于他那个时代欧洲文化的最高水平,在这里,那个精神性时代的代表性名字就又回到嘴边。就诗歌理论、文学批评与文学史而论,他也属于那些深刻的革新者和最初利用维柯在一个世纪前就阐明的学说的群体。他非常明了诗歌和生活的紧密关系,那些熟知艺术规则和模式,但从未在内心接纳人类的激情,也从未与意志斗争过的人,那些没有忧虑过、痛苦过、爱过和恨过的人,他都认为不可能创作和评价诗歌。对学院派人士、书斋中的文学家、"隐士",以及对旧意大利学派的反对,贯穿了他作品的每一页。而积极的观念在于他对诗歌,对真正的诗歌的历史解释,真正的诗歌从人类不同时代的情感和激情中汲取养料,并且人们只能以这种方式来理解它们。他在这方面是一个浪漫主义者,而且是最好意义上的浪漫主义者,集中体现在他对"最初的诗人"的崇拜中。但他同时又是古典的,因为他不喜欢现代作家"多愁善感的色调"和"经常性的矫揉造作",他热爱古典作家的自然,因为"他们如实描写所见之物,他们不愿在那些容易满足的读者面前夸大它们",并将"和谐"视为艺术的最高境界。相比当下法国作家流畅但普通的风格,他一直更加青睐希腊作家那种充满能量的、凝练又清醒的风格,因为那些法国作家常常将"一种思想稀释成十个阶段"。他反对浪漫主义的"民族"戏剧和"历史"戏剧理论,认为诗歌与"民族主题"毫不相干,也不关心历史的准确性问题。他对诗的形式和伟大的诗有极强的感受力,他认为诗形式不是外在的,或者必须符合什么模式和规则。因此他以新的方式评价但丁和其他诗人,他发现,他那个时代的读者依旧称呼许多诗人的东西为诗,但实际上它们不是,两个世纪以来意大利几乎没有诗,尽管从塔索(Tasso)到阿尔菲耶里创作了如此丰富的诗句。他认为诗和艺术的终极目标是强化生活,并让人感受生活,它是一种内在的"净化"(如果可以这么说的话)和一次"美学的教育"。在他的这些理论和批评作品中,我们能够发现某些不完美、波动起伏和空白,但我们标记出的一些本质线索却很明显。

他的其他学说也是如此,首先是他认为运动、焦虑、情感和

8. 福斯科洛

行动是唯一的现实,他不逃离也不反对这些现实,而是去接纳它们。这表明他拥有新时代的精神,新时代在痛苦中赋予行动以救赎,赋予创造以幸福。因此他是不可知论者和悲观主义者,以及近乎于唯物主义者,但他身上最大的矛盾在于,他同时又是历史性(storicità)的拥护者。他的历史性无关博学、奇闻逸事或者历史典范,而是客观与本质的历史,他呼吁意大利人了解历史,并希望历史能同诗歌和诗歌批评一样,从神父和学院派手中解放出来,渗透人性和对待事物的严肃智力,而他自己就是例子。在政治上,他不齿于赢得轻信的大众,因为他们永远准备好去相信那些用简单的希望来喂养他们的人,他乐于重复马基雅维利们和霍布斯们的残酷真相,阅读历史和日常经验都让他确信这些真相。他教导意大利人民兵的重要性,那是"我们祖国的唯一希望",他让意大利人对装点着他们的闲散和慵懒的啰唆的谩骂感到羞耻。他不反对波拿巴的统治,只是因为他认为波拿巴摇醒了沉浸在惰性中的意大利人,并将他们抛入斗争与行动中。相反,他反对奥地利人的统治,因为他们意图让意大利平静和安睡。他感到自己有义务去反对信仰伊壁鸠鲁的人和其他干预国家事务的哲学流派。文学对他而言也是政治,因为他无法想象,社会生活某部分的健康能够离开整个有机体其他任一部分的健康。对这些实践和政治观点的理论论证——如他所接受的某些特定哲学概念那样认为——也不是严格的功利主义,因为他觉得人类灵魂的深处存在着"同情"(compassione),也就是维柯意义下的"羞耻感"(pudore)。他不是"无神论者",在错误和严峻的磨难中,支撑他的（如同他自己所写）是他自己的"良知"和"上帝"。

即使福斯科洛的一切仅限于他的实践生活、评论文章和政治写作，他依旧是个伟大的人：一代代男性们的教育家，伦理生活和艺术生活标准的革新者，意大利新文学批评的奠基人。但他是一个诗人，一个最纯粹的诗人，创作了不多却堪称完美和永恒的诗句。在他的散文中我们同样也能感受诗的灵魂，在他早期的散文中，诗性冲动让散文失去了原本该有的平衡和自主，尽管它赋予它们力量和色彩。诗性冲动也妨碍了他论述的逻辑安排和比例，如同我们在他关于文学功能的就职演说中所看到的。某一次，他自己也震惊于这种内在丰富的冲突，他在一封信中写道："这种散文写作的方式……我认为是因为多个星期以来，我都习惯于思考和图像化我的想法，把它们当作诗句在脑中吟唱出来，那是完全不同于散文的句子。"他补充说："希腊人和拉丁人更加智慧，他们将自己全部奉献给了诗歌或散文，不像我们一样追求所有的形式。"从这个角度来看，过去和现在的欧洲正是从他那部形式最杂糅的作品中认识福斯科洛的，那就是他年轻时创作的《雅各布·奥尔蒂斯的最后那些信》。这本极为著名的书如同作者之声与时代之声，它不仅是简单的文学模仿，正好相反，包裹在文学模仿外表下的，是福斯科洛早年生活困境中的思想和情感合集。然而，它以过度直接和现实主义的方式呈现这个思想和感受的世界，还时常带着尖锐的语气，因此也表现出夸张和演说的形式。从这本书出版以来，意大利的批评家们都赞同这一点，对此，老一辈的文人贝蒂内利（Bettinelli）指出其情感和风格中的过度张力，

8. 福斯科洛

以及为变得有趣和感人而付出的努力。有必要举些例子来更好地确定《奥尔蒂斯》与之后作品之间的关系。福斯科洛诗歌不同的动机都已经体现在这本书里了。比如，对回忆与爱的渴望超越坟墓又基于坟墓。"但是让我倍感欣慰的是，"他写道，"被悼念的希望……我的坟墓将浸泡在你的眼泪里，那曼妙少女的眼泪。谁曾将这可爱又痛苦的存在让给永恒的遗忘？谁最后看了一眼太阳的光线，谁一直向大自然致意，谁抛弃了他的愉悦、他的希望、他的错觉和他的痛苦，不留一丝渴望、一声叹息和一次观望？我们心爱之人活得比我们长，成了我们的一部分。我们垂死的眼珠向他人恳求几滴眼泪，我们的心渴望最近死去的人是在爱人的怀里死去，寻找一个胸膛来接纳我们吐出的最后一口气。大自然甚至也在坟墓上呜咽，呜咽战胜了死亡的寂静和黑暗。"毫无疑问，福斯科洛的确徘徊在这样的情感界限内，而且正如他们所说，他是真诚的。但在这里，他的真诚只是普遍意义上的，而非找到了一种自发和美好的表达形式，形式和内容是一体的，真诚因此受到了某种程度的损害。在这个段落中，他没有直接描绘填满胸膛的情绪，而是诉诸演说式的推理，并通过两次反问加以强化，来证明无须证明的事，在措辞和词汇方面表现出夸张的情感（诸如"几滴眼泪""曼妙少女"等）：夸张无法自我维持，单调乏味随处可见（"最近死去的人"）。但是，在有同样思想的《坟墓》中，词语和节奏得到了精神化，在那里"情意的交流"相互纠缠，人们嗅到了"花木芬芳"的气息，抚慰了"温柔阴暗"的尘埃，恋爱中的女子在祈求，孤独的行人听见叹息，"大自然从坟墓中为我们带来了什么"。他在同一本小说的前面几页写道:"哦,洛伦佐,哦,洛伦佐!我经常躺在五泉湖的岸边,感受微风轻拂我的脸和头发,它搅动青草,愉悦花朵,在清澈的湖面荡起涟漪。你相信吗?我如痴如醉神魂颠倒地看见赤裸的宁芙在我面前跳跃,她们头戴玫瑰花冠,我在她们的陪伴下召唤缪斯和爱神。溪水汩汩流下,冒起泡沫,溪水上我看见可爱的泉水守护者那伊阿得蹲上缪斯的胸口,凌乱的头发垂挂在她们湿漉漉的肩胛上,露出笑眯眯的眼睛……"那句"你相信吗?"清楚表明,作者也知道自己并没有经历那样的幻觉,而只是试图以叙述和夸张的方式描绘一种渴望,即最初的诗歌需要更精致和完全诗意的形式,如许多同主题的绘画所实现的,福斯科洛在《三女神》(*Grazie*)中也实现了,并得到了人们的赞许。在此我援引最先回忆起的那些诗句,比如"大海深情的涅瑞伊得斯",半袒露着胸部从海中升起,围绕在女神维纳斯身边,"在巨大的浪花之上闪闪发光"。

我们说过,福斯科洛的诗歌很少,因为我们首先需要排除他的两部悲剧,他创作这些作品是出于拥有众多观众的现实主义戏剧的吸引力,即使是伟大的诗人也逃不过这种吸引力,它几乎是世世代代人心中其他更大型戏剧的象征,有时这让他们误入歧途,走向外部,或者走向与他们真正的灵感不相符的形式。我们还需排除他年轻时创作的大量诗歌,这些诗歌连他本人也拒绝,品味差的编辑将它们收录在《诗歌集》(*Poesie*)中,并添加了后来的一些讲话和并非愉快创作的半成品诙谐诗。因此,福斯科洛真正严格意义上的诗歌减少到仅十四首十四行诗,其中只有几首是上

8. 福斯科洛

乘之作，两首颂诗，两首十一音节无韵作品，《坟墓》里的一首诗和《三女神》中的某些段落。另外，关于《坟墓》和《三女神》，我们还应考虑到福斯科洛尊崇的有关教育的前提理念，他可能汲取自维柯的理念，即"原初的诗人"作为宗教和市民生活的导师。因此，穿插在《坟墓》高雅抒情诗（didascalismo）中的教育主义使《三女神》的创作仅仅停留在草稿和片段阶段。针对这几首诗，当今意大利文学评论界已经给出了自己最好的评论，正如我们所见，不谈论别的，就讨论多纳多尼（Donadoni）和马纳科尔达的新作，以及奇塔那（Citanna）极为精妙的评论。这些人的作品当然会让福斯科洛的精神欢欣鼓舞，因为他在其中看到了由他构思并在意大利开先河的历史和艺术评论的终极成熟形式。他们的分析已非常到位，从头分析福斯科洛的作品毫无裨益，讨论那些仍有争议的细节也不是我札记的任务，它们的重心在于勾勒福斯科洛诗歌的一般特征。他的诗歌强烈反映出他的灵魂，如同某次他在谈及他所构思的诗歌时所说，"无需外力，每个人身上空气般的液体（liquido etere）喷涌而出"，"自然与天空"也将他那部分给予了他。

我们可以从这首抒情诗中分辨出四种基本动机：集合了所有忧伤的死亡；确立了人类意愿之德性的英雄主义；孕育着感官之乐的美；以及使人类的情感摆脱死亡的幻想或艺术，它们注入了永恒的慰藉，让人类不朽。在不同的诗歌中，四种动机有时结合在一起，有时某个动机位于其他几个动机之上，它们十分活跃且经常出现，我们常常感到它们就近在咫尺。这四种动机实际上不可分割，因为它们在不被超世俗概念削弱的直接现实和生活完整性中形塑了生活的唯一动机，如爱、痛苦、死亡和不朽。所有单方面的或个别的东西在此都被消除。福斯科洛的诗歌中或许也有对死亡的恐惧，令人痛苦的恐惧，这常见于浪漫主义和前浪漫主义作品，恐惧是绝望的反抗？死亡体现在夜晚和夜影的图像中，对此他感到十分亲切，他激动好战的灵魂在夜的阴影里才得以缓和与平息。《坟墓》中随处可见对死亡的严肃接受。但另一方面，这里找不到那种体现在其他作家身上的，削弱、减轻和磨灭作家力量的死亡情感。他用来歌颂思想和行动的英雄、表达美和享乐的喜悦、刻画女性的外貌和姿态、描绘自然风光与景象、颂扬诗歌美德的那些词汇和音调，都属于在胸中收集人类所有激情、完全沉湎于这些激情，并与它们同甘共苦的人。他的诗优美地表达了痛苦、喜悦和深情的激情，这些激情汇聚在一起形成了一个活生生的甜蜜的人，拥有柔和的曲线，和谐的共鸣，每个动作都充满了诱惑。福斯科洛身上的这些对立统一，并不意味着哲学家的平静总结或者智者的从容，而是体现了一个丰盈灵魂的复杂性，这个灵魂正实践着它所有的丰富性。他身上的那些图像不是冷却的物质，也不是等待自身作品的思想对象，或者是对过去斗争的回忆，它们是生动而现实的剧本，与其自身的发展相互协调。最终的印象不是脱离生活，而是对生活日益增长的热爱：思考、行动、享受和了解死亡，相信留在身边的至亲们的情感和诗人们的心。

87　　福斯科洛的古典性就体现在这种感知的混合，而不是他卓越的希腊拉丁文化和对古典神话的渴望。正是这种古典性让福斯科洛迈向了19世纪最伟大诗人的行列。为了清楚说明这个基本特征，也许只要考察一下他诗歌创作的两个极端例子就足够了——《帕拉维奇尼颂》(*l'ode alla Pallavicini*)和《三女神》中的段落，前者由20岁的福斯科洛创作于1799年，后者则是他完全成熟后的作品，发表于他死后。人们怀疑《帕拉维奇尼颂》残留着某种18世纪特有的殷勤和轻佻，《三女神》则是色情业余写作(dilettantismo sensuale)的先驱，后来也反映在19世纪最后几位诗人身上，无论是意大利还是非意大利的。虽然它们的外表看似如此，但这都不是真相。《帕拉维奇尼颂》是美的赞美诗，它歌颂优雅、可爱和色欲妖娆的美，它触动了他的感官和他的幻想。美丽的女人统治着那里，她是心的皇后，她在社交场合上的出现令人难忘，如同非比寻常的芬芳在空气中弥漫，她跳着轻快的舞步，打着松散的结的秀发垂挂在玫瑰色的手臂上，这是优美的阻碍，她优雅地将它们拨开。她悦耳的谈话传到我们的耳边，她的笑容、动作、姿态展现在我们面前，所有这些对话散发出爱，同时也邀请我们去爱。诗人的幻想中填满了美的古典图像，古典之美被希腊女神光辉的形象照耀着，诗人铭记女神的举动和奇遇，在那个理想世界中构想出了诱惑人的利古里亚女子，不是因为轻佻的殷勤，而是因为他在尘世生活中遇到的、爱慕的和爱过的女子让那些关于美的神圣画面在他身上苏醒并灵动了起来，他的爱便是由此般崇拜、激昂和梦境组成。如此受人推崇的美却有消逝的风险，或者已然消逝。一匹发怒的马撞到了这位美丽女性，并将她拖拽到岩石上，如今她虚弱地躺在床榻上，面容苍白，焦灼地窥视治疗她的医生们的眼神,"原始美的谄媚希望"。女性是永恒的孩子,她身上近乎孩童般的忧虑令人动容,诗人捕捉到了那种体现在孩童身上的恐惧和希望的冲动,并用一段爱抚与宽慰的谈话来缓和焦灼,在她面前闪过一幅幅神话的辉煌画卷,它们用崇高的对照让她愉悦,用回忆崭新的健康和胜利之美的故事给她带来希望,诗人还在这些画卷中置入正式的诅咒("谁敢第一个……"),诅咒让骑马流行于女性之间的邪恶丑陋之人,"它给美带来了一种新的危险"。一个微笑似乎就超越了所有安慰的说辞,但这是一个比初看上去更深沉的微笑,诗人说,因为疾病、年龄和死亡,美稍纵即逝。但是我能让它永恒,是我"在幽灵中描绘和呼吸永恒的灵魂"(如同他之后在《三女神》中所说),美丽的女性,无论她命运如何,都已经在这同一首讲述她美丽的灾难并假装承诺物质补偿的颂歌中大笑。如此,她将在永恒的青春年少中大笑着迎接未来。区别于18世纪精致华丽的艺术风格,这首颂歌与紧接着的另外一首名为《治愈的女友》(Amica risanata)的颂歌联系紧密,后者以新的形式再现了相同的情感,并为创造不朽的生命重复魔术和诗性的过程。

同样,在《三女神》扎琴多(Zacinto)的景色中,橙子和开了花的枸橼散发着芳香,伽利略在贝洛斯夸尔多(Bellosguardo)的山丘上凝视着星辰("远处的流水在夜晚轻声流淌着,它从阿诺河畔的杨树下悄悄流过,发出银色的光")。在幻觉中,维纳斯爱抚着三女神,涅瑞伊得斯在她们面前叹息,帕拉斯用天蓝色的瞳孔统领她那处女的心。紧闭双唇的塞姬在心中编造和重述她的激

8. 福斯科洛

情故事,"以筘织布"。竖琴演奏者向山谷传播着和谐的乐音,当她休憩时,四周的山丘依旧能听到她的声音。一位身形优美、嘴角带微笑的舞者流出所有的和谐之声,"一丝移动、一个行为、一次抚爱都带来意外的美好"。一只展开雪白翅膀飞翔的天鹅,以及诸多各色各样惊人的回忆。在所有这些碎片化的段落中,并不存在肤浅的东西,亦即那些流于表面和高超技巧、外表花哨灵魂贫瘠的东西。三女神的微笑里不仅有人类的痛苦和悲悯(因此,甚至在她们所织的面纱上出现了晨曦的梦,这个梦向战士展现了陷入痛苦的父母的脸庞,待他醒后,他看着他的囚犯们叹息),而且人们处处都能感受到人性,甚至在那些美与感官享受的魔力看起来占据统治地位的地方:"爱允诺了欢愉,又带来了哀伤!"同样在《三女神》中,古典的线索得以一贯地保留,情感中包含着谦逊(verecondia),福斯科洛认为它与爱密不可分,也与真正的诗歌密不可分。

9. 司汤达

我想,圣伯夫(Sainte-Beuve)通常如此慎重,但当他将小说家司汤达的缺陷归结于"借助批评,以及追随前人的特定理念与先见"时,却犯了根本性的错误。因此,圣伯夫认为他的人物并不"生动,而都是精心设计的装置,他们身上几乎每个动作都是对机械装置从外部引入和触及的发条的反应"。

让我们从最后的那个说法出发,倘若它是真的,那我们又该如何解释司汤达小说散发的魅力?一旦阅读过它们,我们就无法忘却其中的人物、行为和对话,它们不断回溯,引领我们去幻想和思索。这样的事从未发生在由批判思维所创造的人物形象身上,因为它们会从脑中迅速消失,或者即使在那里,也会显得冷峻和僵硬,无法给人任何启示。然而,于连·索雷尔、法布利斯·台尔·唐戈、雷纳尔夫人、玛蒂尔德·德拉莫尔、圣塞韦里诺的女

9. 司汤达

公爵、莫斯卡伯爵，于连一次又一次引诱情妇，他在瑞那家做家庭教师的生活，神学院的隐退，将瑞那夫人从她的忏悔和宗教热忱中拽出的夜访，爱上玛丽埃塔的滑铁卢的法布利斯，帕尔马城堡中的囚犯，以及许多其他的人物、事件和场景都充满了生活的不可预期。在确认这些之后，我不应该将自己限定在个人品位的孤证中，或求助那些与我有同感并毫无偏见的读者。因为大家都知道，也都看到司汤达作品日益增长的魅力，他对19世纪后期和我们这个时代文学的巨大影响，以及他每部未面世作品的出版和他每件新的生活逸事所引发的好奇。最后一点，如果你将此归结为潮流的幻想，那就不要忘记，潮流不允许缺乏客观理智的幻想。

我们现在来看圣伯夫的另一个判断，他认为，司汤达的小说建构在理念之上，"两种或三种"——批评家补充——"他认为是正确的，尤其是刺激的理念，他时刻都专注地回想它们"。他可能说的是人们常提及的那些小说中的能量、激情和功利。但通过阅读其中任何一部，甚至可以说仅从圣伯夫的简短评论中，就可以立刻看出，那些并不是理念。而是司汤达的情感，他的爱与偏执。我将不厌其烦地重申，理念，或者说一位作家的哲学品质与批判和体系化精神相吻合（批判，是因为他考虑到了困境与异议；体系化，是因为他将不同的论题结合成一个整体）。一个既非批判又非体系化的东西在表面上可以与一种理念相类似，但它其实是一种情感。我认为，围绕司汤达的实践与政治哲学，或他对著名人物、人民，尤其是意大利人民的评判和描述，进行的大量工作都是徒劳的。他的批判性作品、他对地点的描写、他的绘画与文学史的本质与他的小说一脉相承。作为小说家和历史学家，他笔下的意大利一直是他梦中的意大利，或者更是他披上了意大利外衣的梦（不用说那些常想谈论艺术的"教授们"，他们谴责《帕尔马修道院》，因为司汤达描绘了一个并不存在的意大利，至少在1830年之前不存在）。司汤达极少，或者在大多数情况下不愿提及现实的与真实的事件，因为它们都是幻想而非批判。

因此，司汤达不是能量、激情和功利的理论家，而是痴迷于这些事物的爱慕者。他灵魂的本质并非缺乏诗意，而是极富诗性：我想说的是适合艺术创造的条件。要详细了解他的艺术，就有必要弄清楚他的爱是如何构成的，这个构成已经体现在我们以某种方式使用的词语中。司汤达的灵魂缺乏能量、功利和激情，正如我们曾说过，它热爱那些态度和志趣。由于他拥有的态度和志趣本身就是泛泛的东西，他爱上的只是缺乏明确性和具体性的空洞形式。

那他又转而渴望哪些激情、功利精神和能量呢？司汤达并不渴望改革和复兴的政治理想与行动，对他而言，甚至是偶像化的拿破仑也缺乏任何拿破仑理念，他纯粹是个"能量的教授"（professore di energia）。我们也没有必要认为，如果伟大的人类目标不能刺激他的心跳，那么个人冲动便会震撼和激发他，好比那些狭隘的功利的冲动——把财富和统治作为享受和满足自己欲望的手段。人们经常错误地比较他的与贾科莫·卡萨诺瓦（Giacomo Casanova）的理想（后者的作品《回忆》在某段时期被认为是司汤达的著作），因为卡萨诺瓦意在牢固的事物，他是那种意图明确之人，他欺骗愚蠢的人们，在锡西拉（Citera）的花

9. 司汤达

园里采摘鲜花与果实。他所热爱的,他用完美的连贯性和最生动的色彩来寻求的,都在他的自传里得到了描述。司汤达身上也并非完全没有这些,但他缺乏真正功利的动机,也缺乏伦理的动机,以至于在某些事物上他无法体会深刻的激情。事实上,他身上的激情往往始于游戏、实验、消磨时光,在他似乎本应全身心投入的时刻,他却在娱乐消遣。尽管他谈论了许多关于爱情的话题,也非常欣赏爱情中热烈的决心和意大利人的极端手段,爱情却从未真正支配过他的内心,也从未影响他的思想和情感,像在单纯恋爱氛围中的恋人那样。

无论我们怎么评价司汤达的理想,庄重的还是普通的,它都让人十分困惑和自相矛盾。因为,当他看起来把能量和激情的另外一种形式设想成与个人欲望相关时,他却又将某种伟大和英雄主义归于这种个人欲望,而这两者都属于能量的高级与道德形式。虽然有时候他似乎意识到能量和激情的区别,并且让他的法布利斯认为"一个半傻,但一直细心谨慎的人,常常会在想象中品尝战胜他人的快感",但更多时候,他将两者视为相同或相辅相成的。很明显它们本质上是对立的,因为真正的能量不是别的,而是激情消解为意志,或者意志统治激情,当能量或多或少向激情敞开时,它就会以相同的程度减弱,最终不再是能量,相反地变成缺乏能量或脆弱。因此,司汤达即便不是第一个,也是最早表达这种错误观点的人之一,并被后人不断地重复——应该在罪犯、恶棍和被判无期徒刑的人中寻找真正充满能量的人(在奇维塔韦基亚的"刑罚浴"①中,他说,在他刚好担任奇维塔韦基亚领事之时)。他刻画的艺术形象有两种不同的基本类型,一种是冷漠、爱算计、伪善且顽固的教士,他不允许自己偏离他的最终目标;另一种是拥有丰富想象力的人,他被愤怒蒙蔽了双眼,被复仇的冲动牵着鼻子走,他拿起剑和枪,瞬间失去了通过漫长努力才获得的一切。这两种类型会集合在同一个人物身上,我们在他的每一个主人公那里都能看到这种集合,比如于连·索雷尔和法布利斯·台尔·唐戈,他们俩都想成为教士,并以最不恰当和最疯狂的方式表现出暴力和嗜杀成性。

谁认真考虑过司汤达的理想或者他的灵感根源——能量或激情真空的英雄主义不是英雄主义——谁就能迅速回应通常针对他小说结构的指责。比如,一个名叫法盖(Faguet)的极其智慧的批评家认为,《红与黑》的开头和情节发展都很好,但结局过于随意,因而它不真实、毫无意义。他说,作者应该在两种可以设想且符合逻辑的结局中做出选择:"在玛蒂尔德父亲的同意下,于连迎娶了玛蒂尔德,再逐渐变成一个对底层人民残忍又严厉的贵族。或者在玛蒂尔德父亲的反对下依旧迎娶玛蒂尔德,并将她一同拽入底层,变成一对让人艳羡的、痛苦和反抗的夫妇。"现在无论哪个结局都假设了司汤达的社会伦理情感,而这正是他完全缺乏的,为此他只能在于连身上预见一种拉巴加斯(Rabagas),或者描绘一种毫无道德的能量的堕落和败坏。总而言之,那要创作另一部

---

① 奇维塔韦基亚这座城市的监狱。——译者

9. 司汤达

完全不同于这一部的小说，因为新的结局需要新的前提、新的情节和新的风格。

更真实的说法是，司汤达的理想抽象且矛盾，本应导致一种消极和讽刺的，而非积极和严肃的呈现，一种能量真空的堂吉诃德。这个论点可以在司汤达小说的许多地方找到支持，这些地方似乎展现了讽刺的痕迹。他的那些人物将自己塑造成某个历史和文学典范，而该手法是讽刺和堂吉诃德式的，骑士阿马迪斯（Amadis）和埃斯普兰迪安（Esplandian）对应的是堂吉诃德，于连和法布利斯对应的是拿破仑。因此于连的每一步都比照拿破仑的形象，同时，参考《圣赫勒拿岛回忆录》，当他在他的引诱者事业上完成胜利的一小步时，"由于想起了拿破仑的胜利"，他便在自己的胜利中发现了新的东西。"是的，我打了一次胜仗，"他自言自语道，"但我们必须乘胜追击，必须在这个骄傲的绅士退却之时粉碎他的自尊心。那才完全像拿破仑。"在另外一个类似的情形中，他对自己说："我必须写围城日记，否则我会忘记我的攻击。"同样，法布利斯祈求和承诺道："啊，意大利的国王，这份无数人向你宣誓过的忠诚，我将一直守护到你死后！"玛蒂尔德·德拉莫尔在她祖先奥利维耶·德拉莫尔的形象和历史中找到了自己的榜样，对她而言，他是一种文艺复兴时期的爱的能量（代表了司汤达两种历史崇拜中的另一面，拿破仑和意大利或类似意大利的情色嗜血的16世纪）。她对于连的爱是一种模仿，在结局时达到了巅峰，她捡起被刽子手砍下的头颅并随身携带，就像玛戈王后，瓦卢瓦的玛格丽特之前做的那样。作者曾经说过："这种想法将她带到了查理九世和亨利三世那最美好的时代。"讽刺的是，于连坚持他的"丰功伟业"（grands exploits），在他微不足道的事业中坚持严肃的责任感。讽刺的地方还在于，法布利斯在寻求爱情的过程中不断问自己，他经历过的和正在经历的是否是爱情。甚至壮观的滑铁卢战役也具有讽刺意味，因为它所有的细节和事故看起来都是梦想与日常生活、理想与现实、诗歌与散文的对照。因此，法布利斯在这里也自问道："我真的参加了一场战役吗？滑铁卢战役？"所以我们可以总结，司汤达小说的内在和客观理念就是讽刺。它们的缺陷并不是圣伯夫所认为的批判性结构，而恰恰在于缺乏这种批判性结构，与此同时，它们的讽刺性表现得不够明显，还遭到作者自己有意的压制和反对，作者本应让他叙述的事物自由发展，让它们如其所愿地组合成自己的喜剧。但这种解释可能也犯了一个错误，它假设了一个不同于他所是和他在他的时代可能是的司汤达：一个我们如今构想的反司汤达（un contro-Stendhal），在经过一个世纪的司汤达主义或贝尔精神和关于能量的修辞之后。上述讽刺的地方之所以讽刺，是因为我们在逻辑和伦理框架内对它们做出了评判，就它们自身而言，或者说在由它们联结而成的整体中，它们也有完整的严肃性。司汤达充其量就是一个"讲述自己"的堂吉诃德，他没有发现崇高和不凡，但坚持不懈地寻找，陷入怪诞却毫不在意。

司汤达的小说无法像法盖认为的那样，通过改变这个或那个部分来进行修改，如果想要改变它们的语调，思想就必须一起被彻底改变，思想更是以它们现在的形式为前提，就像模仿以模仿对象为

9. 司汤达

前提一样。另一方面,司汤达的小说结构表现出来的不成比例、偶然性和跳跃性,被证明是司汤达理想中自然和必要的形式。

他的理想不是讽刺,而是严肃,却又不是伦理或激情的严肃——尽管这是人们所说的唯一的严肃性——它存在于某种对伟大事物、能量和激情的混乱又分裂的渴望中。司汤达在他的所有作品中都将自己客观化,这种客观化在他的两部巨著和两个人物形象中体现得最为强烈——于连·索雷尔和法布利斯·台尔·唐戈,他们其实是同一个人,只是在不同的环境中呈现了两次,或者更确切地说,在两种不同的装饰背景中,司汤达刻画的不过是那种无尽的渴望。然而,由于这种渴望是人们所说的自我中心主义或自我本位主义的,它缺乏确定的激情,摇摆和跳跃在两个极端对立面之间、反思的能量和野性的冲动之间、马基雅维利式①的教士和浪漫的刺客与射手之间,他不可能在单个有计划、有意义、有逻辑的行为中刻画他的渴望。他应该在某种比冒险小说更具冒险性的小说中,让他的渴望自由地创造出合适的表现方式。在冒险小说中,事物发生了变化,而主角的个性却保持不变,但在这种小说中,主角自身会经历各种差错,充满了突如其来的意外变动。从另一方面看,由于司汤达的精神状态是真实的,而不是冷峻的概念和理智的建构,我们可以这么理解,在那些奇特的描述中,他的人物吸收和保留了生动性,这是激动的幻想创造出的事物的本质。

---

① 形容不讲信义的、狡猾的、不择手段的。——译者

真正的英雄是司汤达本人，他对激情和能量同时拥有崇高的和荒谬的冲动，他瞬间热烈又瞬间冷却，他拥有双重灵魂，一个灵魂在行动，另一个在行动中观察行动；一个灵魂在想象和思考，另一个在批评这种想象和思考：这种心理状态如今常被认为是精神疾病的一种形式，是确凿无疑的混乱与分裂。

当于连终于把雷纳尔夫人搂入怀中之时，我们在他的外衣之下看到：

  他没有注意被他撩拨起的激情，也没有注意让这激情变得更加强烈的悔恨，责任的想法在他眼前从未停止出现过。如果背离了为自己树立的理想榜样，他担心自己会陷入可怕的悔恨，会成为永远的笑话。总之，让于连成为一个出类拔萃之人的原因，也正是妨碍他去享受他眼前幸福的原因。

在下面这个场景中，我们再次看到他展现出冷漠而重新赢回了玛蒂尔德：

  他手臂变得僵硬，他的策略所要求的努力是多么痛苦。"我甚至不能让自己把这个柔软迷人的身体压紧我的胸口，否则她会鄙视我、虐待我。"

再一次：

9. 司汤达

"啊！但愿她能爱我八天，只要八天，"于连低声对自己说，"我就可以幸福地死去。未来对我来说算得了什么？生命对我又算什么？而且只要我愿意，这种绝妙的幸福立刻就能开始，它完全取决于我！"

玛蒂尔德看见他正在思考。

"这么说，我完全配不上您，"她握住他的手说。

于连抱住了她，但职责的铁手马上揪住他的心。"如果她看出我是多么崇拜她，我就会失去她。"

在这持续不断的监视和衡量中，我们不知道是否还存在激情。他在其他地方谈起了与玛蒂尔德的爱情：

"老实说，这些激情多少有点儿勉强。炽热的爱只是我们模仿的一个榜样，而不是现实。"

正如我们已经说过，法布利斯无法知晓自己是否陷入爱情。

"但这难道不是一件很滑稽的事吗？"他多次自言自语道："人们称为爱的热烈排他的迷恋，我难道不该拥有吗？在诺瓦拉和那不勒斯我也偶然会和一些女人交往，在我遇到的这些女人中，有没有一个，即使是在最初相识的日子里，能够让我选择跟她待在一起，而不是骑一匹从未骑过的马去闲逛呢？所谓爱情，"他又想，"莫非也是一个谎言？我毫无疑问在爱,就像到了六点我的胃口很好一样!那些撒谎的人难道凭着这点粗俗的倾向,就创造出了奥赛罗的爱情和坦克莱德的爱情吗?或者我们应该相信我这个人的构造与其他人不同吗?我的灵魂里缺乏热情,为什么会这样?这真是奇怪的命运!"

这种怀疑,再加上挑战她朋友愤怒的快感和乐趣,"脸色比以前的一个鼓手还可怕",这是推动他去渴望和追求漂亮女歌唱家弗斯塔的唯一动机。"这难道就是爱情吗?"他问自己。她对他怀有某种惧怕心理,因为她的直觉感受到了他的怪异情感。与此同时,法布利斯"留下来仅仅是因为他还抱着一线希望想要品尝所谓爱情的滋味,但是他经常感到厌烦"。

实际上,厌倦,微妙的厌倦循环在司汤达主人公的血管中。因为他越想计划他的行为,他的行为就变得越发偶然。法布利斯和袭击他的不值一提的对手吉莱蒂战斗,但为什么后来要杀了他呢?

战斗似乎慢了下来,攻击的频率也不再那么高。此时的法布利斯对自己说:"我的脸这么疼,一定是毁容了。"他被这个想法激怒,拿起猎刀向敌人飞扑了过去。

在爱情与政治的实验中,在世俗政治和教会政治的实验中,法布利斯被大主教召唤,后者帮他开启了教士之路,任命他为自己的牧师。这是他内心真正想要的吗?

9. 司汤达

  法布利斯赶去了大主教府。他在那里表现得单纯、谦逊，这种语气对他而言易如反掌。相反，要他扮演一个大领主，倒是需要大力气。他一边听着兰德里亚尼大人稍嫌啰唆的长篇大论，一边想："我是不是应该用手枪朝那个拉着瘦马缰绳的仆人开上一枪？"他的理智告诉他应该，可一想到英俊少年从马背上摔下来血肉模糊被毁容的样子，他的心就无法平静。

  "马跌倒了，我就会被关进监狱，那个监狱就是那么多征兆指向的监狱吗？"

  这个问题对他来说至关重要，大主教却对他专心致志的样子感到满意。

狱中的某一天，他得知父亲去世的消息，哭泣得不能自已：

  法官出去后，法布利斯哭得更厉害了，然后他自言自语："我是个虚伪的人吗？我好像并不爱他。"

他兴致勃勃地开始了与小姑娘克莱莉娅的新恋情，就像于连对雷纳尔夫人那样。但这一次，女人比男人更热情。精妙的描述比比皆是：

  法布利斯入狱的第八天，她因一个巨大的理由而感到羞愧。她沉浸在悲伤的思绪中，目不转睛地凝视着挡住犯人窗子的挡板。那天，他还没有发出表明他在那儿的信号。忽然挡板被他揭开了比手掌大的一小块。他高兴地望着她，她看见他的眼睛在向她打招呼。她经不住这突如其来的考验，迅速转过身，开始照料她的鸟儿。但是她颤抖得那么厉害，把倒给鸟儿的水都洒在了地上，法布利斯能够清楚看出她的激动。她受不了这种情况，决定逃走。

法布利斯多年来都臣服于他那无比美丽、崇高和智慧的姑妈圣塞韦里诺公爵夫人的魅力，而当这个小姑娘的形象侵入他的灵魂后，他突然感到，公爵夫人的魅力在逐渐减弱。那它会永远减弱吗？

一天夜里，法布利斯颇为认真地想起他的姑妈。他很惊讶，几乎认不出她的形象了。她在他记忆中的样子完全改变了。此时此刻，他觉得她有五十岁了。

这就是司汤达艺术的力量和美感，他用空虚的渴望和由此产生的无意识的讽刺，用他的幻想和沮丧，用他的连贯与断裂来表达自己：如此他便可以只做真正的自己，一个精神病人，一个依靠讲述来治愈自己的病人，因为他的讲述总是那么清晰。如果说他在艺术中也是个病人，那么他可能需要——如同我们多次观察到的那样——精致的风格，艺术化的写作，以及其他类似的事物。然而，简洁而朴素的日常与对话风格对他而言就已足够。众所周知，他声称《民法典》平铺直叙的风格为他树立了榜样。

10. 莱奥帕尔迪

意大利诗人贾科莫·莱奥帕尔迪痛苦的心灵很快就与另一批饱受折磨的忧郁心灵汇聚在一起，从18世纪末开始，这些为人类吟唱绝望的葬礼之歌的灵魂随处可见，如今它们迷失在没有上帝的宇宙中。为了理解他作为诗人的荣耀如何迅速地诞生与传播，就不得不考虑铭刻在他额头的痛苦与崇高的印迹，这是分辨同种心灵的记号。莱奥帕尔迪能够轻松克服某些障碍，尤其要归功于他诗歌中的情感因素，否则对于一位受过古典教育、精通古典语言和拥有古典庄严感的作家而言，这些障碍会在狂热的文学浪漫主义时代对他形成阻碍，因为这种盛行的文学一方面趋向大众化，一方面又趋向放纵、动荡、简单与冗长，它同样也发生在意大利。因为那些情感的和悲观主义的内容，莱奥帕尔迪获得了全欧洲的名气与尊敬，而与此同时某种顽固的偏见依然存在，它认为意大利的乡下不可能诞生任何具有普世价值的东西。从那时候起，他的名字就在那些代表"世界的痛苦"（dolore mondiale）的诗人中闪耀，维特（Werther）、奥伯曼（Oberman）、勒内（René）、拜伦、雷瑙（Lenau）、德·维尼、缪塞，以及其他一些诗人。一位体系性的悲观主义哲学家对这位意大利悲观主义者表达了敬意，他的地位因此接近于阿图尔·叔本华（Arthur Schopenhauer）。比较莱奥帕尔迪与拜伦、雷瑙、德·维尼和叔本华之间的相似之处，成为大量散文和学位论文的主题。

在意大利复兴运动时期，莱奥帕尔迪是"年轻人的诗人"，这些年轻的自由主义者正准备发动战争与革命。这件事并不让人惊讶，只要我们考虑到意大利情感的浪漫主义与民族主义情绪、普遍的不满与热切的渴望、世界的痛苦与祖国的痛苦之间激情的联系。因此，抛开那些明确的爱国主义诗歌，年轻人感到，像莱奥帕尔迪这样一个几乎按照自己的悲观主义生活的人，是他们中的一员，其中某个人曾这样说，"若命运能将他的生命延续到1848年就好了"，他若能作为"安慰者和战斗者"站在他们这边就好了。同样还是这个年轻人，他崇敬莱奥帕尔迪是真理的拥护者和生活的大师，而他自己几年后也成了一位杰出的批评家，到了1850年，他发现当下不再是怀疑、呻吟和咒骂的时候，人类的痛苦是"自由的种子"，承受它是必要的，但要在行动和希望中，因而人们应该把莱奥帕尔迪抛在一边：莱奥帕尔迪，生活的大师。

基于某种由虚假观念包装而成的微弱的新形式，我们也应该把他抛在一边，这种虚假观念认为，莱奥帕尔迪是一位卓越的思想家，他的论证和学说在哲学史上占据一席之地。对于莱奥帕尔迪《书信集》(Epistolario)的出版所引起的失望，人们依旧记忆犹新。因此人们说，那些原本被认为有理论价值的学说仅仅是受难的反思和个人的不幸？它们仅仅是对让他痛苦的软弱、对家庭压抑和经济拮据、对徒劳渴望却从未获得的女性之爱的反思？然而实际上，我们无须待到他的传记或者自传的披露，便可知晓莱奥帕尔迪理论化的质量。无论是悲观主义还是乐观主义哲学，本质上都是伪哲学，一种供私人使用的哲学。对于逻辑理性而言，所有一切都可以成为价值判断和非价值判断的客体，我们可以评价任何事物的善恶优劣，除了现实和生活的，因为它们依据自己的目的来创造和使用善恶的范畴。因此，现实获得的赞美或遭受的责备有其根本基础，那是一种激情的冲动，由好的或坏的情绪激发，诞生于喜悦、轻率、难以承受、任性，有利或不利的偶然事件。单纯和严肃的哲学不哭也不笑，而是致力于探究存在的形式和精神的运行。哲学的过程被始终是更丰富、更多样和更确定的意识所标记，而精神本身具备这种意识。那些被称为悲观主义者或乐观主义者的哲学家，他们作为哲学家的价值不在于他们的悲观主义或乐观主义，而是体现在他们的逻辑或伦理研究以及类似的问题范畴，并仅以此进入思想史，而思想史永远是科学和批判的历史。然而，就哲学的这部分来看，莱奥帕尔迪贡献的只是零散的评论，不深刻也不成体系。他缺乏思辨的志趣和训练，也缺乏对诗歌和艺术理论的思考，他曾多次被引导去思考它们，却未能严肃地构思出新的和重要的东西。在《狄曼德罗和埃勒安德罗的对话》(Dialogo di Timandro ed Eleandro)中，他围绕着恶与痛苦的命题天真地发问："我说的这些在哲学中是主要的真理还是完全次要的问题？"他自己回答："整个哲学的本质就在它们之中。"这是他的错觉，如今也仍旧是大多数人的错觉，他们在庄重的哲学形式中不断指责痛苦和不幸的生活，幻想着哲学化，甚至哲学化至高的真理。如果事情就是如此，那么哲学在几个世纪前就完成了它的任务，甚至早在人成为人的时候就已完成，因为人类一直在思考这些情感命题，它们属于人类共同的设定。

我们需要修正近期的另一个夸张说法，这种说法在《杂感录》出版以来尤为盛行，它认为莱奥帕尔迪多年来一直在注释他的思想。毫无疑问，从莱奥帕尔迪身上我们能够学到许多文学艺术的实践，特别是在我们这个文学时常遭忽视的年代。但我们同样也从其他作家身上学到东西，他们与莱奥帕尔迪一样学习艺术，我们引用其中一位高尚人士的话，如福斯科洛，有人厌恶他，他也会厌恶别人；如托马塞奥（Tommaseo），一位精通语言和风格奥秘之人。另外也有一些不如他们高尚，却细致敏锐的作家，他们通常都是纯粹主义者（puristi），比如切萨里（Cesari）和波蒂（Puoti）。另外，我们也从曼佐尼和他的追随者身上学到东西。他们都是某一方面的大师或模范，但不存在绝对意义上的大师或模范，因为莱奥帕尔迪不可能成为任何人的模范，如果不先成为他自己的（这一点显而易见），谁不想自己成为平淡无奇的模仿者，就必须创造自身，并为自己创造模范。因此，争论莱奥帕尔迪所指出的意大利文学的方向，争论之后应不应该追随他的判断完全

10. 莱奥帕尔迪

是徒劳。莱奥帕尔迪的语言和风格是适合他的，却不被他同时代的曼佐尼接受，原因很简单，因为曼佐尼的精神不同于莱奥帕尔迪的，同样不能接受的还有之后几代的作家，如卡尔杜奇和维尔加（Verga）。

依照我的习惯，上述思考的目的在于，清除毫无根据或毫不相干的问题来思考莱奥帕尔迪的诗歌，这是此刻唯一重要的事情。更确切地说，就是回归对莱奥帕尔迪诗歌的思考，因为他的诗歌在意大利已经有许多细致入微的研究，它们首先来自那些1848年的爱国青年，如弗兰西斯科·德·桑克蒂斯（Francesco de Sanctis），他是最早一批将莱奥帕尔迪的诗歌提升到极高地位，并将其与欧洲精神运动联系起来的人之一。之后在他年迈和垂死之际，桑克蒂斯又重新研究"他年轻时最喜爱的诗人"，开始撰写一本关于他的书，这是桑克蒂斯思考得最深入和最细致的作品之一，不幸的是，这部作品只完成了一半。在德·桑克蒂斯之后，关于莱奥帕尔迪诗歌的批判性研究不仅从未中断，最近这些年还硕果累累。尽管如此，关于他的诗歌艺术的总体特征仍然有可说的和有待澄清的东西，我们有必要简短地概括那些观念，人们正是基于这些观念来理解和评价他的诗歌。

莱奥帕尔迪的生活是怎样的呢？生活，我指的是精神历程。一个人在其中表达和展现自己的感受，确定和特殊化自己的思想，在行动中明确他的渴望，总之就是阐明他自身携带的根源（germe），或多或少完整地，但基本上实现了自己的理想。打一个粗糙但有效的比方，就是一种被堵塞的生活。一个以极大热忱和不懈努力将自己训练成为语文学家的年轻人，一个精通语言、文学和古典文物的博学之人，在这些学问的巨擘如马伊（Mai）和博尔盖西（Borghesi）之间，或者在尼布尔（Niebuhr）、穆勒（Müller）和伯克（Böckh）之间寻找自己的位置。这个年轻人焦急地追求和等待爱情的喜悦，他的内心向着最高贵的冲动，以及祖国与人类的事业敞开。诗人可能通过不同的练习和尝试，更是在梦境的陶醉中训练自己。莱奥帕尔迪在第一次接近荣耀和爱时，他感到自己被一股野蛮的力量压制、捆绑和制服，他称这股力量为"敌对的自然"，它打断了他的学习，妨碍了他的心跳，将他重新抛向自己，也就是他那生理上受伤的躯体，逼迫他日复一日地战斗，为了支撑自己，或是缓和无休止地折磨着他的肉体的不适与痛苦。莱奥帕尔迪将他年轻时候学习的笔记交给了德·辛纳（De Sinner），这意味着他最终放弃了语文学，这里没有理智的动机，不是像其他人那样放弃一个研究领域去寻找另一个不同的或更大的领域，而仅仅是出于一种必要，因为他的双眼不再履行它们的职责，他也无法持续有规律地工作。同样是这让人痛苦的必要以及额外的经济困难决定了他艰苦生活的方式，他在不同的地方逗留，为了寻找更适合的身体和道德条件，寻找稍微适合他的工作，他一直在尝试新的安排，但他在其中从未感到过舒适，仅有过——但也非常少——些许休息的时间和尚可忍受的时期，或者说短暂的呼吸。如果我们思考和对比其他人的人生，不是那种安宁和幸福的，而是痛苦和动荡的人生，比如乌戈·福斯科洛的。显然，福斯科洛生活过，也发展过，但贫穷的莱奥帕尔迪没有。

10. 莱奥帕尔迪

历史的庄严将人性的戏剧重新导入人的灵魂,引发赞美和热情。探究人类思想的崇高哲学以其自身的光亮照耀宇宙的玄妙,让现实变得可以理解。凭借爱和斗争,新的历史在政治中诞生。爱与家庭让世界永远能重获童年和青春。他与这些以及任何其他形式的人类劳动之间十分疏离,它们是如此遥远,与他毫不相干:他既不享受愉悦,也不承受痛苦。"他辛苦地感受和受罪",他的目的是他自己,也只有他自己,那就是最基本的呼吸与生存问题。当他感到痛苦有所缓解,并愿意花上几小时或者几天重新恢复活动时,供他在这短暂的时间里考虑和沉思的素材也同样是他无法改变的痛苦状态,这种状态成了他的监狱,他将自己深锁其中,不再期待从那里出去。他的胸中积压着遗憾,遗憾那些原本可能成为的样子,或者原本不应该成为的样子,遗憾自然没有守住的承诺。他在理智中形成了某种判断,这种判断逐渐披上了哲学理论的外衣,关于恶、关于痛苦、关于虚妄和存在的虚无,如人们所言,它本质上依旧是一种遗憾和苦涩,一种隐藏的情感和对自身不幸福状态的理性投射。他的精神视野限制在了这种遗憾内,也限制在了遗憾与控诉的理论中。思考和反省痛苦的奥秘,是启发他想象力的唯一源泉,是思考他思想的唯一出发点。

莱奥帕尔迪有时会被人认为是一位哲学诗人,从刚才给出的解释来看,这是对他的误判,对于任何诗人而言也同样不准确。他的精神基础不仅是情感的和非哲学的,而且可以被直接定义为一种情感堵塞,一种徒劳的渴望,一种如此浓缩、暴力和极端的绝望,他将自己保存在思想的领域,自己决定观念和评判。

这种灵魂状态反而常常忘了他自己真正的存在，它表现得仿佛已达到学问的某个位置，摆出批评、争论和讽刺的姿态，人们坦率认为有缺陷的作品部分地展现了这一点，比如《道德小品集》（Operette morali）中的大部分和某些诗歌，尤其是《修正诗》（Palinodia）和《补遗》（Paralipomeni）。

在学问上，他将自己赶入了一条没有出口的道路，一场没有结果的战斗。他认为生活是罪恶的，我们生活的同时还痛苦地意识到了这种极端的罪恶。他发现他面前的其他人就这方面有着不同于他的思考和感受，因为他们能够支配身体的力量，他们神经冷静、心灵平衡，生活的喜悦笼罩着他们，并赋予他们生命力，希望向他们微笑，行动让他们充满激情，爱让他们陶醉，他们反抗痛苦和厄运，当它们没有真正降临时，他们将它们视为需要面对的不可避免的困难，当它们真正发生时，他们就面对并战胜它们。他们不思考死亡，有意无意地遵从古老的说法，那就是死亡并不关照活着的人，因为他们活着，也不关照死去的人，因为他们已经死了。莱奥帕尔迪原本想说服这些人他们错了，他们应该和他一起绝望。然而，理性无法与情感并行。

多年以前，人们在蒂罗尔的乡村小屋前读德语诗歌（我不知道他们是否还会在那里阅读），诗中说："活着，但要活多久呢？我将死去，不知何时何地。我不知去往何方，世事如此，我惊讶于我竟会如此开心。上帝耶稣啊，请保护我的家！"

莱奥帕尔迪对此并不震惊，却感到异常愤怒，人们竟然在这种情况下依旧感到如此开心。他称他们为懦夫，想羞辱他们，让他们感到羞耻，同时也想改变他们，这意味着他要用说理的方式向他们灌输他个人的灵魂状态，因而，他演说家般地采取了讽刺、讥讽和怪诞的方法。《道德小品集》中那些和谐的地方导致了极其冷峻的必要：用喜剧方式呈现是徒劳（争论的精神和不满无法诞生喜剧，喜悦与平静的幻想才可以）；人物仅仅是名字；对话都是独白；散文虽是精心创作，却无法触碰本质，常常充斥着学院派的空谈。

他在诗歌和散文中讥笑新世纪的信仰，人类精神无法阻挡的增长和扩张，也就是所谓的发展，他嘲弄自由主义、改革与剧变的企图、经济与社会科学的研究、德国大思想家们确立的新时代哲学、打破传统范式和发现印欧语言之间亲缘关系的语文学，总之，他嘲讽一切拥有生命力、创造力和勇气征兆的事物。好几次阅读《道德小品集》中的对话时，我不断想起（我并非第一个有这种印象的人，因为我现在发现帕斯科利也有同样的感受）另外一部小型对话集，它出自莫纳尔多伯爵（conte Monaldo）那支反叛的笔，它们的相似之处不仅在于对学院派形式共同的文学偏爱，如《帕纳塞斯的消息》（*ragguagli di Parnaso*）中对琉善的过度模仿，同样也在于他们狭隘、落后和反叛的精神，在于对新的和有生命的事物的厌恶。当身患瘟疫、精神错乱的托尼奥脸上出现杰尔瓦索的轮廓时，我们看到的景象似乎就是归来者伦佐眼前的景象："瘟疫同时剥夺了他身体和精神的力量，他的脸和每个动作都隐约展现出他和他着了魔的兄弟之间的些许相似。"

在他的散文和《修正诗》与《补遗》中蕴含着某些不健康的

东西，同样还是德·桑克蒂斯，他谈论起人们在此感受到的"邪恶的笑"，和作者以复仇者的喜悦试图露出的"匕首"，以及一种对"人类的敌意"，我们感到自己被驱逐。

在这点上，我们应该暂停片刻，去思考惯常的非理智（inintelligenza），是它激发了幻想、思想和艺术最纯粹的作品。不过我们要赶紧补充一句，关于那"邪恶的笑"和爆发的怒火，我们真的要考虑到莱奥帕尔迪最残忍的后母——自然，和疾病（拉涅里的书里提到了这一点，尽管人们不愿赞同，但它却最接近现实），我们若想保留我们的批评，就要调动我们身上人类的怜悯。无论如何，我们没有必要改变对贾科莫·莱奥帕尔迪内在高贵品质的判断。自由主义的嘲讽者在自由主义者之间拥有他的所有友谊，人类的鄙视者渴望的是爱与被爱。啊，如果有一缕阳光能从他的血脉中驱赶毒害他的疾病，溶解恶化疾病的麻木，那该多好啊！他可能就会立刻站起来，以比他在复兴运动中所歌唱的更多的惊奇和崭新的双眼来观看这个世界，看到那团黑乎乎的纠缠的幻想消散在远方，蕴藏在他身体深处的创造力会慷慨地喷涌而出，惠及四方。

为了从艺术的视角重新发现纯粹和健康的莱奥帕尔迪，我们需要在他严肃而动情地表达自己的地方，而不是在他争论、嘲弄、讥讽和讪笑的地方寻觅。这是《道德小品集》中那个较好的莱奥帕尔迪，比如《狄曼德罗和埃勒安德罗的对话》中的几页，它们非常接近《书信集》中那些最美书简的语调。就这方面应该指出，关于莱奥帕尔迪散文过去和现在都在讨论的问题，有人赞美他的

10. 莱奥帕尔迪

散文像大理石般古典,有人认为它们相当矫揉造作,另一些人则争论它们是否是适合意大利文学的散文类型。正如人们所说,最后一个讨论毫无意义,前两者的讨论也差劲。莱奥帕尔迪的散文毫无疑问存在缺陷,尤其是在概念本身和语调错误的地方,他费尽心思、拼命挣扎,以求获得虚假的雅致。但与思想结合之处却展现出无与伦比的美丽。同样是在《补遗》的某些地方,与诗的一般语调形成鲜明对比的是,莱奥帕尔迪舒缓了讽刺的张力和刻意的戏谑,用简洁的方式来表达自己,比如那首著名的关于意大利的八行诗,或者对美丽德性的呼语(apostrofe),这些诗句都铭刻在人们的记忆中。然而,除了关于争论者和讽刺作家莱奥帕尔迪的让人怀疑的标准之外,另外需要考虑的是严肃和动人的莱奥帕尔迪,一个充满了他的痛苦和痛苦思想的莱奥帕尔迪。

因为他的精神状态是内在历程的极端体现和总结,它不可否认地拥有静止不变的东西。因此在客观的、反思的和理论的形式中,它呈现出一种被信赖且被反复灌输的教条。而在主观形式中,它仿佛一篇已画上句点的关于自己人生的碑文。这些似乎都无法产生抒情诗,因为抒情诗总是同时内在地(intimamente)具备史诗性和戏剧性,是多样性聚集在一个统一体中,是外部世界发现自己是内部世界。阐明一系列思想、一份悲观主义的义理手册,确认一次绝望的顺从、一次放弃、一次背叛,既是诗歌的任务,又超出了它的范围。

所以莱奥帕尔迪的诗歌中存在不少教诲的成分,它们几乎以乏味的口吻散落在各处,即使没有充斥《致佩波利的信》

(*Epistola al Pepoli*)的整个创作,也几乎填满了《吉内斯特拉》(*Ginestra*)整首诗歌。拿它们与但丁《天堂》中的诗歌教诲相比,并不恰当,因为它们经常相当接近但丁吟咏高贵或相似之物时的语调,却放弃了他常在思想中寻觅的爱情的甜蜜韵律。比如《吉内斯特拉》中的诗句"高贵的自然激发勇气",等等。在其他时候,教诲更像是演说术,一个控诉行为,一系列的质问,它们都指向一名被控诉者,指向道德、自然和事物的神秘,如同《布鲁图斯》(*Bruto*)和《夜曲》(*Canto notturno*)中所表现的那样。

在莱奥帕尔迪的诗歌中,确认痛苦经常像确认一个历史事实,是对事实的承认和重申,这体现在某种干涩的语气和简洁匮乏的句子中,它们都不是行动中的生活,而是生活的反思性纲要,是生活的概念化。短诗《致自己》(*A sé stesso*)可以作为这种题铭式写作的样本,它似乎还不能被称为抒情诗:"最后的梦想幻灭了,我曾以为它是永恒的。它消逝了。我感受到我们身上甜蜜的错觉,而如今希望和渴望都消逝不见了……"当然,这种语调随处可见,它是如此的痛苦、哀伤和悲痛,不包含一点儿装腔作势,以至于它必然会产生(实际上它一直在产生)令人深刻的印象,并唤起某种崇敬。但另一方面我们不能否认,在这种或者类似情形下,我们拥有的不是诗,而是个体情感和意志的符号。在极少数情况下(总共几次)会出现相反的情形,在这种情形中莱奥帕尔迪试图直接表达完满的情感,一次是《孔萨尔沃》(*Consalvo*)中的爱情,由此他在心中升起炽热的渴望,另一次是在复兴运动中,他的心灵向生命的激情重新敞开。但《孔萨尔沃》中出现了

10. 莱奥帕尔迪

一些孤独的爱的呓语，拉涅里有时是它们的见证者。在复兴运动中，他的灵魂活动没有找到合适和恰当的表达方式，并被他引向了梅塔斯塔西奥式半描述半歌唱的小诗形式中。

那么，莱奥帕尔迪的诗在哪里呢？人们会问，不在这里，也不在那里，也不在其他地方。人们可能想要暗示，莱奥帕尔迪无论如何都不是一位诗人？那好吧，普遍的批评观点已经指出莱奥帕尔迪的诗在哪儿，在冷漠地接受《道德小品集》，拒绝《补遗》和《修正诗》，谴责《吉内斯特拉》和其他诗歌的单调乏味后，这些批评果断地通过德·桑克蒂斯的作品，让爱国主义狂热分子大声疾呼（从塞滕布里尼到卡尔杜齐），它们还认识到他早期的诗歌都是学院派的演说术，那些劝诫和咒骂的东西只有其中一些被诗意地保存了下来，剩余部分中的一些我们也要保留意见。这些批评尤其表达了对所谓的"田园诗"，对早期和后来的，对小型和大型的"田园诗"的崇拜。在我看来，只要注意不将这种偏爱具体化为对某些特定作品排他的和全方位的赞美，而在理想的和深刻的层面理解它，以获得辨别莱奥帕尔迪真正诗歌的评判标准，这就足够了。正如我们所说，莱奥帕尔迪是一个"被排除在生活之外"的人，但这并不表示他在年轻的时候没有梦想过、期盼过、爱过、欣喜过和哭泣过，也不意味着后来他在某些特定时刻感受不到自己还活着，他的灵魂再次感受到了焦灼的情感。在这些时刻，当他在遥远或近在咫尺的回忆中再次看到自己与世界相连时，他的幻想在诗意地流动：诗可以是你想要的任何东西，但绝不是冰冷和无宇宙感的（acosmica）。这些时刻体现在《节庆日之夜》(Sera del dì di festa)、《孤独人生》(Vita solitaria)、《无限》(Infinito)、《乡村的星期六》(Sabato del villaggio)、《暴风雨后的宁静》(Quiete dopo la tempesta)、《回忆》(Ricordanze)和《致希尔维亚》(Silvia)中。然后他的词语就有了色彩，他的节奏变得甜蜜、柔软，充满和谐和内在韵律，情感的颤动反映在诗歌纯净明亮的露珠中。效果是强烈的，如同生命中的那些时刻，那些目光转向周遭的世界，不是为了拒绝它，而是为了自身能亲切地接受它，那些欲望的冲动和爱情的期盼、那种内心的感动和温柔几乎都在悄然进行，它们从压迫的艰难命运和侵蚀的寒冷中挣脱出来，并以某种节制、谦逊和纯洁的方式表达，仿佛述说着他不再习惯说的话。因此，它们独特的魅力，如同苍白诗歌之上微微显现的红润，让许多色彩丰富的文学作品相形见绌。谁不会将浮现在其中的神圣画面、少女形象、多样的景致和卑微人群的劳作铭记在记忆和心中呢？纺织机旁的希尔维亚在五月的芳香中歌唱，她的脑中充满着绮丽的梦，年轻男子放下纸笔，聆听这歌声，让自己的梦和少女的梦相连。父亲花园里的那些夜晚，满天繁星，青蛙歌唱，萤火虫游荡在篱笆丛中，家庭的声音交替出现在墙内，与此同时，欲望和思绪驶向无边的尽头。周六夜晚安静的村庄，女孩手中握着装饰明天的鲜花，老妇人闲谈着过去，男孩们跳跃着，呼喊着，农民回到他节俭的餐桌旁，想着他休息的那天，整个世界都沉睡了，铁匠和木匠还在赶工，灯光从闭门的作坊中渗透出来，暴露了他们的踪迹。节日的夜晚充满忧伤，人们回忆着渐渐远去而消逝的歌声。孤独的湖岸环绕着沉默的花草，他在那

10. 莱奥帕尔迪

儿坐下，放任自己，在静止的自然中一动不动。生命的感受在暴风雨后复苏，其他类似的、新的和永恒的创造物呢？还有一些明确的话语，比如"当美好在你转瞬即逝的笑眼中闪烁时"；另外还有一些完美的诗句，比如"风带来了乡村钟楼的钟声……"，"甜蜜而清澈的夜晚，没有风……"。

伴随着对生活的回忆，莱奥帕尔迪在理智世界中沉思的另外一些时刻上升为诗，这个世界对他而言如此珍贵，可以这么说，他爱着爱，同时又和爱一起爱着死亡，如同他在他最美好的诗歌《统治的思想》(*Pensiero dominante*)和《爱与死亡》(*Amore e Morte*)中呈现的，尽管它们是沉思式而非说教式的。《阿斯帕西娅》(*Aspasia*)也不是说教式的，它是戏剧性的，当他的最后一次爱情遭遇失败后，他在理智的坚实岸边找到了避难所，他向自己解释发生在自己身上的事情，并将其理论化，由此恢复了力量。古老的诱惑依旧在灵魂中振动，但他认为自己通过冷静的思想超越了它，并且掌控了它。

的确，莱奥帕尔迪的诗歌极少或者从来不是完整的诗，它们几乎一直是或者就一直是说教和演说，又或者是我们曾经提及的那种干瘪的碑文风格。在《乡村的星期六》中，诗歌的场景本应以自己的笔触来表现快乐的想法，那是人们期待的唯一真正的快乐，幻想的快乐，但它却遭遇到一个批判性反思的评论，又遭受一个讽喻的重压，后者采用了向"一个诙谐的小男孩"进行修辞性告诫的形式。在他的杰作《致希尔维亚》中，出现在最后部分的那个"希望"具有某种抽象含义，一些诠释者和许多读者并非毫无理由地（尽管事实上他们错了）被引导着将"希望"和希尔维亚合为一体，用这种融合让她复活，好让诗人拥有一位少女，而非一个"她是诗人新时期的亲密伴侣，诗人因喜悦、爱情、工作和事件等许多理由和她在一起"的寓意。从一种音调的诗歌转变成另一种音调的诗歌，或者从诗歌转变成另一种不同于诗歌的东西直到诗歌的枯竭，如果不一一分析单个构成部分，这些转变就无法得以展现。在德·桑克蒂斯关于莱奥帕尔迪的未完成的书稿中，上述分析工作大部分都完成得相当出色，同时还包括一些更近期的学者。在这样详细的分析中，人们可以更清晰地看到所谓莱奥帕尔迪的诗歌风格：语言、句法和韵律。他一直被认为拥有人文主义者的精致风格，人文主义者在表达思想或讲述情感时，无法求助于那些更平易近人和更大众的词汇和方式，这些词汇和方式适合有着其他来历和教育背景的诗人。然而，他有时也知道如何让自己变得简单和直接，同时又不失崇高与庄严。但另外在涉及特定节奏编排和习惯用语的时候，他又屈服于一些文学程式，甚至是梅塔斯塔西奥和阿卡狄亚文学，比如在《爱与死亡》中："倘若尘世间不存在美好事物，那么星空中也不存在。"在《乡村的星期六》中，除了"小男孩"之外，"小女孩"（donzelletta）和"玫瑰与紫罗兰花束"都令人难以忍受，他们矫揉造作（leziosi），与其余部分不相匹配。这将是我最后批评性和系统性的观察，由此我想简短地说明：我们不应被莱奥帕尔迪诗歌所呈现的完美的正确、得体和优雅所限制，而应该朝另一边观察——如果人们因为文学的无可挑剔（*irreprensibilità letteraria*）

10. 莱奥帕尔迪

而未曾察觉思想与感受中的空虚——我们就会发现诗意时而强烈，时而虚弱，时而充盈，时而空虚，并且确信莱奥帕尔迪的诗歌比人们相信或怀疑的还要更痛苦。他的诗歌里有枯燥和乏味，有形式主义的文学，同时又有最甜蜜、最苦涩和最和谐的东西。在幻想与节奏自由流动的前后存在某种障碍（impaccio），或许正因此才让人们更好地感受到了诗歌创作的奇迹。

11. 阿尔弗雷多·德·维尼

青年阿尔弗雷多·德·维尼的头脑曾被两种思想占据，并受其作家与军人双重生活经历的启发：一方面是艺术家与社会之间的权利与义务关系，另一方面则是军人义务和人的良知之间的持久矛盾，它们毋宁是由纤细的敏感所招致的迷惘与折磨，而非理论上的困惑。为什么社会较少对艺术家承担责任？社会又该对艺术家承担哪些特殊的责任呢？社会对艺术当然负有责任，那就是尽最大努力去品味和领悟艺术。然而，社会对艺术家也负有它对社会其他成员所承担的同样的责任，不多也不少。

倘若有人提出，艺术家像儿童那样缺乏经验，像体弱者那般性情暴躁。假设事实确是如此，那么让我们担忧的是，如果像对待儿童和病人般监护、照看和引导他们，那将会磨灭作为艺术家的他们。因此，一种比较严厉却也比较有益的做法，是社

11. 阿尔弗雷多·德·维尼

会（依据让·保罗的设想）要像对待燕雀（fringuelli）一样对待艺术家，让他们失明，或者让他们笼罩在痛苦的阴影之中，为了对诗歌的爱，为了听他们歌唱！实际上，维尼提出的问题没头没尾，他对于艺术在精神中的地位怀抱一些幻想，他断言艺术生活高于实践与政治生活，那些创造了不朽作品中的一页纸、一张画布、一块大理石和一段声音的人都是人中龙凤（les premiers des hommes）。因此，他围绕这个主题所写的东西，除了是对天才浪漫崇拜的文献之外，没有任何价值，另一方面，它们也记录了折磨他的个人的不安。

军队义务与人的义务之间的冲突虽不持久，却是发生在他充满困难与内心斗争的人生中，需要坚持、战胜和解决的诸多情形之一。在那种情形下，如果有人不具备驾驭它们的力量，或者胜利让他精疲力竭、千疮百孔，这便意味着他其实不适合军队里的职业，正如德·维尼所经历的。他对此也没有坚定的想法，军队在他看来是一个悖论，"一种国家中的国家"，而相同的说法对于其他任何一种职业都不适用——工业、商业、艺术、教会。最终他用下面这句话剪断了戈耳狄俄斯之结（il nodo gordiano）："哲学幸运地缩短了战争，协商替代了战争，而机器通过它们的发明消灭了战争。"

这些问题理论上并不存在，可痛苦、沮丧和折磨却实实在在，因此，那些由思考所激发的作品——《斯泰洛》（Stello）、戏剧《沙特登》（Chatterton）、短篇小说集《奴役与军人的伟大》（Servitude et grandeur militaires）——理论意义不大，却充盈着敏锐细致的观察和令人动容的片段。他的戏剧并不快乐，其中的主旨甚至展现出冷峻与矫揉造作。但《斯泰洛》（这本小说迷恋一种 1793 年恐怖主义者的危险心理学），尤其是那些有着许多老兵形象的军队故事深刻地渗透进读者的灵魂，这些老兵由于军事命令和职业责任而负伤死亡。他们可能出于他人不公的判决而将一个年轻人从妻子身边夺走枪决，他的妻子也因此变得永远疯疯癫癫。他们在两鬓斑白的父亲身旁刺穿了一个青年的身体。他们不再为心中的罪行感到宽慰，他们只能等待，几乎要寻求死亡。这些页面和故事都深深打动了阅读它们的人。这种痛彻心扉的严肃体现在赤裸裸的尖锐风格中，一切事物和思想都对滔滔不绝与夺目的光彩不屑一顾。其中一个故事里出现了拿破仑，德·维尼在此揭穿了他的装腔作势。他描绘了拿破仑与擅于洞察人心的意大利教皇在枫丹白露的会晤，并让教皇某一次朝拿破仑脸上扔去了一个词："喜剧演员！"另外一次则是："悲剧演员！"当这个伟人转身与他的官员谈话时（他同时也是德·维尼这个故事的叙述者），这个官员也不让自己像其他许多人一样，被塔尔马的学生（allievo di Talma）机智狡猾的戏码牵着走："然而，我感到这是一股虚伪和僭越的力量。我反抗着，叫喊着：他在说谎！他的态度、他的嗓音、他的姿态都如同演员般矫揉造作，一场主权的可悲炫耀，他应该知晓那是虚荣。他自己不可能真诚地相信！他禁止我们所有人撕开面纱，却看到自己下面一丝不挂。那他看到了什么？一个可怜无知之人，跟我们所有人一样，活在所有弱小的生物之中。"《奴役与军人的伟大》是德·维尼散文写作艺术的巅峰，

11. 阿尔弗雷多·德·维尼

他还尝试写作长篇小说和历史戏剧,如《桑克·马尔斯》(*Cinq Mars*)和《安克尔元帅夫人》(*Maréchale d'Ancre*),但都是比较薄弱的尝试。虽然他的早期诗歌有一些练习和模仿的痕迹,但其中一些作品和作品片段反映出来的纯洁与独特让人倍感震惊。一首名为《埃罗阿》(*Éloa*)的小诗展现了他创作上的青涩,时不时也会落入俗套。尽管如此,(由耶稣眼中流淌出的悲悯的眼泪塑造而成的)埃罗阿,那个天使般最纯粹的创造物充满着诗性的启迪,当她在天堂里惊恐地听到关于有罪且被抛弃的撒旦的谈话时,她没有被厌恶感击退,而是被推动着施以援手。

> 她的首要动作不是颤抖,
> 而是像拯救一般地靠近;
> 悲伤出现在她冰冷的嘴唇上
> 一旦不幸出现在她的脑中
> 她学会了做梦……

在《号角》(*Le Cor*)中,圆号的声音响彻群山之间("上帝!森林深处的号角之声如此悲伤"),这首诗回顾了罗兰在朗塞瓦尔的传奇,一个悲剧的而非胜利的英雄主义传奇。关于老指挥官的故事笼罩着英雄主义的悲伤,老指挥官哀痛他那艘冲锋陷阵、最后沉入阿布基尔海底的漂亮战舰("严肃号"巡航舰)。《摩西》(*Moïse*)当之无愧是他早期作品中的杰作,德·维尼创作于25岁。独自上山的摩西望见了那片应许之地,他所有的子民都静静地伫立在平地上，咏唱着荣耀的颂歌。同时，他觉得自己正屈服于自身伟大与权力的桎梏之下：所有一切都让他筋疲力尽，作为上帝的工具，上帝让他超越人类，又剥夺了他身上的人性，让他的周遭充满荒漠，爱的荒漠、友谊的荒漠、信任的荒漠、陪伴的荒漠。他在赞美诗中屡次向上帝坦白这些，屡次向他请求死亡：

> 一旦您的气息填满了牧羊人，
> 人们对自己说："他对我们来说是陌生人"；
> 那些眼睛在我火热的眼睛前低垂下来
> 因为他们看到的不仅是我的灵魂，唉！
> 我看到爱情消逝，友情干涸；
> 处女们蒙着面纱，害怕死亡。
> 将我包裹在黑色的圆柱里，
> 我行进在所有人面前，在我的荣耀中悲伤孤独，
> 我在心中说："现在想要什么？"；
> 在一只乳房上沉睡，我的前额太重了，
> 我的手在它触碰过的手上留下恐惧，
> 风暴在我的声音里，闪电在我的口中；
> 此外，他们远非爱我，只是在颤抖，
> 当我张开双臂时，他们倒在我的膝盖上。
> 啊，主啊！我过着强大而孤独的生活，
> 让我在大地的沉睡中入睡吧！

11. 阿尔弗雷多·德·维尼

上帝同意了，并在他的子民眼前掳走了他，留下了他的继任者、一个新的首领来完成相同的使命，被上帝判处在同样的荒漠。他继续前进，思考着他背负的任务，为他所做的牺牲感到苍凉：

> 在靠近应许之地时，
> 约书亚边思考边前行，脸色苍白，
> 因为他被至高无上的权力选中。

这是关于历史英雄和人民引领者的任务的最伟大呈现，是真正米开朗基罗式的，它在诗歌的领域了回应了同时代的黑格尔在《历史哲学》"导论"中描述的关于历史英雄的篇章。

这些散文和诗歌的创作距离相隔很短，但此后大约三十年间，德·维尼没有发表任何作品。尽管他一直在内心与自己斗争（*in sé stesso e con sé stesso*），但他写了一本私密的《日记》，并在很长一段时间内创作抒情诗，这些都收录在他死后出版的《命运集》（*Les Destinées*）当中。

《命运集》中的抒情诗如何呢？它们都是德·维尼，在面对灵魂、现实、痛苦、死亡、爱、科学、诗歌、精神高贵、自然、命运和神性这些宏大概念时所采取和定义的态度。女性背叛和嘲笑他，玩弄他的心，最后他用达利拉（Dalila）来象征女性，用桑松（Sansone）来象征男性。桑松是一个好人，他一直需要爱抚来当作他工作和痛苦的宽慰。达利拉则是一个卑贱的人，污秽、狡诈，利用男人的信任来满足她的虚荣和任性（《桑松的愤怒》[*La* colère de Sanson]）。然而，除了这个邪恶谜团般的女性，还有一个女人，她是一个精神谜团，如战场上列阵的敌军那样可怕。柔弱而坚强的女人，有冲动也有倦意，但没有男人身上怯懦的审慎，她随着被压迫者的呐喊而颤动，武装自己并投身战斗（《牧人之家》[La maison du berger]）。痛苦折磨着我们，死亡等待着我们，我们就要怯懦地呻吟、哭泣和哀求？不，我们应该一言不发地昂首挺进，精力充沛地去完成自己的使命，去忍受，去死亡（《狼之死》[La mort du loup]）。基督教铸造了我们自由的灵魂，它可能因此摆脱古老命运的束缚吗？每个人身上都压着自己的命运，自由是反抗命运的新使命（《命运》）。残暴的力量压迫和吞噬人们，但思想可以逃脱这些力量，在毁灭之前将其诉诸文字与写作，就好比一艘即将遇难的船舶的船长，将他记录的观察和科学发现封在瓶中，扔入海浪，那瓶子总有一天会被人捡到，向所有世人传达这位遇难者的思想（《海中的瓶子》[La bouteille à la mer]）。

新时代的贵族不再意味着配剑和宫廷官职，而是纯粹的精神、书籍与诗歌（《纯粹精神》[L'Esprit pur]）。人可以逃离奴役的城市生活，在自然中找到和平与安宁，可自然是外部的，它专注遵守永恒不变的法则，相较于动物和在土地上生长死亡的植物而言，自然并未对人类倾注更多的关注。那些消逝的，而非永恒不变的事物值得我们的冲动和情感（《牧羊人之家》）。急切地祈求上帝告知世界、灵魂与身体、善与恶、生存与死亡、人民与历史的意义是徒劳的，因为上帝对我们的诘问沉默不语。正直之人被如此不公地拒绝，如今应该停止祷告，用冷漠的沉默来回应神性的永

11. 阿尔弗雷多·德·维尼

恒沉默（《橄榄山》[Le mont des Oliviers]）。

人们赞美抒情诗（我们就回顾其中重要的几首）的桂冠是"哲学诗"（poesia filosofica），德·维尼则被认为是法国"哲学诗"的奠基人或奠基人之一。不是出于对词语的吹毛求疵，而是因为（有时甚至是过度的）关切，希望清除所有会让评价发生偏差的风险，有必要提醒的是，"哲学诗"是名词与形容词互相矛盾对立的程式之一，一首诗永远不可能是哲学的，即概念的辩证法。在此之后，对于我们而言将不会有任何障碍去接受对德·维尼抒情诗的常见定义，我们以隐喻的方式来理解它，即作为一种游走于最新事物之间的诗歌。尽管看起来称它为戏剧诗或史诗更加合适，它是现代精神的戏剧与史诗，因为其中不再出现希腊人和野蛮人的角色，也不会有法兰克人和萨拉森人，却有上帝与自然，善与恶，欢愉与痛苦，以及类似对立和矛盾的概念。

同样是将德·维尼的诗歌定义成哲学诗的那群人，认为他的诗歌是悲观主义的。这种评价没那么让人难以接受，因为悲观主义在思考重大问题时引入了一种主观和激动人心的倾向，即一种诗歌的材料。但是这种说法真的让人满意吗？用"悲观主义"来描绘德·维尼那样复杂和个体化的精神状态，是不是过于宽泛和粗糙？如果一个灵魂丧失了宗教信仰，却保留了对自然和上帝的宗教倾向；一个灵魂丧失了对善的客观性与丰富性、对历史与社会运动的必要性的信仰，保留了对善的坚定意志和社会奉献；一个灵魂丧失了对战争和战争内部永恒伦理价值的信仰，保留了对勇敢和牺牲的崇敬；一个灵魂丧失了对思想与诗歌救赎道德的信仰，保留了对天才的崇拜；一个灵魂丧失了对爱的信仰，保留了爱的温柔情感。对于更有价值和更美好的事物，我们可以一直举例下去。那将会发生什么？丧失掉的东西会把灵魂逼向怀疑主义、冷漠、惰性、无聊、厌倦与愚蠢的欢乐。而保留下来的东西阻止了灵魂的堕落，转而将它推向宗教、道德、英雄主义、科学、诗歌和爱。然而，因为所有这一切都缺乏物质和营养，曾经饱满的灵魂像一个空的形式，承受着巨大的痛苦，所以它也像其他灵魂一样，人为地塑造一个它从未真正拥有或寻找过的内容，这样它就不再空洞。这是德·维尼的独特状态：因拒绝或者无法理解事物运行的逻辑而产生的荒凉感；对所有崇高与高贵事物的执着。也许一切都是徒劳，但接受和推动的一切都是为了荣誉、尊严和骄傲，如同一个迷失的哨兵坚守他的岗位，或者一个骑士守卫一个毫无希望的目标。

人们或许认为，诗歌的灵感和德·维尼这个人之间有某种对应关系，德·维尼是那种老派家族的绅士，他和他同社会阶级的其他人一样，不愿也不知道如何适应新时代的理想。他不仅在现实中无法回到过去，更重要的是，甚至连欲望和想象也不能，因为新时代的力量已经动摇了他精神中旧有观念和习惯的根基。因此，他以他《日记》里的哲学化工作，拒斥所有"神法和人民主权"，视它们为矛盾的"荒谬"；因此在他的诗歌中，他依次反讽和咒骂了骗人的民主、绝对专制主义和沙皇。在他的实际生活中，人们记得1830年7月里的他，他始终无法抉择站在国王还是革命者那一边，最终做出这样的决定：如果国王亲自上马面对叛乱，我将穿上军服和他站在一起。这是一种崇高的态度，但这里的崇高是紧张和稍显空洞的，依据一个著名的心理学规律，它不可避免地会轻微触碰它的对立面。我们必须承认，在面对德·维尼诗歌的某些特定韵律时，偶尔（尽管十分少见）会忽现一丝轻柔的微笑，尤其是他邪恶的同时代人总是不懂得如何克制。笑意忽现又立即消失，是因为那些韵律是一系列痛苦，以及内心与精神真实崇高的极端表现。看看他如何刻画他的先人们，那些士兵与宫臣：

> 我在绅士的金桂冠上
> 放上一根不乏美感的铁羽毛……
> 我夜行的脚步深入我家人的地窖，
> 我数了数我的祖先，依照他们的旧规矩……
> 如果我写他们的故事，他们就是我的后嗣。

我们看到他站在上帝面前。上帝不回答他无意义的提问，跪拜着的他生气又冷漠地站了起来：

> 若上天留给我们一个失败的世界，
> 正义之人将抗议对缺席的轻蔑，
> 只以冰冷的寂静回应
> 神永恒的沉默。

在这里，德·维尼对待上帝不就像一位绅士对待不履行职责的国王吗？绅士在国王面前重新拿回他的平等权利，差点儿以武力向国王请求补偿，他不再视国王为臣民的君主，而是彼此对等的绅士。

因此，德·维尼的抒情诗诞生于一种原创又特殊的精神形式，它呈现出内在必要性的特征，文学没有参与其中，即便曾经出现，我们也会感到它是一种缺陷。因为德·维尼不属于那群被称为天才、灵敏、丰富、柔美和平等的人，他的叙述不乏艰难，创作不乏笨拙，风格中也存在短板与隐晦。然而，只有一名"学校教师"才会因为这些缺陷而责备他，而这些缺陷在诗性的精神上甚至激发出某种带有同情心的特定吸引力。为什么呢？因为如果有人想要深刻与强烈的诗歌，那最好让自己屈服于几乎总是与之相关联的东西，疲劳的迹象，无法一直清晰和掌控自我的表达，断裂和空白。德·维尼知道，并且去世前不久还在吹嘘自己努力维持与其他纯粹的大师一样的高度，"理想的诗人与严肃的思想家"。早在19岁时，在一封写给他朋友蒙科尔（Moncorps）伯爵的信中，他就已经表现出对简单的诗歌的厌恶与鄙视：

> 我们都自称厌恶简单的诗句；
> 一位严肃作家最晦涩的诗句
> 有更多真正的价值，在我们眼中
> 比一堆构成浅薄之作之结构的
> 无用的轻言巧语更有价值，
> 心中不作画之人试图迷惑我们。

11. 阿尔弗雷多·德·维尼

后来在《牧人之家》中,他猛烈抨击了"圣火浇熄的维斯塔贞女"(即诗歌),她失去了美妙的庄重,她的女祭司长袍被年迈醉酒的阿克那里翁掀起并拉到她的膝盖上,她要么在贺拉斯的宴会上歌唱,要么与伏尔泰狂欢。他的费力,他细弱的声音,略带窘迫的发音,他时而观察到的颇为精致、纤弱又做作的优雅,都蕴含着贵族的东西。

但这种贵族的东西拥有崇高缪斯的能量,画家手中的调色板颜色算不上鲜艳,但他知道如何用少量强劲鲜活的笔触去刻画人物和情景。橄榄山上,耶稣徒劳地朝天空喊了三次:"我的天父!"

> 只有风回应了他的声音。
> 他跌坐在沙地上,和他的痛苦中,
> 对世界和人抱着人类的想法。

大利拉在凯旋式上被带上了祭坛,离参孙不远,他因她的行为而遭捆绑,双眼也被剜去:

> 小母牛被杀死在上帝脚下,旁边
> 是大利拉,苍白的妓女,
> 她被加冕,被崇拜,是宴席女王
> 她却颤抖着说:他再也见不到我了!

尽管雨点般的袭击落在自己身上,随即身上到处是伤,公狼还是保护着自己的同伴与孩子，最终扼死了攻击它的大型恶犬。然后：

> 它还看了我们一眼，然后倒下，
> 它舔去了嘴里流出来的血，
> 不知道它是怎么死的，
> 闭上了大眼睛，一声不吭地死去。

被船难者扔入海浪中的瓶子，漂泊在海中：

> 独自在海上，永远一个人！——迷失
> 像一片移动沙漠中看不见的点，
> 冒险者游荡在这片广袤无垠中，
> 看到了这个未被发现的隐蔽斗篷。
> 颤抖的旅行者注定要漂泊，
> 她在它的领子上发现这一年来
> 海草和海藻给它披上了一件绿色外衣。

他拥抱着他身边和他一样精疲力竭的女人，用深情的眼神捕捉爱人身上的每一个细节：

> 啊！谁会再次见到你的优雅和温柔，
> 甜美而哀伤的天使在叹息中说话？
> 谁和你一样出生便携带一种爱抚

11. 阿尔弗雷多·德·维尼

> 在每一道从你垂死凝视里落下的闪光中,
> 在你倾斜脑袋的摇晃中,
> 在你痛苦和无力倾躺的腰间,
> 在你纯粹多情与痛苦的微笑中?

当这位哲学家诗人在他的抒情诗中阐明一个庄严的概念时,他就会用宗教热情的话语来传达和崇敬它,没有任何庸俗的涂油礼和华丽的雄辩。正义之人说:

> 他在庄严的法庭上审问他自己
> 在那里,理性、荣誉、善和公正,
> 敏锐的远见和科学
> 在良知面前平静地思考
> 谁,审判行为,谁就统治自由。

诗歌的美德:

> 如何守护深刻的思想,
> 如果不将它们的火焰汇聚在你纯洁的钻石中?

女人:

> 你的思想如羚羊般跳跃,

> 但没有向导和支撑就无法行走。
> 大地碰伤它的脚，风让它的翅膀疲倦，
> 它朝白天闭眼，一旦白天朝它……

德·维尼有绘画般生动的伟大诗句（"无声的伟大国度长久地延伸着""你沉默的爱情总是遭受威胁……"等等），也有格言般的伟大诗句（"爱我们不会再见到的人""坚强地完成你漫长而繁重的工作……""女人，生病的孩子和十二次邪恶……""他，一个怀疑灵魂的人，相信他的话"，等等）。

与一个诗作不多、创作技巧也不高的人相比，奢华的雨果和冗长流畅的拉马丁（Lamartine）暴露了他们内在的贫瘠。如果人们把目光转向另一群人，那么就会倾向于以下结论，即阿尔弗雷多·德·维尼，是法国有史以来最伟大的天才诗人之一，可能是19世纪最伟大的那个。

12. 曼佐尼

乔维塔·斯卡尔维尼（Giovita Scalvini）在他1829年的文章中如此评价《约婚夫妇》(*Promessi sposi*)：这部小说有着一以贯之和始终统一的东西，我们不会觉得自己"自由地翱翔于五花八门的道德世界中"，常常感觉自己"不是处在涵盖所有多样存在的巨大苍穹下"，而是处在"一座涵盖信仰与祭坛的神庙"的穹顶之下。

这个评价诞生于原作者身上无可争辩的坦率印象，虽然它后来也被其他人不断地重复和更新，但这些人都用他们自身的热情削弱了它的真实性与活力。依据我的观点，它值得更深入的探讨和更细致的确认，因为它为对于我们文学中最伟大的杰作之一的正确的批判性解释开辟了道路。

有时在阅读《约婚夫妇》时，尤其是将曼佐尼和其他诗人进行比较时，我们会感到忧伤，这种情绪源自何处？在这部小说的力量和自由发展的情节中,我们感受不到任何可以被称为人类情感与激情的东西:对真实的渴望,怀疑的痛苦,对幸福的期盼,对无限的陶醉,对美和统治的幻想,爱情的喜悦和焦虑,政治与历史的剧情,人民的理想与记忆,等等。总之,就是那些为其他诗人提供素材的事物。这不是说曼佐尼缺乏经验和认识,而是他超越了这些,并将它们置于一个崇高的意愿之下,因为他从混乱上升到了平和,最终到达了智慧。到达何等的智慧!不是友好地感受人类不同激情的智慧,尽管它也处在激情之上,并让它们各就其位,和谐共处;而是道德家的智慧,看清黑白,分辨这边的正义和那边的不正义,这边的善和那边的恶,这边的无辜和那边的恶意,这边的明智和那边的缺陷与愚昧,时常带着决疑者的精细考量,赞同一些,谴责另一些。世界的色彩与声音如此多变,各个部分如此紧密相联,如此无穷无尽,如此深刻,从他的视角看,世界在简化,但不是变得贫瘠。在无数根灵魂之弦中,这里就拨动了一根(因为它是唯一的一根),便给了斯卡尔维尼持续与统一的印象。曼佐尼鼓舞人心的动机似乎如以下座右铭所言:我热爱正义,痛恨不公正(Dilexi iustitiam, odivi iniquitatem)。

这种在《约婚夫妇》中占据主导地位的情感特征十分突出,不仅是当我们把它放在同时代国内外诗人(比如歌德、福斯科洛、莱奥帕尔迪)的作品旁边时,当我们将它与曼佐尼本人以前的作品进行比较时也是如此。我们最好不要像往常一样,过于独断地把他以前的作品视为他未来杰作的草稿和一部分,而是要从它们自身出发,把它们当作提供动机和形式的作品,这些动机和形式

12. 曼佐尼

不再出现在长篇小说中。其中响亮的音符是曼佐尼不敢再尝试的。如果像通常使用的那样，"诗歌"这个词指代某些特定的激情音调，那么不得不说，它们真正代表了曼佐尼的诗歌，而在《约婚夫妇》中，长期的反思与散文写作已经开始。

我首先想到的是《阿德尔齐》（Adelchi）这部天才之作，尽管的确是出于评论家或作为批评家的作者所发现的相同理由——矛盾。我很清楚，曼佐尼的神学与道德体系在那个时期已经完美形成，还有他对历史的反历史思考，如同伴随悲剧的批判性话语中的多处内容所证实的那样。但是，思想中牢固确立的东西与灵魂中的不一样，因此，最多样和最对立的情感在悲剧的诗歌现实中绝望地碰撞，生活在此陷入混乱。曼佐尼的理论构想中没有政治的位置，而只有道德的位置。然而在《阿德尔齐》中，政治保持其原创性和价值，无论作者是否意愿，它都被人欣赏，像强劲的力量永远令人赞叹。老国王德西代里奥（Desiderio）延续他前任们的政治策略，反对法兰克人及其保护的教皇，封锁伦巴第人通往罗马的道路。他被查理激怒，因为后者不公正的拒婚羞辱了他，也折磨了他的女儿。谁能怪他呢？诗人本人也不行，尽管在他的历史叙述中，他认为可以用抽象正义的名义来谴责。查理为维护教皇的事业而反对伦巴第的压迫者。那么，作为教会英雄的他，是否如同抽象正义与道德所要求的那样，保持了双手与灵魂的纯粹？被他称作"王国的高度理性"的政治不同意他这么做，政治促使他驱逐埃芒加德（Ermengarda），并拥有了另一位女子，他毫不在意是否在他的命运之路上践踏了任何一个无辜之人。他与其说因为愧疚，不如说是因为不公正的行为而短暂经历了一段迷信的恐惧，他认为不公正的行为会为他招致噩运。政治让他接受了背叛，让他与叛徒握手，并赞美和奖赏他们，尽管他的内心鄙视他们。这些背叛德西代里奥国王的人只是邪恶、自私或怯懦吗？政治也统治着他们，还有对独立和自由的需求，当时社会条件中固有的个人主义和封建主义倾向，以及对伦巴第国王的事业是被谴责的事业的认识。那么为什么要帮德西代里奥国王取得胜利呢？为了更加确保他的控制与奴役吗？为什么要违背上帝的教会的意志？面对捍卫自身独立以及国家毁灭之时进行自我拯救的必要性时，忠诚的纽带是脆弱的避难所，在整个历史发展中它一直都是脆弱的。士兵斯瓦尔多（Svarto）无论如何都要摆脱籍籍无名的状态，去获得权力而非财富，他为此毫不保留自己的精明和果敢，这是统治者的特质，如同青年波拿巴，"不顺从地服务，一心想着王位"。

当然，在感受和表达所有这些不同的激情之后，诗人感到胸口上的伤口更加灼热，因此他痛苦地问自己：为什么？为什么社会如此构成，以致人们不是犯错就是忍受错误？为什么会有一种残暴的力量以法律之名统治世界？为什么我们会遭受我们祖先的血腥双手亲自播撒的不正义，如今它是大地结出的唯一庄稼？他问自己，却诗意地忽略了答案，因为被这个问题折磨的他被迫要去战斗，要竭尽全力取得胜利，贬低、踩躏和摧毁敌人。

矛盾悬而未决，如同曼佐尼设定的，它无法解决，由此便诞生了阿德尔齐的形象，后来它被作者评价为所有其他角色中"不

12. 曼佐尼

愉快的闯入者",而被批评家认为是"不合时宜的",然而,他却是一个高度诗性的人物。他身上体现了诗人的呻吟,他被抛到与他灵魂相对立的世界的中心,这个世界强迫他、压制他。阿德尔齐死了,除了死他还能做什么。但是他甚至被禁止寻求或渴望死亡。他死了,但是当他为了设法脱险和坚持革命与复仇而战斗时,他遵从的不是他的内心,而是历史必然的要求。另一个矛盾在于,拉丁人战败,接受伦巴第人的奴役。曼佐尼的道德评判证实了征服与压迫,因此他拒绝作为强悍民族的伦巴第人的辩解,他们认为自己有能力创造一个全新强大的意大利。对于曼佐尼而言,他们不过是"邪恶的后代",他们英勇不过是因为人数众多,理由不过是进攻。但他研究了中世纪早期的历史,在《新科学》(Scienza nuova)中沉思,然后,一种不同的灵感震撼了他的灵魂,他的想象中出现了一种不同的视野,他听到惊人的合唱,"来自黑暗的青苔,来自坍塌的集市",它的情感相反是对人类、对懒惰和被动的人民的责备,无论他们多么无辜。这是对野蛮人和创造历史的勇士们的颂扬,他们为了自身利益而创造历史,而他们的利益就是正义,是"强者应得的奖赏"。整首关于野蛮人征服的史诗在那首歌里熠熠生辉:残暴的征服者都是男人,他们也把温柔的情感封锁在内心深处,那是需要被保护的神圣事物,和需要被牺牲的甜蜜事物:

> 他们成群结队地穿过大地,
> 唱着欢快的战争歌谣,

>   但心中想着甜蜜的城堡，
>
>   穿过石头林立的山谷，陡峭的高地，
>
>   手持武器守卫在寒夜里，
>
>   回忆起爱情忠贞的对话……

《阿德尔齐》中马尔蒂诺执事（diacono Martino）这个角色带着神圣使命的光环，他代表道路的开启，在上帝意愿和历史命令的事业中，看似无法逾越的障碍被他突然间顺利攻克。大自然本身，那些矗立在他面前邀请他踏入的崇山峻岭，那种他独自生活时的孤独，似乎都以一种宗教仪式陪伴着他的勇敢。然后还有爱，还有埃芒加德，曼佐尼笔下唯一爱的造物，但他真正描绘她的地方并不多，倘若是在文风不如曼佐尼纯朴的其他诗人笔下，她的形象会得到更多描述。被丈夫抛弃的埃芒加德回到父亲家中，前额带着羞辱她和她家人的记号。她如此受辱，回到了离开前享受尊敬与荣誉，满怀希望与喜悦的地方。她的家人不仅把她当成国王的女儿和姐妹，还让她在仰慕的民众面前抬起额头，那是"荣耀与复仇之美"，但这个宽慰和鼓舞了家人的想法并未让埃芒加德重新振作起来。埃芒加德也没有听天由命，从她信仰的上帝那里获得安宁，那个接纳和帮助悲惨之人，奖励被不公正迫害之人的上帝。她爱着那个赶走她、让她痛苦的男人，她柔情似水地爱着这段爱情，她作为王后和一位被爱女子的所有过往，还有那些亲吻、爱抚、节日盛况、人民敬仰和其他女人的嫉妒。诗人感受到她的激情在她的脉搏最深处跳动，直达存在的根源；他看

到"维纳斯完全成为爱慕着他的战利品",对她所爱之人的忠诚和紧紧依附:"我的爱很可怕,你还没有意识到。哦!我还没有展现出一切。你是我的,我在我的喜悦中安全地保持沉默。贞洁的嘴唇从不敢对你说出我内心隐蔽的陶醉。"在她颤抖的激情与妒忌的谵妄中,她绝望地告诉曾经爱着她、在她身上感受过甜蜜、如今尚未变成陌生人的那个他。她带着温柔的痛苦,怀着一丝希望把想法告诉了他的母亲,温柔善良的贝尔特兰达(Bertranda),过去她一直希望他们结婚,如今依旧如此,她对自己的儿子影响很大,在她的拥抱中埃芒加德感受到了"一种生命,一种接近于爱的苦涩喜悦"。最终她放弃了这个想法,转向上帝,准备死亡,然后便死去。第二个优美的合唱歌唱了这种转向,与在上帝中的长眠。宗教没有击碎和摧毁尘世的爱。意外到来的是一种宽慰,仿佛新的爱情,它没那么尖锐,也更加纯粹,填补了那次爱所留下的空白。

曼佐尼早期的另一部悲剧叫《卡尔玛涅奥拉》(Carmagnola),总体上它是一部薄弱的作品,它的创作明显受到歌德的《艾格蒙特》(Egmont)的影响,它们有着共同的缺陷。它的剧情发展像是脚本化的历史逸事,说教式的合唱与戏剧材料联系松散,诗意上逊色于《阿德尔齐》中两个非凡的合唱。但在这部剧中,我们可以辨认出同样出现在《阿德尔齐》中的对立,政治与道德、现实与超越理想之间不可调和的对立。卡尔玛涅奥拉慷慨大方、信任他人,他以为凭借真诚和坦率的言论可以统治和战胜威尼斯领主狡猾多疑的政治,却不慎招致厄运。卡尔玛涅奥拉的朋友马可确信他的朋友是无辜的，尽管他被迫沉默和袖手旁观，让他朋友掉入等待他的陷阱，因为这是祖国强加给公民的义务，他内心拒绝却又不得不遵守，同时祈求于唯一能带来安宁的死亡。这些人物各有形态，但它们中的相同元素塑造了阿德尔齐的形象。和阿德尔齐一样，这些人物都是诗人对他无法理解的、在他头上专横跋扈的世界的反抗，那就是历史的世界。马可看着威尼斯说："就算你伟大又光荣，那又与我何干？我也有两件伟大的宝贝：我的德性和一个朋友，而你却将他们都带走了。"在他无法理解的力量的撞击下，他的困惑是如此之深，以致他被引导着去责备自己，自己的理智或者自己的意志，他觉得没有什么东西能帮他对抗那股外来的压倒性力量："哦，上帝，你明白一切，向我的心揭示一切吧，至少让我看清楚我坠入了怎样的深渊，我是否更愚蠢、更懦弱和更不幸。"宗教在这里也突然到来，让人感到宽慰和洁净。卡尔玛涅奥拉通过宗教将自己从苦涩的激情中解放出来，这是在政治舞台上斗争的人才具有的激情："你，菲利普，你会享受它！它重要吗？我也经历过这些渎神的喜悦，现在我知道它们的价值了……"他向死亡低下了头："死亡！最残忍的敌人只会加速它的到来。哦！人们没有发明死亡……它从天上朝我们走来，上天赋予它如此宽慰的能力，这是人不能给予也不能剥夺的……"

我们需要回忆一下我们的目的，除了悲剧和它们的合唱外，有一首神圣的赞美诗远远超越了另外四首，那就是《圣灵降临节》（*Pentecoste*），它不像其他赞美诗那样努力歌颂作为虔诚信徒的曼佐尼也接受的教会神话，它停留在一个有教养和批判性的曼佐

12. 曼佐尼

尼的想象里，而这首赞美诗歌颂的是教会形成过程中人性的精神革新。一个正在形成而非已经形成的东西，比如后来适合他的天主教。这首赞美诗中的图像有多么少（其他赞美诗都充斥着大量的图像，飞翔的天使，十字架受难，耶稣复活，某个特伦多会议后的天主教教义），冲动、炙热和神圣的热忱就有多么多。我们还需要回忆一下《五月五日》(Cinque maggio)，在这首赞美诗中，最后宗教的净化已经无法阻止埃芒加德的爱颤抖地展现，无法阻止英雄拿破仑展现他世俗的非凡的伟大。拿破仑不是教会的保护者，而是勇士、征服者和皇帝，他的出现是为了调和两个世纪的渴望，尽管如此，诗人视他为上帝宠爱的儿子，上帝想要在他身上印下祂创造精神的巨型烙印。

任何将自己置于这些早期作品的中心，并重温其中那些对立——它们都是诗——的人都会注意到，曼佐尼本可以越来越强调和扩大他精神的历史与辩证面向，以及激情和情感，而将自己的宗教信仰置于它们一旁或者之上。斯卡尔维尼记录下的痛苦不是宗教信仰本身带来的，而是曼佐尼推断的严苛道德主义的结果，它相信上帝应该居于他的灵魂中。对于曼佐尼早年的学习对象（并一直活在他心里的）维柯而言，同时成为纯洁虔诚的信徒和伟大的现实主义历史学家是可能的，曼佐尼本可以是充满激情的信徒与诗人，如同业已证实的那样，并且本可以更好地实现这一点。总之，这是一个浪漫的灵魂，而不仅仅是一个以某些浪漫主义教条为名的温和的文学改良者。

然而，我们说的是"本可以"（avrebbe potuto），这么说是为了更好地理解他那时的精神状况。实际上他做不到，因为他整个思维和道德习惯都急于给他的想象一个不同的起点。一方面，他因此不得不更加惩罚各种情感与激情，压抑和掩饰它们，只让它们中有道德影响的部分流露出来；另一方面，他将自己从历史的噩梦中解脱出来，我们说的是作为严肃事件的历史，它是唯一的现实，或者说是无论如何必须清算的现实：在取代历史的地方，他会保存历史事件的记载，它们是一连串的善与恶，恶要远多于善，它们不仅仅是关于人类不幸、愚蠢和疯狂的证据。重要的是，他会越来越多地带着情感和幻想进入超然的彼岸世界，视其为理性生活的唯一形式，而将下面的尘世看成一个错误和试炼的山谷。这种改变的终点体现在《约婚夫妇》中，从道德发展的视角而非纯粹的诗性视角来看，它确实是曼佐尼最成熟的作品，一部极具连贯性的作品。

当然，连贯性就是实践与道德态度的安全和坚定，而不是一些人认为的逻辑，因为对于批判性地思考它的人而言，曼佐尼的构思揭示了他逻辑上的多重断裂。这里我就不再赘述，因为我和其他人都在别的地方阐述过曼佐尼关于历史、艺术、语言和道德生活等的理论，又或是因为以下理由，即对曼佐尼哲学的批判容易迷失在泛泛而谈中，也就是迷失在对基督教和超越，对更具体的天主教或新天主教的批判中。哪个品味差的人把《婚约夫妇》当作现实而非寓言，并攻击它——几乎就像着手攻击一个在帕罗斯大理石上闪耀的希腊神——那么他就会在作品深处发现许多矛盾之处，因为在这些矛盾中，一切也都是全能的上帝意愿和推动的，尽管如此，那些个

12. 曼佐尼

体却被塑造成拥有自己的动力（causae sui）。

曼佐尼在《约婚夫妇》中获得的对人类情感与爱（其中最高的是伦理上的情感）的胜利，并没有消除和抹去这些情感与爱，而是驯服它们，并赋予它们以一种相同的印记。或者，如果人们更愿意用另一种比喻，那就是这种胜利依次照亮它们，为它们着色，再让它们暗淡下去，而它们的上方始终矗立着唯一的火炬，那就是道德的火炬。因此他有刻画人物形象、描绘人物行为和叙述事件过程的独特方式。当有人抱怨《约婚夫妇》中的人物不像莎士比亚作品中的人物那样直接、自发和自如奔放时，他就掉入了一种批判的误解中，尽管其中一个掉入者叫作弗兰西斯科·德·桑克蒂斯。曼佐尼悲剧中的人物是莎士比亚式的，阿德尔齐身上有哈姆雷特的影子，埃芒加德属于奥菲莉亚、科迪莉亚和苔丝狄蒙娜的家族。但《约婚夫妇》中的人物不是莎士比亚式的，像是露琪亚一家（le Lucie）、修士克里斯托弗罗一家（i fra Cristofori）和因诺米纳蒂一家（gli Innominati），这部作品的情感如此不同于莎士比亚普遍的悲剧情感。因此，在最好的情形下，这种比较无法标出艺术的高低，但可以证明质的差异。《约婚夫妇》中的一切都应该好好界定，因为在莎士比亚那里，世界处于塑造和搅乱它的力量的权势中，而在曼佐尼这里，世界由道德理想支撑和修正。虽然《约婚夫妇》中有很多对村镇、自然景观和旅行的精彩描写（只需回忆一下伦佐逃亡去阿达那的一路，或者他返回故土的一路和在米兰的游玩），但它们都不是特地的景色描写，这样的描写甚至都出现在他同时代不怎么出名的意大利艺术家（比如托马塞奥）的作品里。我很欣喜最近一个历史学家和曼佐尼批评家莫米利亚诺（Momigliano）提醒道："谁看透了曼佐尼的精神结构，就能看到反映在部分之上的整体，就能在描写预告瘟疫即将结束的暴风雨的片段中感受到信仰的气息。"此外，如今人们开始坚定地认为《婚约夫妇》是一首宗教诗，我却不这么认为，或者至少我不会在没有确定和限制这个说法的前提下说它是带有宗教道德感的诗歌，一位坚定不妥协的道德家所构思的世界。

从这个角度来看，他对待爱的方式尤其重要，正如我们在埃芒加德的故事中所看到的，曼佐尼明白地指出了爱的深渊，并朝它投去审视的目光，如今在《约婚夫妇》中，他却对爱抱持警觉的怀疑态度，后来变成了蔑视。曼佐尼在他遗著的某个段落中写到，我们无需以让读者的心灵认同这种激情的方式来对待爱情：世间的爱多于我们所需，最好不要再用书籍来点燃它了。《约婚夫妇》中的爱不过是一种自然设定（un dato naturale），道德约束着它，并以神父对神圣结合的祝福来使它变得无害与纯净。因此，人们带着容恕和同情，以面对孩童稚气时的笑容谈论爱，好比伦佐和露琪亚纯真却充满危险的爱情。或者，就像蒙扎的修女的情况一样，爱是一种强烈的激情，呈现为恶与堕落，并笼罩在一片黑暗之中："这个不幸的修女回答。"实际上，爱是理性和非理性，是生命最直接的象征，是自爱与牺牲、情欲的谵妄与生儿育女、脆弱与力量的联结，是洁净的源泉，也是不洁的旋涡。在爱情中，人被自然主宰，但他确认自己是人，仰望着苍天。谁以激情的视角看待爱情，谁就站在道德家和曼佐尼的对立面，他们依据良知

12. 曼佐尼

与道德意志的理想来评价爱情。另一位意志坚定、深思熟虑的诗人皮埃尔·高乃依（Pietro Corneille），无论从历史环境还是精神状况来看，都与《约婚夫妇》的作者完全不同，但也一样不愿如此呈现爱情。

人们如今坦率地认为，曼佐尼诗歌化的新戏剧《约婚夫妇》中的人物回应了他新的灵感形式，并将道德活动融入了正题与反题中。然而正是由于这个原因，这些人物得到了错误的评价，就像人们（连德·桑克蒂斯也不例外）经常做的和"建构的"，这里指的是依据类型而"建构"，因此他们不是诗歌而是理智主义的人物。事实是，他们不是类型化的人物，而是极具个性，每个人都有自己的人性、性情、缺陷、罪过和德行。露琪亚拥有一个美好的宗教灵魂，但是，在一如既往寻找正确道路的过程中，有时她会被人说服，卸下武装，不去感受她应该感受的不愉快。她打算坚守她在圣母马利亚面前立下的誓言，但她内心却无法忘记伦佐。修士克里斯托弗罗用他沸腾的热血来行善，而这同一股热血也曾让他去行凶，有时他几乎无法克制自己。如此强大的枢机主教费代里科·博罗梅奥（Federico Borromeo）感受到了自己的脆弱和人类不幸、可怕的境况，他永远无法让所有事物成为它们应该成为的样子。他又如此明智，参与了他自己时代的偏见。另一个极端是唐·罗德里戈（don Rodrigo），他至少在对露琪亚的迫害中表现出了同样的顽固（puntiglio），也就是扭曲的荣誉感，和野蛮的任性。他具有优雅绅士和控制自身行为举止的天分，在灵魂深处，他为他被吸引去作的恶感到隐隐的懊悔。类似地，杰尔特鲁德的父亲并非邪恶之人，而是一个痴迷于家族体面和荣耀的人，而这样的执念使他对自己的女儿十分冷酷无情。在他们所有人身上，或者在其他人物身上哪里有善与恶的类型？在这些人物的呈现中，我们充其量在这儿或在那儿，但也是在极少数情况下会发现一些稍微过分的坚持和小毛病，就像出现在任何一件艺术作品中的那样。曼佐尼笔下有德行的或者邪恶的人物形象都是类型化的或者抽象的，这种臭名的确不过是将他的艺术与另一种艺术进行错误比较的新形式。谁想说服自己认同上面的观点，就把自己置于曼佐尼灵感的中心，然后尝试思考一种让那些人物更加具体和生动的方式，那么他所设想的不可能与曼佐尼设想和实现的不一样。任何一种不同的强调都会造成不和谐，任何色调的加强或图案的修饰都会导致作品的拙劣。我们怀着恐惧躲避某些人的想法，他们想要详细地听到发生在蒙扎的修女身上的情色犯罪故事，并以福楼拜或左拉的风格讲述，他们还想在《约婚夫妇》中看到少许淫秽的东西，如同在另一位（充满幻想的）天主教小说家福加扎罗（Fogazzaro）的作品中看到的那样。

批评家们倾向于大幅度或小幅度地降低曼佐尼笔下崇高人物的价值，善与恶中的崇高事实上使用了另一种内部的比较：他们称《约婚夫妇》中另一阶级的人物是"中间的"（medi），从中体现了曼佐尼艺术的卓越。这些人物或多或少都是喜剧式的，更确切地说，是以喜剧的方式刻画，其中最突出的是唐·阿邦迪奥（don Abbondio）。最后这种人物形象确实很多，也很生动，当我们在思考完前一批人物形象后思考他们时，便会发现曼佐尼身上

12. 曼佐尼

似乎有一个博须埃（Bossuet）或者一个布尔达卢（Bourdaloue）的灵魂，他们都是法国17世纪伟大的基督教作家，还包括一个拉罗什富科（La Rouchefoucauld），甚至一个伏尔泰（Voltaire）的灵魂，一个因忏悔者、审讯者和折磨自身者的经历而能够迅速敏锐地发现人类的脆弱，却又不因此减弱他喜剧式幻想的狡黠与欢乐的伏尔泰。此外，这种联结回应了曼佐尼的文化和精神形态，首先是百科全书派和启蒙运动的，然后是带有冉森教派（giansenismo）色彩的天主教式的：因此在某种意义上我们可以说，他的个人气质中融合了双重历史遗产。在理性或理性主义宗教的名义下，双重历史遗产的道德争论共享同一基础，逻辑上它们仿佛从同一个根源开始发展，因为道德主义在提出一种理想的同时，也塑造了那些体现这一理想的人物，那些与之对立的人物，那些想要体现但未成功做到的人物，或者那些并未体现但伪装去做的人物，他们对他人伪装、为自己诡辩，以此类推，以至无穷无尽的情形与程序。因此一方面是高贵或卑鄙的范式（paradigmi），一方面是喜剧的。但一个人的思想很难在倾向于一种范式的同时又倾向于另一种，或者在两种范式中展现出同等的能力。曼佐尼热衷于第二项任务，也一直很乐意去执行它，因为（如同他在小说的某处观察到的）"我们乐于做那些我们有能力做的事"，多亏了这种逻辑上的论证，他的良心才获得宁静，讽刺和反讽才带来了极大的欢乐与满足。正如我们在唐·阿邦迪奥这个角色身上看到的，他从小说开头到结尾都被纠缠不休，被不断地翻来覆去，得不到片刻安宁。总的来说，曼佐尼随时随地捕捉到这个角色的犹豫不决、争论、反复无常、隐藏的意图，极其微妙和复杂的自私、虚荣与恐惧，以及激情推动的错误推理。曼佐尼将这些一一揭露，使其无法继续被掩盖或隐藏。历史也步入这个巨型恶作剧中，曼佐尼最初对历史非常感兴趣，比如野蛮人入侵的历史，威尼斯阴暗的政治史，或者拿破仑征服欧洲的胜利战争史。现在他开始描述一个对他而言更像是笑话的时代，西班牙统治的巴洛克时代，"粗糙又做作的时代"，意大利的衰落时代。在曼佐尼眼里，那个时代虽然有其积极和有效的价值，但它表现出来的不过是怪诞、愚蠢、笨拙和烂推理的混合物。他以同样无情的嘲弄的残酷，像对待那个时代一样对待唐·阿邦迪奥，通过他这部分将伏尔泰的历史风格推向极端的主要作品，17世纪在读者记忆中呈现出一副怪诞又滑稽的面孔。但我们真的可以说，曼佐尼在喜剧方面比起在严肃、动人和高尚的作品方面更具天赋，以及在那个领域比起在这个领域更加成功吗？难道唐·阿邦迪奥、唐·费兰特、普拉塞德女士、伯爵叔父、佩尔佩图阿、修士加尔迪诺和认得一点儿字（pizzica di lettere）的好裁缝以及类似人物的肖像刻画与奇闻逸事，可以盖过修士克里斯托弗罗的宽恕场景，或者无名氏的危机，或者枢机主教费代里科崇高的谈话，或者关于瘟疫的可怕又可怜的绘画吗？喜剧部分和悲剧部分的方法本质上难道不相同吗？两者不都体现了道德评判的悲怆（pathos）吗？对《约婚夫妇》中喜剧部分的普遍偏爱，根本上是因为，相较于要求反思责任与痛苦的专注思想而言，发笑实在太容易了，除此之外还有其他原因吗？

12. 曼佐尼

在《约婚夫妇》中相会的两个元素不仅拥有同等的艺术价值，而且还相互关联、和谐共处。让它们和谐共处的是作者，过于批判的人不会自我批判，对他人过于敏锐和讽刺的观察者不会自我怀疑，拥有过度荒谬感的人无法小心谨慎地躲避从夸大、布道、虔诚的涂油礼以及任何一种形式的夸张中逃逸出来的荒谬。《约婚夫妇》的基调由此诞生，它简单平缓但节制，能够上升至最崇高的情感，却又谨慎地将脚迈向坚实的土地，以至于不会从高处滑落，因为这个高处适合逐步攀爬，最好也是逐步降落。由此造就了这本书的完美，它是整个文学史上被研究得最多和完成得最好的作品之一，其中没有任何装腔作势、矫揉造作和平庸的东西，没有任何粗制滥造和不明确的东西，也没有任何毫不相干和附着的东西。有人说，小说中的历史部分可能过于广泛，而我们所有人也都不加审视地重复传统的说法。但在这里我也由衷地高兴，莫米利亚诺对这个传统判断提出了质疑。德·桑克蒂斯也遵循莫米利亚诺的观点，之后他承认，那些部分对他来说是如此美妙，以至于他不敢轻易删掉。显然，如果它们确实过于冗长，我们可以也应该理想地远离它们，同时保存和欣赏它们的美丽。的确，这里的历史部分，就像在每一部真正的诗歌作品中，只是表面上的历史，它们被分解和融化在小说的两个构成性元素中，其中一些关于饥荒、瘟疫和领地骑士（lanzichenecchi）旅行的故事都属于严肃、悲伤和艰难的部分，而另一些具有讽刺和反讽意味的则是关于人类愚蠢的巨大讽刺作品，是曼佐尼为伊拉斯谟《愚人颂》所写的附录。

应该指出的是，这部伟大作品的价值之于19世纪的意大利人，好比《被解放的耶路撒冷》（Gerusalemme liberata）之于17世纪的意大利人，但在世界文学（Weltliteratur）中它却没有获得应该属于它的位置，这一点我们只要通过阅读外国人写的文学通史就能发现。其中一个原因是或者可能是，人们习惯于将抽象形式或体裁视为文学史中固有的和主要的事物，并标记其中发生的新的和革命性的事物。从这个视角来看，《婚约夫妇》似乎并且常常被认为只是对沃尔特·司各特小说的一种模仿，而曼佐尼从司各特身上不仅获得了历史小说的理念，还借鉴了一些写作策略，比如引入即兴喜剧（macchiette comiche），赋予人物一个恶癖（tic），类似唐·费兰特和普拉塞德女士这样的角色也出现在司各特的诸多小说中，尽管没有那么精巧。但外壳终究只是外壳，诗才是栖居在外壳中的生命，诗在里面适应外壳，同时修整着外壳，并带着它走上自己的道路。司各特通常在历史小说的外壳里放上他缺乏深思熟虑的故事，以便同一群人愉快地交谈，而亚历山德罗·曼佐尼则是放上了一种羞涩而细腻的道德良知所感受到的一切人类的悲喜剧。

13. 乔万尼·贝谢特

当意大利完成自由主义和民族主义革命后，读者和批评家们迅速抛弃了前几十年的政治和爱国主义诗歌。有人说，"政治诗是糟糕的诗"，我们或许可以怀疑这个说法的公正性，因为糟糕的诗建立在所有激情之上，也建立在看似最富诗意的事物之上，比如爱情，为了变得富有诗意，它们都只有一个共同且唯一的需求：成为诗。不管怎样，可以肯定的是，因为民主斗争和与之相关的民族斗争，19世纪尤其是上半叶诞生了许多平庸的或糟糕的"政治诗"，这种情况到处都是，意大利也不例外，它也是被那些斗争搅得骚动不安的国家之一。

在上述严格的筛选过程中，批评家们有时会对一本薄薄的小册子产生怀疑和犹豫，它包含了意大利最著名和最受欢迎的爱国主义浪漫歌曲——乔万尼·贝谢特的诗，也就是说，他们是否应该将它和许多其他戏剧、小说和抒情诗一道扔进遗忘的旋涡，扔入历史文件的废品堆里。人们如今仍在犹豫，因为还有一些人继续认可那些诗歌的价值，另一些人则指责他们被高贵事物、被神圣却无关紧要的记忆蛊惑，深陷其中，从而丧失了健全的艺术鉴赏力。尽管如此，我认为当第二种人被人问及时，他们也不敢确定贝谢特的诗歌是否就只是华丽的词藻、夸张和言过其实的东西。他们会承认这些诗歌拥有无可否认的高水准，真挚的情感也颤动在他于1821年后流亡的几年间所创作的为数不多的诗歌中。在沉寂了一长段时间后，他知道自己已经无话可说，便用事实证明，如果他一早就开始写诗，那他就会被一股强劲的力量推动。

为什么如今人们在第一次阅读贝谢特的诗歌时，就会怀疑它们诗意的连贯性，或者某些不耐烦的读者会仓促地指责它们？贝谢特是个诗人，更准确地说，是一个在1821年革命失败后的那些年里一直处在流亡的忧郁中，并被诗意地感动的人，一个处在沮丧与希望、愤怒与热情之间的人，一个为意大利命运感到焦虑的人，如同一位拥有伟大的爱、深沉的温柔与忠诚的女性。但是，贝谢特虽然是个诗人，却又不完全是个诗人，他对诗歌的兴趣比不上他的灵感，他没有探索和完善如何表达自己感受的热情，对唯一和不可替代的词语也毫无艺术家般的激情。他对意大利充满了宗教情感，他似乎不愿意背叛这种崇拜（culto），甚至不是通过艺术崇拜的方式，艺术该多嫉妒啊！因此，当诗歌的光环让他的灵魂泛起涟漪时，他没有等待灵感的缓慢效果，没有陪它沉思、再沉思、探索和耐心地工作，而是采用明显与常见的手法，

13. 乔万尼·贝谢特

简单化的策略与意象，陈词滥调与约定俗成的表达，满足于粗略（approssimazioni）与拼凑（rabberci）的结果。在最近的意大利文学传统中，有一种清晰又轻松的音乐剧风格，它外在的表现是音乐，随时准备在清澈的流动中带走固定的程式、陈旧的表达和粗糙的散文，好比一条灵动的溪流带走了枯黄的树叶、碎片和细枝。这种音乐剧风格没有被浪漫主义彻底摧毁，浪漫主义以某种方式将其引入并使其成为自己的风格，或者让新的韵律组合以及对奔驰的节奏和阳韵①的偏爱变得司空见惯。

浪漫主义音乐剧的风格还包括风格化的人物角色，比如处女、独居者、游吟诗人、自由的鼓吹者、狂热的爱国主义者、勇敢的战士，等等。它还包括生动描写的开头、意外的质问、对称画式的情节发展、同样对称的韵律不同的诗，以及其他类似的东西。贝谢特利用了所有这些方式：《帕尔加的难民》（*I profughi di parga*）由三部分组成，第一部分是一组六行诗，每行由阴韵②和阳韵的十个音节构成，描写一个意图自杀的难民被一名英国游客从他投入的海浪中救了回来。第二部分是一组每行十音节的三行诗，每个系列都附带两个六音步的诗节，扬抑抑格韵③和阳韵在其中交替出现，这部分描述了发生在帕尔加的不幸，由试图自杀的难民妻子讲述。第三部分是一组每行十音节、混合着阳韵的八行诗，它描述了英国人如何徒劳地救助这个绝望的难民，而难民却

---

① 阳韵（tronco）是指诗句的最后一个音节为重音音节。——译者
② 阴韵（piano）是指诗句的倒数第二个音节为重音音节。——译者
③ 扬抑抑格韵（sdrucciolo）是指诗句的倒数第三个音节为重音音节。——译者

拒绝这只施恩的手,他对英国的恨意无法平息,因为英国出卖了他的祖国。类似地,《幻想》(le Fantasie)中交替出现意大利流亡者梦中的两个不同形象,一个是在莱尼亚诺(Legnano)攻击和战胜德国人的意大利形象,一个是诗人所处时代受奴役和侮辱的沮丧的意大利形象。这些壮丽的场景和激励着它们的情感,以明显和非常坦率的技巧交替出现。浪漫曲《克拉里娜》(Clarina)想要刻画的是一位年轻姑娘的痛苦,因为政治事件,因为1821年卡洛·阿尔贝托(Carlo Alberto)对烧炭党人(i Carbonari)的背叛,因为那次自由和民族革命的失败,她的未婚夫被人从她身边夺走,如今漂泊在异乡的逃亡之路上。这里不再是以音乐剧的形式呈现,其中年轻女孩作为一个"不幸的处女",而她的未婚夫则是一个"漂泊的""逃亡的""战士"。开头的诗节就充满了典型的戏剧性:

> 在多拉的杨树下,
> 水波更加孤独,
> 每天的最后时刻,
> 都传来痛苦的声音。

停顿,然后解释:

> 是克拉里娜,她的生命
> 被爱的痛苦啃噬。

13. 乔万尼·贝谢特

另一首浪漫曲是《切尼西奥的独居者》(*Il romito del Cenisio*)，它展现了一个格格不入之人，一位攀登切尼西奥山的外国游客，他带着允诺喜悦的喜悦（con gioia che promette gioia）探出头，眺望意大利的土地。一位独居者告诫他，在靠近痛苦之地时人们适合哭泣，这位独居者向他描述了意大利人民遭受压迫和折磨的景象。因此这个外国人启程返回，尽管这片令人愉快的土地充满阳光和葡萄园，但其居民的不幸又如此让人哀伤，他宁可选择他浓雾重重的北方国家。之后的第三首叫作《悔恨》(*Il rimosro*)，展现在我们眼前的是一位意大利女性，在一次宴会的中途她独自离场，但所有人都避开了她，她恐惧地听到周围的人在窃窃私语：

> 她是我们暴君的女人，
> 是那个外国人的妻子！

无论在夜梦还是在清醒的焦虑中，恐惧都在逼近她，并用副歌纠缠着她：

> 卑鄙！你织了一件无耻的外衣；
> 你渴望它——披在你的背上！
> 不为呻吟，哦卑鄙，你要做什么，
> 没人要把它从你背上扒下！

第四首浪漫曲《马蒂尔德》(Matilde)描绘了另一位从梦中惊醒的年轻女子,她被噩梦折磨。她梦到他们要把自己嫁给一个奥地利人,那个面目狰狞的人出现在她面前,令人憎恶:

> 他身穿一身白,
> 头盔上有一颗桃金娘;
> 胯部缠着
> 黄色和黑色……
> 它们都是诅咒色,
> 对一颗意大利心来说!

《游吟诗人》(Il Trovatore)以一位敢于抬眼看他领主的妻子而遭流放的游吟诗人为幌子,象征了流亡:

> 孤独的游吟诗人
> 前往幽暗的森林,
> 严酷的命运之神
> 压得他喘不过气。

最后一首浪漫曲《朱莉娅》(Giulia)描写了一位心惊肉跳和悲痛万分的意大利母亲,她有一个正在流亡的儿子,而她协助的征召入伍抽签工作又将把她的另一个儿子从她身边带走,去为奥地利军队服务,可能某一天发生军事冲突时,亲兄弟如同敌人。这

13. 乔万尼·贝谢特

里的故事发展十分老套:"这群人为什么出现在寺庙里?……""这个不同于他人、一动不动的女人是谁?……""朱莉娅,一位母亲……"。

所有这些都被称作"人民的"诗歌(poesia popolare),它当然受到了极大的欢迎,出于推动它的纯粹和庄严的崇高目的,它也应该如此。这个类型确立之后,就不可能变得更好了。意大利人宗教般低声吟诵着贝谢特的文字,他们向往自由,痛恨外国人,渴望革命和民族战争。即便到了今日,那些文字也未曾冷却,在它们中我们依然能感受到激情的热量。这些音调传达出对压迫者的蔑视和憎恨,他们实施着强权,还受到国际条约的保护!

> 白天挑衅不算本事,
> 这是乡下人做的事,
> 买来羔羊安全宰杀。

这些音调还传达了对英国人冷漠与自私的政治的厌恶!

> 前面、四周,到处能
> 听到无数人民的抱怨,
> 这些人被英格兰背叛,
> 那些人被英格兰出卖!

或者是对意大利君主的诅咒,意大利人信任他,而他却抛弃了民

族的事业:

> 哦,卡里尼亚诺,你的名字
> 被所有人诅咒……

他用神职人员崇高的讲话来展现1821年革命风暴中的意大利,当人们认为上帝会为意大利升起宁静的希望曙光时:

> 三个世纪的渴望
> 祂愿意改变你!

也有关于战争的激烈雄辩:

> 起来,冲向这群讨厌的日耳曼人,
> 起来,伦巴第人,刺出你们的剑……

让胆怯之人深感羞愧的怒斥:

> 费代里科?他和你们一样,
> 他的剑就像你们的铁器,
> 他们和他一起南下掠夺,
> 和你们一样拥有凡人之躯!

13. 乔万尼·贝谢特

还有对那些幻想和思考之人的严正告诫，当人们需要的是渴望和行动时：

> 如今骰子已落下。倘若有人
> 还在谨慎地表达疑惑，
> 倘若他心中没有胜利的感觉，
> 他心里想着背叛你们！

当然也有目光凝视胜利过后出现的，关于伟大时代的新图景，那是纯洁、简朴并充满神圣喜悦的下一个时代，意大利人最终将感受到：

> 上帝创造的乐意和强大的事物。

母亲们会培养出更加强壮的后代：

> 母亲们，请你们抚养
> 清醒、单纯、忠贞、勤勉的后代：
> 自由不支持恶习，
> 也从不沾染污秽……

因此"人民的诗歌"是最混杂的概念之一，它有时作为象征来指代原创的和充满活力的诗歌，为避免这种混淆，我们明确地说，大众化就是贝谢特诗歌的特征，如同许多其他的浪漫主义诗歌。就外部形式而言，它由一系列固定类型和文学上的陈词滥调组成，采用贫瘠、含糊、不精准的词汇和易于记忆的节奏。就其内部而言，它们是一种教诲和情感的演说术。

然而，难道我们在上述作品和流行诗歌中所理解的就是贝谢特的全部吗？他感动的心灵就总被仅仅视为教诲和演说吗？他身上难道就没有真正更加艺术和诗性的东西了吗？另外，难道没有将特定理想的灵感传达给演说和教诲部分的东西了吗？有。在我看来，这就解释了人们将他与其他廉价诗人并列在一起的犹豫，以及一些诗歌爱好者与批评家对他的喜爱。

除了爱国主义演说与教诲之外，贝谢特还展现了可被称为流亡诗的东西，他的乡愁，因为距离而不断增长的对故土强烈的热爱，对所有让他回忆起意大利的事物的温柔，解放意大利的强烈和巨大梦想，对于意大利人是否真的知道醒悟、反抗、斗争和战胜，挑战危险并放弃他们的舒适和享乐，他身上怀疑的折磨与渴望的炙热同样直接与鲜活。《游吟诗人》不仅仅是一首搭配音乐的简单的浪漫曲，它是与我们梦想和相爱之地心碎的分离：

> 他走下来——经过大门——
> 站住不动——再次望向它们，
> 他的心炸裂了，
> 如同死亡来临。

13. 乔万尼·贝谢特

在《帕尔加的难民》中，不仅有对英国政治的控诉与诅咒，有对童年国度的遗憾以及惆怅的渴望，还有"菩提树"（乡愁之树！），孤单的菩提树远远地暗示着，亲爱的帕尔加的房子在那片山下：

> 如有机会，我会安全上去
> 躺在这棵孤单的菩提树下，
> 它为帕尔加的山峰加冕。

诗中最美的篇章在于，被英国人转交给穆斯林的人民选择集体流亡，他们被迫放弃和亵渎了那个对他们而言神圣的地方。那是基督受难的"神圣而痛苦"的日子，人民聚集在神殿里祷告：

> 他们为最终的告别呜咽着，
> 然后站了起来，沉默地
> 跟随神父们的足迹……

他们走向墓地，在大地的角落，那里

> 在杨柳低垂的树枝下，
> 长眠着帕尔加埋葬的祖先，
> 长眠着我们父母的尸骨……

159

几乎就在敌人先锋部队的视线内，他们把这些尸骨从坟墓中移出，将它们堆积在柴火上燃烧，避免它们遭受异教徒的侮辱。他们在女人们的呻吟、呼喊和令人怜悯的行为中从小城下来：

> 又将一个吃奶的孩子
> 抱离胸前，她停下脚步，
> 带着奇怪的情感的谵妄，
> 下山到附近的小溪边，
> 孩子最后一次沐浴在
> 祖国的泉水中。
> 谁折下一根树枝和灌木
> 谁从祖国的田野里
> 抓了一拳头的泥土。

直到可怜的人民到达海岸边，上了船：

> 我们起锚——安静的潮水
> 发出长长的一声哀号……

让我们看看这种心灵状况的另外一些方面。流亡者游荡在新的民族和新的习俗之间，被新的关系和新的友谊呼唤：

> 自由的人民欢迎他

>   来进行信任的对话，
>   游荡在奴隶中的他，
>   关上了审慎的大脑。

但"祖国永远在心中"。在外国人那里，他祖国的悲剧只引起微小和遥远的兴趣，或者完全被忽视。对于一个北方遥远国度的居民而言，他听到了什么关于意大利的最新消息呢？

>   一天，在冰冷的空气中，
>   在波罗的海的海浪上，他听到了
>   远处传来的意大利传闻，
>   关于压迫者和颤抖的人，
>   关于希望和折磨，
>   关于骚乱的先知。
>   但那叫声困惑又迅速
>   很快就消散了，
>   那是国王口中说出的话，
>   端正平静地讲述整个意大利
>   都在为稳固的王位
>   欢快鼓掌，宣誓效忠。

消息含混、模糊，被故意更改，对应着一种由无知造就的冷漠情感。但流亡者是祖国的使徒：他讲述英勇事迹与不幸，让人们知道什么是热爱与渴望,他解释观念,尤其将祖国描绘成饱受折磨、颤抖和无法忍受的样子,并且它时刻准备好发起行动,宣布即将到来的叛乱和独立战争。在他的心灵中,希望转变成了信仰。那些话对自己和他人重复了许多次,逐渐凝固成对他而言不容置疑的东西。尽管如此,怀疑还是渗透进他的内心:也许是因为听到了有关意大利当下精神状况的令人沮丧的消息,也许更关键的是,突然涌入的悲伤记忆唤醒了那些压抑和几乎令人窒息的景象,如今它们都成为现实,并坚称自己的价值。他感觉自己不知怎么似乎回到了意大利:是黎明。他再次看到田地里熟悉的事物,认出了当他还是一个快乐的男孩时用眼睛到处翻寻和铭记于心的地方。他享受着等候他的欢迎,他的灵魂向兄弟般的胸膛敞开,它们也充满着相同的希望、相同的渴望、相同的坚定愿望。但他遇到的都不是准备反抗和战斗的凶狠的意大利人,不是起身击退侵略者和粉粹铁链的意大利人——因为长期的习惯,他的想象十分熟悉这些形象。他们是急着去播种和赶往葡萄园的农民,是被不幸折磨得不像个人的农民,他们没有任何其他想法,除了每日为面包而斗争:

> 他们长着可怜之人
> 带有的愚蠢面孔,
> 光着脚,衣衫褴褛地
> 行动在肥沃的土地上。

13. 乔万尼·贝谢特

他们是工人和市民，不关心政治也不关心祖国，只关心他们自己的事，他们的舒适和愉悦：

> 烟囱宣告
> 成千上万个烟火被点燃，
> 城堡的、乡镇的和村庄的。
> 那里的人群最密集，
> 两个、三个、一群人，
> 从闲逸和劳作中出来，
> 消散在城市中……

在理想和现实的强烈对比中（那一刻他感觉现实是噩梦，他的痛苦和强烈的爱都是噩梦），在直观和突然的失望中，归来的流亡者如做梦般迷惘，痛苦和愤怒跃上他的嘴角，他苦涩地自言自语道：

> 就是这些人？这就是他
> 以急促的呼吸为之排除危险，
> 为之放弃所有爱的事物的人民？
> 这就是不安流亡的渴望？
> 这就是他向寄宿主人讲述的
> 在忍耐中展现高贵的人民？

相反，在另一个观察中，外国的形象和被偶像化了的意大利人民的形象结合在一起：这里他回忆起在康斯坦茨庆祝的和平，它确认了意大利对巴巴罗萨所率领的德国人的胜利。在描绘这座德国小城的笔触中，我们感受到诗人的灵魂接纳了它，并且带着好感渗透进了它。这是一片白雪皑皑、湖水清澈见底的风景，这是一座可爱的小城，人们因为它的古老和家一样甜蜜的亲密感而尊敬它。在这座城市里，闪耀着对意大利抗击德国人的野蛮帝国的权利的承认，它将以它的名字永远怀念那场严峻的胜利：

> 面前是天蓝色潟湖，
> 有一条奔涌而出的
> 河流，从那里
> 开始它的征程。
> 大片水面上，
> 一座城市倒影在镜中：
> 数个世纪造就了
> 塔尖的灰色，
> 小尖塔到处都是，
> 漫长冬天累积的雪
> 压在房子的屋顶上，
> 可怜的小窗
> 在温和的日子里
> 被家庭主妇
> 用鲜花装饰。

13. 乔万尼·贝谢特

如今这座城市里住着许多人，仿佛是某个节庆日，拥挤的人群在等待着，传令官在武装的男爵们面前穿过城市，喇叭发出刺耳的声响，散布着一个令人兴奋的消息。在某个时刻，突然一片寂静，人群被分开，排成两列，来了一小支队伍，走到人群前面：

> 军队没有护送，
> 没有华丽的旗帜，
> 人很少，仅仅因为
> 黑色机敏的睫毛而显目，
> 在金色的人群中
> 缓慢移动着步伐。
> 一对一对地，
> 包裹在简单的长斗篷里……

他充满激情地看着他们，不满足于崇拜他们：

> 多么坦率又谨慎的行为！
> 他们的面容多么有尊严！
> 他们之间吟唱着赞美歌，
> 欢乐地交替轮唱着……

忽然他构想出了这首歌的歌词，发出了几乎是孩子般的欢呼声：

哦，这是亲爱意大利的
亲爱的语言！……

在他的这些作品中，贝谢特超越了大众化的演说与教诲，他仿佛在观看一场演出，崇拜他的情感，思索他的灵魂，而这正是诗人的本质。

14. 朱斯蒂

在众多文学类别中，有一种类别适合用词语的悖论（paradosso verbale）来定义，那就是散文诗。它不是人们可能认为的"错误的诗歌"，而是本身具有积极价值的事物。说它是诗，只是因为它采取了押韵的形式，而它事实上是散文。押韵对它而言当然是合适并且是自然的，但在这种情形下，押韵发挥的不是它在真正的诗歌中发挥的功能。它提供了一个新的证据（如果需要的话），证明诗句是否存在（此外，还有任何其他实质上的特征）不能确切地表明诗是否存在。我想补充的是，大部分笑话的、格言的、讽刺的以及类似诗人的作品都属于散文诗，它们在意大利和法国文学中的数量尤其多，倘若我不考虑"不可能从外部和物质因素来评价"的谨慎态度的话。实际上，有笑话和笑话、讽刺和讽刺、说教和说教的情况，也有一面是诗歌一面是散文的情况，因为总是"音调决定歌曲"（le ton qui fait la chanson），一种在抽象意义上相同的物质，会依据其中蕴含的精神，以不同的方式表现出来。

166　　散文诗是如何诞生的？它并非诞生于一种直接上升为沉思的印象或感动，而是源自另一种印象或感动，它很快就转化为一次反思、一种观察，一个将这种或那种倾向传递给自己或他人心灵的演说主题。为达此目的，押韵的形式会自发地出现，它能有效地让谈话、告诫或者责骂更具节奏感，吸引周围的注意力，让交流更加顺利，也让它们更容易被记住。诗歌领域的，更确切地说是文学领域的优秀作家在创作它们。如果他是一位艺术家，他会获得极其令人愉悦的效果，尽管那种效果从来不是美所固有的，另一方面，这也不是他的特殊意图。几乎所有有文化和高品位的人都可以对散文诗做出某些优雅的贡献，曾几何时，学校还在教授诗歌创作的时候，这种习得的技能是社交场合的必需品，由此诞生了大量作品。即便是今天，对于有文学创作经历的人而言，写一首讽刺短诗（epigramma）或者一首滑稽诗也并非难事，而他却无法创作哪怕一行诗人的诗句。

　　如果我们从广泛的层面来理解散文诗诗人这个类别，那么在诸多杰出作家中，不得不提的就是滑稽诗和讽刺诗作者朱塞佩·朱斯蒂（Giuseppe Giusti），他曾在1830到1848年间的意大利获得巨大成功，这种影响持续了几十年，之后才慢慢减弱。他似乎时常反感自己作为滑稽诗和讽刺诗诗人的名声，也对他自身及其命运感到不满。他坚持声称，他的灵魂深处是痛苦的，他

14. 朱斯蒂

的戏谑没有深入骨髓,他从愤怒中提炼苦笑,他被迫去讽刺,他感到疲倦和悲伤,他对真理之美引发的强烈不安的心跳并不陌生,他渴望一种艰难的艺术形象,希望有一天能获得它。但是当然,我们对散文诗的看法并不排除每个人身上或多或少的诗歌潜力或对诗歌的一般态度,我们只想澄清,在这种形式中,潜力不会转化成现实,它仍然是一种未经另外深化和精雕细琢的心理学,或者是一种让位于反思、观察和实践倾向的先行状态。朱斯蒂从未停止过同样的抗议和声明,这说明他意识到了自己才华的局限,有时他也会去冲破这个局限。

实际上,这种局限体现在他少量严肃、深情和热情的作品上,它们不缺细腻的情感和优雅的形式,却无法超越诗歌中思想的质量。他最受欢迎的关于巴尔托利尼(Bartolini)雕像的十四行诗《信任上帝》(*La fiducia in Dio*)是这类作品中最完美的,它可以作为最好的例子:

> 几乎忘记了肉身
> 陶醉在乐于原谅的祂,
> 她跪着,美好的身体温柔地
> 下垂,两个手掌叠放一起。
> 疲惫的痛苦,美妙的宁静,
> 仿佛遍布她全身;
> 但在她与上帝交谈的前额上,
> 闪过了灵魂不死的光线。

167

> 她仿佛在说：如果每件甜蜜之事
> 都欺骗了我，在我渴望宁静之时
> 我感到艰难的生活远离了我，
> 主啊，我相信你父亲般的胸怀
> 我的灵魂祈求和栖息在
> 一种尘世没有的爱上。

　　这首十四行诗简洁、清晰、简单、连贯。但人们不禁会认为，它多么适合放在一个相册或者一本作为节日礼物的书中，用来赞美优美的雕塑，或者表达对那位忧伤、祈求的少女的同情。谁在这首诗里寻找其他东西，谁就会感到一种确凿的空虚。然而，为什么还要寻找其他东西呢？

　　如果我们把注意力集中在他的某些讽刺诗上，就能更好地发现他的局限，尤其是那首被赞誉为朱斯蒂杰作的《圣安布罗修》（Sant'Ambrogio），他似乎在这部作品里融合了他的两个灵感来源，感伤主义（sentimentalismo）与政治争论。诗人进入教堂之时，里面正举行宗教仪式，他发现自己身处一群来参加弥撒的奥地利士兵中间，对此他深感厌恶，眼前那些令他厌恶的士兵毫无预兆地开始唱歌，在和谐的歌声中，在焦虑不安中，在此刻表现出来的乡愁中，一种新的温柔渗入他的胸口，完全填满了它，在敌方士兵身上，他忽然感到这群可怜的造物与遭受痛苦的他是相通的，于是他几乎想要张开双臂拥抱他们。但是，这种在分裂中重新发现共同人性的感动，并不能塑造真正的抒情诗。朱斯蒂能

14. 朱斯蒂

够真实地体验那种情感，但没有能力让它变得丰富，并用想象力来体会它的全部，让它成为一个世界的中心，如同一位富有诗意的诗人所做的那样。而在这里，那份感动在他身上变成了一件他用炙热的心灵和冷静的头脑来讲述的伤感逸事，他甚至还对它进行戏谑和评论，添加讽刺的俏皮话，从中提炼出政治的推论，以阴律和一组熟练的八行体将它写成诗，这首诗更多地为读者提供了理智的反思素材，而非让他们陶醉在一种崇高的人类情感中。这首诗朝外国统治者射出了一支新的色彩斑斓的箭，而不是朝太阳射出一支金箭，因此卡尔杜奇说，诗人"看着、享受着，不再渴望什么"。诗这么开始：

> 阁下您跟我闹脾气，
> 因为我少量平庸的滑稽诗，
> 把我说成是反德人士，
> 因为我嘲弄了流氓无赖，
> 或者您听一听我刚发生的事，
> 一个漫步的清晨，
> 我来到米兰圣安布罗修教堂
> 在那偏僻的老教堂里。

支配作者精神的，是他对从自己所经历的情感冒险中为他的政治争论而提炼的果实的思考。为了更好地达成这种效果，他把谈话引向了奥地利政府在意大利的一位高级官员，或者拥护奥地利统治的意大利政府里的一位官员:从而使他的实践结论更加讽刺,这个结论是他在体验过对德国人的爱的冲动后得出的,那就是德国人为了共同的善而撤离意大利的愿望。这首诗的高潮部分是这样叙述的:

> 一首德国的赞美诗,慢慢,慢慢地
> 在神圣的空气中朝上帝挥动羽毛:
> 它是祈祷,在我看来却是
> 严肃、哀怨和庄严之声的悲叹。
> 我总在我的心中听到这种声音,
> 我惊讶于在那样的人皮底下,
> 在那样外来的木头傀儡里,
> 能有这般的和谐。

紧随这段叙述而来的,是带着某种夸张情感的分析式的感受:

> 我在赞美诗中聆听小时候
> 听过的歌曲的苦涩甜蜜:心
> 从家庭声音中学会了它们,
> 在痛苦的日子里反复吟唱
> 对亲爱的母亲忧郁的思念,
> 对和平与爱的渴望,
> 对长途流亡的惊愕,

14. 朱斯蒂

都让我心醉神迷。

然后就是一段思考：

> 他们——我对自己说——一个害怕
> 意大利和斯拉夫暴动的国王
> 夺去了他们的房屋，永无止尽地
> 强迫他们成为奴隶，来奴役我们……

诗歌最后部分的语气是诙谐的，仿佛一个因流泪而羞愧之人，急于用微笑来驱赶泪水。但实际上，这种叙述和谈话的语调阻碍了悲怆的直接爆发：

> 这里，如果我不逃走，我会拥抱
> 一个手持结实榛木棒的二等兵，
> 坚挺的，像钉在那里的一根木桩。

这就是作者构思的结局，《圣安布罗修》完全实现了它，也就是说，构思和执行得都非常好。朱斯蒂的其他作品同样完美或者几乎同样完美，其中值得一提的是：《迦太基必须毁灭》(*Delenda Cartago*)、《给一位使者的指示》(*Istruzioni ad un emissario*)、《警察大会》(*Congresso dei Birri*)，以及《进行中的谈话》(*Discorsi che corrono*)里的喜剧场景。有一部作品巧妙地探讨了朱斯蒂的艺术发展脉络，从早期的滑稽诗到他才华成熟期的作品。我很开心能够回顾和提到它，因为它归功于一个前景无量却英年早逝的学者，托马索·帕罗迪（Tommaso Parodi），也因为它仍然鲜为人知，尽管在我看来，它是有关该主题最好的批判性论文。这个年轻的批评家只是缺乏胆量以上述的方式得出结论，即否认朱斯蒂内在的诗歌灵感。

正如上面提到的，朱斯蒂的名声在 19 世纪 60 年代或 70 年代之后逐渐式微。在我的青年时代，仍旧有许多人在阅读他的诗歌，并将它们铭记在心。但随后再版变得越来越少，围绕他的都是严厉的批评，或者至少是有所保留和谨慎的评价。虽然我们不能像复兴运动时期其他写诗之人（verseggiatori）那样去责备他的肤浅潦草和粗糙拙劣——他的确是一位创作了丰富的诗歌的杰出写诗人，一位痛苦的，甚至有时因为过度研究而变得扭曲和含糊其辞的艺术家——但是可以批评他身上某种地方主义的偏狭，过于随意和偶然的素材，以及他的讽刺形象缺乏可塑性和色彩。然而，他名声式微的真正原因在于上述他的散文诗特征。所有散文诗诗人在同时代人中拥有比在后人那里更大的名声，这对诗人而言恰恰相反。散文诗诗人是以他们的方式存在的演说家，一旦激发他们用言语来行动的时机不再，演说家就无法引起世人太大的兴趣。每代人都想要自己的讽刺诗人、讽刺作家、漫画家和传教士，这并不妨碍过去那些人继续维持他们的艺术价值，当世人用适合他们的方式回看时，敬仰的心会被重新点燃。更何况，各个时代的人类喜剧也是所有时代的人类喜剧，老一辈格言作家、讽刺诗人和讽刺作家会永远为我们提供适用于当下争论的讽刺作品和机智格言。

15. 海涅

许多围绕海涅（Heine）的文学批评都被关于如何评价他的生活和性格，以及他艺术作品的意义的争论所占据，也就是说，他是否值得他的同胞用一个公共的荣耀纪念碑来表达敬仰和感激，至今他们对此还坚持否定的态度。我们似乎可以忽略争议中的任何一方。首先因为，为了探究以长期残忍的痛苦为代价的弱点与错误，去折磨已故诗人的灵魂，并将它从永恒的安息中唤醒，这毫无裨益，也不值得同情；其次因为，这还涉及近些年在德国长期斗争或占据上风的政治倾向。然而事实也并非如此，在这场争论中，在生平调查和政治强硬的外表下，有疑问的不是别的，而是海涅诗歌的特征与价值。如果他的诗歌在所有属于伟大和崇高诗歌领域的人的眼前闪耀，那么他就以一种比肉身受苦更恰当的方式获得了赦免和救赎。政治立场的纷争也将随之沉默。福斯科

洛有不少毛病，曼佐尼曾是某政党的党魁之一，该党想让自由的 173
意大利成为教皇国宠爱的忠诚女儿。但是，没有一个道德家，也
没有一个政治对手站出来否认对他们的钦佩和感激，无论是个人
的还是民族的。倘若有人因为尖锐的性格或特殊环境造成的暂时
蒙蔽，而敢去这么做，那么他很快就会因为人们的普遍看法而感
到压抑和不舒适。托马塞奥针对福斯科洛的辛辣批评引发的谴责
和厌恶如同可憎的毒瘤，而共和主义者、反教士和反曼佐尼人士
卡尔杜奇在被这个心胸宽广之人征服后，最终在亚历山德罗·曼
佐尼的雕塑前恭敬地鞠了个躬。

我们虽然可以忽略那些关于海涅的争论，但这应该是在另一
个意义上：直接考察人们在其中间接寻求的东西，在结果中而非
在原因中，在个性中而非在共性中。或者直截了当地追问，海因
里希·海涅是不是一位诗人，是哪一类诗人。回答这个问题，我
们不仅要阐明他的道德特质，还要解释他的同胞为何不愿将他归
入触动他们心弦的伟人之列。

这种考察首先要清除海涅是一个深刻思想家的想象，这种深
刻性因神秘微笑的掩饰而更加深刻，还要清除海涅是最高理想守
护者的想象，这种形象因为他拥有强大和可怖的讽刺武器而更加
有力。这些想象都诞生于德国之外，在意大利，它们在卡尔杜奇
描绘海涅著名个人事迹的一首抒情诗中达到巅峰。多年前，一位
法国学者撰写了一本关于"思想家海因里希·海涅"的著作，我
们最好把它当作该书书名所说和该书论点所体现的反面来阅读，
也就是说，海涅不是一位思想家，他的思想并非原创，也不连贯。

174 解释为什么在德国之外会有这样不同的观点不是什么难事,因为海涅出生和受教育的时期是德国文化异常丰富的一段时期,充斥着各种哲学流派与批评性思想,这些思想的精神被广泛地传播。因此一个像他这样生机勃勃、敏锐又灵活的天才,一定程度上会对它们产生兴趣,如果不能在那些巴黎杂志无知又好奇的读者面前最大程度地炫耀自己,就不能算是最大程度地从中获益。那些发生在哥廷根大学学生之间的对话与讨论就足以为他提供某种在德国很普遍,但在其他地方却是惊人的哲学装备。类似的情形后来也发生在一位薄弱的哲学家身上——叔本华,他的作品因清晰的风格而得以广泛传播,又因为他热衷于摆出悲观主义的姿态,让人们觉得他是最伟大的哲学家,尽管本质上他只是在重复前人们的发现,重新组合同时也在削弱它们。在德国,海涅用康德、谢林、黑格尔以及浪漫主义批评家、历史学家和语文学家的思想来装点自己。在法国,他以同样的敏锐利用民主和社会主义政治作家,尤其是圣西门(Saint-Simon)和他的学派的思想。海涅从未完成严格意义上的哲学、政治或道德创作,对他所拥护的理想也不能说有严肃的信仰(这种严肃性影响了他的每一种思想、情感、行为,同时也体现在他的风格中)。

当然,他公开信奉某个可以被称为理想的东西,但在观察这种信仰的表现时,我们时常怀疑他所坚持的理想极其笼统和模糊,尤其是对于一种艺术必要性而言,它符合他的犹太血统,莱茵河畔的出生和流亡法国的经历。既然一个像他这样善于交际的灵魂,
175 一直寻求戏谑、讽刺、讥笑、嘲弄、漫画化和怪诞的想象,并在

他的这些品味中表现得极其优雅，那又怎能缺乏某个理想作为支撑而持续满足这种无法抑制的需求呢？那个极其普遍的，关于自由、友谊、进步、理性，甚至关于天堂中的好上帝的理想，赋予了他最优良的弹弓，使他得以用力射出他的石子儿。对于一个爱戏谑的灵魂而言，还有什么靶子比那些陈旧的或看似陈旧但仍然坚固有益的事物——绝对君主制、半封建的贵族、忠诚热情的官僚、警察政权、军国主义及类似事物——更大更舒适呢？但正如对理想的爱没有那么深，他对理想的消极方面和反理想的恨也没那么深。这不仅体现在他经常让自己沉湎于对旧世界的伤感中，不知道如何停止理解人类的荒谬和民主事务，尤其还反映在他憎恶和嘲弄的方式上，他如此怪诞的描述和如此可笑的主意都清楚表明，比起仇恨，他更热衷于自我娱乐。德意志祖国的爱国者们和霍亨索伦王朝的拥护者们给予了他过多的荣誉，同时又对他的玩笑和俏皮话感到愤慨，当它们（几乎总是）被优雅地转动并弹出时，他们最好对此一笑置之。但像卡尔杜奇这样的自由和民主的真诚拥护者们，在接纳海因里希·海涅成为他们同道中人的这件事上，证明了他们的鉴别力薄弱，海涅充其量是个靠不住的盟友，一个灵魂在别处的盟友。

正如前面所说，海涅拥有戏谑的灵魂，这才是他的思想持续保持的基本形态，而非自由与民主，也非泛神论与一神论。倘若如今我们满足于戏谑，那还有可能在事物中，比如在宗教般的诗歌中成就伟大与纯粹吗？有人说——为什么不能？诗歌诞生于任何一种灵魂状态，诗性是指诗歌的形式而非抽象内容的质量，这难道不是不言自明的吗？这个原则难道不再适用于批判性文章了吗？这是毫无疑问的。但是疑问在于，戏谑是一种单纯的灵魂状态，一种能够产生诗的情感与激情设定（disposizione），还是一种超越单纯的灵魂状态和诗本身的行动。比如，告诫和激励的意图不是一种灵魂状态而是一种意愿，它产生了演说术，诗不是作为目的位于它的前方，而是作为前提处在它的后方。戏谑发生在类似或相同的条件下，它是一种自我娱乐和取悦他人的实践形式，以出人意料的形式结合了图像，并以各种方式触及心理反应的等级（scala），也就是人们所说的笑的等级。这是一种完全不同于，甚至在某种意义上对立于诗人的态度，诗人凝视自己的内心深处，试图描绘他在那里发现的事物，捕捉处在生成颤动中的宇宙面貌。风趣之人（uomo di spirito）让你在大笑中舒展胸怀，让脑袋清醒放松。诗人则用想象填满你的大脑，用感动充斥你的胸膛。诗的性情是宁静、喜悦和欢乐，而非戏谑，除非戏谑被降格为心理物质，成为一次呈现中的元素。也可能发生这样的情况，戏谑之人重新同情地看待自己，就像朱斯蒂诗歌中的街头艺人（saltimbanco），"忍饥挨饿，却用欢乐和坦然的表情娱乐众人"。

戏谑之人是演说家型的艺术家（可以证明他们形成了次级类别），因为他们在行动过程中利用了诗歌的形象，最终却并不导向诗歌的想象，而是导向一种实用效果。出于这个原因，他们将诗歌简化成工具或手段，他们不是诗人，因此在与演说家类似的情形中，引入了诗人与艺术家之间的区分，它在美学中被拙劣地用于标记艺术群体，或者两种不同形式的诗歌，或者两种对立的诗

15. 海涅

歌流派。为了达到最终效果,这些笑话讲述者们多么投入地学习声调的抑扬顿挫,学习如何卖关子和影射,又是多么生动地用恰当的词语和动作来刻画面部表情与姿态!当我们听到他们的对话如此让人快乐时,便钦佩和称呼他们为当之无愧的"艺术家"。海因里希·海涅就是这门艺术的大师,即便世界在多年后发生了巨大变化,人们还是会被他的妙语连珠逗乐,品味那些有趣的意象,正是凭借它们,他才赋予玩笑话以力量和突出的特征。只有一位拥有大量诗歌零钱的人才能获得如此效果。海涅在公熊阿塔·特洛尔(Atta Troll)身上追寻德国的市侩,当然,阿塔·特洛尔无法上升为一个真正的诗歌人物,他永远只能是一个诙谐的对照。但是,像海涅那样的刻画,需要一个对最多样化的情感都敏感的灵魂和一种可塑的想象力。比如,在与他唯一的儿子和小女儿们回去睡觉的山洞中:

> 在山洞中,在孩子们周围
> 躺着这只老熊,他沉睡着
> 发出均匀的鼾声;
> 终于他打着哈欠醒来……
> 在父亲身边同样
> 躺着睡梦中的
> 纯洁的四脚百合,
> 阿塔·特洛尔心爱的女儿们……

178　　他开着玩笑，因为心爱的小熊女儿们，他几乎触碰到了自己的心，她们做着美梦睡在父亲旁边，双手双脚跷在空中，"最纯洁无瑕的四脚百合"！在《小城卢卡》(*Die Stadt Lucca*) 中，海涅幽默地描绘了黑格尔哲学对柏林的统治，他利用了这些形象：

> 那我来向他描绘，在柏林一家有教养的荒漠客栈中，一群骆驼如何聚集在黑格尔智慧之井边，屈膝跪下，装上这些无价的水袋，继续穿越边疆的荒漠……

在智慧的井水前几乎着了迷，聚集在井边的骆驼弯曲着腿，被装上一袋袋珍贵的井水，重新踏上沙漠的道路，这让人想起东方的场景。在同本书的稍后几段：

> 弥撒之后，还有各种可听可看的东西，尤其是一位身材魁梧、四肢粗壮的僧侣的布道，他威武勇敢的古罗马式脸庞与粗野的乞丐僧衣形成完美的对比，以至于他看起来像一位贫困的皇帝……

多么精彩的刻画啊，这位身材魁梧、四肢粗壮的托钵僧侣，在粗野的僧衣之上抬起了他古罗马人般威武勇敢的脸庞，仿佛一位贫困的皇帝！寥寥几笔就刻画出了一个鲜活的形象。组诗《北海集》(*Nordsee*) 充满了对神话的戏谑，提到了《被盗的桶》(*Secchia rapita*) 或者《诸神的讥笑》(*Scherno degli dèi*) 中诸

15. 海涅

会议的模型。但海涅在他的讽刺小品和怪诞幻想中使用了一种非凡的现实主义。太阳，或者更确切地说太阳夫人，一位因为利益而与年迈海神订立婚约的漂亮女性，白天时她在天空中四处游走，那是多么绚烂夺目，像美丽世界里的一次漫步或一次舞会。可当她夜晚回家后，有许多与丈夫的场景，一方是训斥和谩骂，一方是哭泣，直到这个绝望的老人从床上跃下，升出海面，呼吸新鲜空气：

> 前夜我看见海神本人
> 直到胸膛露出了水面。
> 他穿戴着黄色法兰绒外套
> 和百合般的睡帽
> 以及一张苍老的面孔。

这正是一个年迈的丈夫，疲倦又可怜，着装可笑，脸色憔悴。

然而，如果海涅只有这种精致和熟练的戏谑艺术，我们就很难不赞同那些否认海涅作品是真正诗歌的人，可能还有一些不爱他道德形象的理由，让我们援引帕斯卡尔（Pascal）的话：爱说俏皮话的人品性很差（diseur de bons mots, mauvais caractère）。但是，除了场景描写、人物刻画以及让诗性感动服务于实用目的的能力之外，海涅拥有一种真正诚挚和自由的诗性气质，它有时被不公正地评价为装腔作势或情感上的矫揉造作。因为这种气质并非只在灵魂的最初呈现中出现，而是会在较不利的条件中再次出现，直至最后的岁月里依旧保持顽强。这种气质表现在如露珠般纯净剔透的小抒情诗中，也出现在无数独特清新的诗句和散文中。他这种灵感的源泉可以被称为童年的诗歌：童年时在父亲家中的壁炉旁享乐，睁大眼睛听着童话和传奇，沉浸在阅读古老的故事中，崇拜战士与古老的智者，爱上恋爱中的人，在金发女王的头上扇动翅膀，对可怖的事情感到战栗，要求去看城堡的废墟，见证诸多惊人的事迹、墓地里的大理石雕像和祭坛画，欣喜若狂地看着过街的年迈同乡、听他讲述战争与冒险。当然，在怀念和恢复过去的最初悸动中，这种情绪从未像海涅童年时代那样生动，它构成了整个文学的基础，不仅在德国，而且在欧洲各地。尽管很少有人像这位杜塞尔多夫的小犹太人那样亲近地体验它，而他本应保持某种程度的局外人态度，因为那个梦想和遗憾的过去不是他自己民族的过去。童年的甜蜜，以及拥抱世界时吸引这男孩精神的美好图景，一直伴随着海因里希·海涅，好似最初交换纯洁爱情的回忆，这些回忆永远能提炼出甜蜜，安抚因生活考验而备受折磨的心。他听到有人唱着浪漫的曲调，并惊呼：

> 我做了一个梦，
> 仿佛还是一个孩子，
> 静静地坐在灯光下
> 在母亲虔诚的小房间里，
> 读着美妙的童话，
> 同时外面的夜与风……

这是他真正关于爱和幸福的梦，他的牧歌。一部属于他青少年时期，关于军人般忠诚的感人肺腑的小杰作《两个步兵》(*Die zwei Grenadiere*)，受到了传奇人物拿破仑的启发。他在青年时代早期写作了《科夫拉尔的朝圣之旅》(*Die Wallfahrt nach Kevlaar*)，和许多其他优美的作品，如《罗蕾莱》(*Die Lorelei*)，181 或者关于东方三王的诗句：

> 三位来自东方的神圣国王，
> 他们在每个小城询问：
> 哪条是通往伯利恒的路，
> 你们这些可爱的男孩女孩？

但是，他所有成熟的浪漫诗都充满了讽刺和大笑，有关于爱、痛苦和悲伤的精妙故事，如《黑斯廷斯战场》(*Schlachtfeld bei Hastings*)，或者那首关于僧侣用可怕的咒语成功地将最美丽的尸体从坟墓中抬起的诗，她坐在他旁边，两人一言不发地望着彼此：

> 她眼神悲伤。从冰冷的胸中
> 发出痛苦的叹息。
> 死去的女人坐在僧侣旁，
> 他们望着彼此，沉默不语。

这种对于神话和传说，对于祖国的风俗以及代表它们的人物的情感，塑造了《阿塔·特洛尔》、《德国》(Deutschland)、《旅行图像》(Reisebilder)、《诸神的黄昏》(Götterdämmerung)和他的历史与德国文学写作中的诗歌部分。人们曾经为他辩护说，不管看起来他对祖国多么不敬，但他依然非常爱它，这些最温柔的倾诉表明了这一点。但是他实际上从不爱他祖国的政治和伦理价值，而爱的是童年的祖国，那是对一段享乐时光的甜蜜印象的情结与象征：

> 夜晚的冬旅人多么向往
> 一杯温暖亲切的茶，
> 如今我的心也如此向往你，
> 我的德意志祖国！……

182 他如往常一样戏谑地说，但在戏谑中袒露了他真正的感受方式。

为了更好地理解海涅的爱情诗，我们需要回忆他对童年的冲动，因为他从未把爱情设想成为一种与最高道德旨趣相结合的激情，用爱为这些道德旨趣着色，或者站在它们的对立面，产生内在的戏剧与悲剧，但爱永远是一场游戏，一场欢乐的游戏，是缺乏上帝与恶魔的，乏味、忧郁、冷峻的现代世界的唯一慰藉（"如果没有这一点点爱情，那就没有了依托"）。人们在这场游戏中偶尔会胜利，更多情况是失败，有时还会带着伤，狼狈不堪地含泪离场，但它永远是有趣和娱乐的。因此他自发地使用流行诗歌的形式，这在当时是另一种文学趋势，通过概念、节奏，甚至句法

15. 海涅

的基本性适应崇拜、诱惑、叹息、谴责和惋惜的基本性，体现在《间奏曲》(Intermezzo)、《还乡》(Heimkehr)，以及其他散落的作品中。爱情在此编织着它的神话，如在以下这些难忘的诗句中：

> 莲花在太阳的壮丽前
> 感到害怕……

> 一棵云杉孤独地矗立在
> 北方冷峻的高山上……

但即使当他不再歌唱那些不愿理睬他的小表妹时，他依然仰慕那个给过他灵感的表妹不那么纯粹的美丽：

> 你像一朵花，
> 如此可爱、美丽和纯粹……

他讲述不那么纯洁的冒险，比如邮车上的夜间旅行，和旁边女性嬉戏玩笑到天亮：

> 天蒙蒙亮时，
> 我的孩子，我们多么惊讶啊！
> 因为我们之间有爱情，
> 这个眼盲的旅客……

他游荡在奥尔滕西亚们和克拉丽莎们之间，这场游戏从情感转变成了肉欲，叹气的年轻人让位给了淫荡的小伙子，但游戏仍旧是游戏。让我们来听一下他与奥尔滕西亚的危险对话：

> 我们站在街角，
> 大约超过一小时，
> 我们深情脉脉地
> 谈论我们心灵的联结。
> 我们说过一百多次，
> 互相爱着对方。
> 我们站在街角，
> 停在那里。
> 机遇女神
> 像小侍女一样敏捷活泼，
> 从我们身边走过，看我们站立，
> 笑着离开。

最终，海涅的戏谑、反讽和讽刺都应归于童年的诗歌，除了诸多特殊的画面和发明之外，他更加普遍和有效的手段是从纯洁空气中传来的调皮男孩的语调，这个男孩观察一切，佯装惊讶，表现出对插入别人肉体的尖锐飞镖一无所知。他身上的这部分一直展现到最后，他从未深陷青少年的愤慨和难以抵挡的激情，这对他而言并不难，因为这部分更适合他，也更有助于他的戏谑效果。

但最后一点对他诗歌的贡献甚微，反倒是他从中收获更多。184 在他更抒情的系列中，它们的主线常常从简单的感动变成诙谐。他的风格从持续不断的戏谑中获得了某种表达自己的诙谐方式，阻碍了强劲有力或充满音韵的诗句的产生。当然，喜剧精神有利于他迅速摆脱他在青春期为之献身的偶像——正如他自己所说，他曾经有很长一段时间经常去基夫霍伊泽山（Kyffhäuser）、维纳斯堡（Venusberg）和其他"浪漫主义的地下墓穴"。他在《青春的烦恼》的几部作品中留下了多愁善感的纪录，尤其是两部悲剧作品，一部遵循了摩尔和西班牙的风格，另一部遵循的则是出现了鬼魂和命中注定的复仇的命运式戏剧，也就是说，两者皆顺应了文学潮流——当然从另一方面看，流行歌谣的形式在高雅文化时代的德国得到复兴，它们很容易就转变成了戏谑，戏谑又将乏味和荒谬的东西从它们身上剥离出去，在其他国家比如在意大利，它们最终成了滑稽模仿（parodie），如《勇士安塞姆》（*Il prode Anselmo*）。但总之，海涅将自己从浪漫主义的夸张中解放出来，保持了反讽的浪漫主义观念，并广泛使用了它，尤其是在《阿塔·特洛尔》和《罗曼采罗》（*Romancero*）中，他再次回归戏谑，对更深刻的灵感无能为力，或者立刻将它们消解在戏谑行为中。并不是说，在戏谑这个类型中，新的浪漫诗不经常是非常幸福的。在《贝尔根的无赖》（*Schelm von Bergen*）中，关于中世纪谱系的善良的幽默，贵族的血统，村庄刽子手的后代凑巧成了绅士，以及最后部分的庄严都让人愉悦：

> 于是，刽子手成了一名贵族，
> 成为贝尔根无赖们的祖先。
> 一个骄傲的氏族！在莱茵河畔枝繁叶茂，
> 如今沉睡在石棺之中。

185 阿里（Ali Bei）的好色、英勇和喜剧也让人愉悦，他从闺房女子们的拥抱中跳了出来，骑上马参加战役，当好色的表情还停留在他的脸上时，他已上前砍下基督徒的头颅：

> 当他砍下大量的
> 法兰克人的头颅
> 他微笑得像个恋人，
> 是的，他温柔又深情地微笑。

许多其他类似的东西也让人愉悦，但它们并未表达出更复杂的感受，正如许多人在面对这种浪漫主义讽刺诗时所认为的那样。相反，一种被超越的和表面化的感受被笑的轻松所取代：准确地说，诗人死于这里。诗人在《最后的诗歌》（*Letzte Gedichte*）中也没有再次出现，在这部诗集中，肉体的痛苦、腐败，对坟墓的恐惧和远离生活喜悦的绝望倾泻而出，但依旧是以那种戏谑的方式，这已经成为他的一种习惯和手法。不记得哪位德国批评家曾经说过，海涅是一位"痛苦的丑角"，因为在习惯用警句来面对人生的风趣之人，和饱受折磨、奄奄一息的生物这两种交替出现的面容中，我们感受到的痛苦过于迅速，也不够诗意。

这就是海涅，如此看来，我们就完全能理解为什么其他人无法仰慕和热爱他，完全抛弃了他，拒绝让他成为民族诗歌的英雄，因为他（对于他而言，比较似乎不是冒犯）频繁暴露过多"分叉的脚"（piè forcuto），而这不是诗人的特质。

16. 乔治·桑

桑的一百多部作品让我们的祖母们感到战栗，脸色苍白，如今人们辛苦地阅读它们，并且不愿再去重读，它们看起来不再是有趣的游戏，因为其中的窍门已经人所共知。我看到最近的美学评论真诚地认为，诗歌要与社会表现和现实作品保持一致，并奢望人们像对待同等质量的历史作品一样对待诗歌，我惊讶于他们竟未被那些关于衰落的伟大例子打击，也没有意识到有些事物不可能复兴，比如诗歌，这些事物从未表现出它们的本质，它们从诞生开始就不是本质的样子，复兴更无从谈起。众所周知，在某些特定作品唤起的浓厚兴趣中，它们不是因为精妙和精确的赞美性形容词而被挑选出来，而是因为这些形容词基于语言的隐喻特性可以相互替换。因此，我们称之为"美"的东西带来的只是一次对想象力的愉悦刺激，或者是对灵魂的震撼，或者是说服了这

16. 乔治·桑

些灵魂，或者加强了对它们的说服力。然而，随着时间推移，社会和实践的兴趣也会变得多种多样，旧时的乐趣让人厌倦，但在行家眼里，真正美的东西总在闪耀，另一些看似美的事物，或者曾被认为是美的事物，不再得到造成这种错觉的力量的支持，它们变得苍白，黯然失色，最终淹没在黑暗之中。那么历史评论家，或者更准确地说是拙劣的历史学家，开始谈论艺术而不相信艺术的理念，千方百计地为逝去的乐趣寻找等价物，借此提高自己的名声。比如，他试图让乔治·桑的长篇小说重获人们的喜爱，用讨巧的方式介绍他们多产的女作家，"当代长篇小说的伊西丝，多乳房的卓越女神，永远流淌着乳汁"，还保证"在流淌的乳汁里感到焕然一新是一件多么美好的事"。但机智的读者享受这优美的画面，却未在乳汁里感到提神。也就是说，当我们在历史中思考那些小说的人物时，他引发人们去注意这些人物所激发的好奇心："因为他们不再是我们同时代的人，他们的错误不再让我们感到不安：我们在他们身上看到的是一个时代浪漫的见证人，最终我们甚至会爱上他们，因为他们对我们的父辈而言意味着更多东西。"但在这种情况下，读者渴望的是诗性的造物，而不是木乃伊和同样的历史奇观，他不允许自己被诱惑去调换两种不同事物的顺序。我个人也是浪漫主义作品的业余爱好者，尤其是那些有插图的作品，其中我所拥有的包括《沃尔特·司各特的女人们》(*Les femmes de Walter Scott*) 和《乔治·桑的女人们》(*Les femmes de George Sand*)（多么美丽的面孔！有多少主宰人心的高贵人物！），我微笑地看着它们，但这微笑所表达的不是纯粹的艺术享受。或许那个评论家认为，出于对自然主义和写实主义小说不同的传统主义感到厌倦与反感，人们可能会恢复对这些长篇小说的阅读兴趣。尽管这有可能发生——它就发生在一件著名案例即罗斯丹（Rostand）《大鼻子情圣》（*Cirano de Bergerac*）巨大的运气中，这部作品是对雨果和大仲马的拙劣模仿，在令人恶心的时刻为写实主义和布尔乔亚大摆宴席——但那样的恢复是由外部偶然因素决定的，而且还不稳定。

事实上，乔治·桑毫无疑问是欧洲1848年革命前20年道德生活最著名的代表之一。她首先在一个可以被称为"爱的宗教"的奇异乌托邦中强有力地代表了它，正是基于这种宗教特征，这个乌托邦区别于18世纪的感伤（sensiblerie），带来了新时代的印记，一个没有上帝却仍渴望一个上帝的时代。基于这种宗教视角，生命的价值和意义寄托于爱，正是寄托于从性的角度来理解的爱。爱欲（Eros）就是上帝，尽管当时的修辞术语更喜欢带着某种虚情假意将这种想法表达为"爱源自上帝"。爱，是宗教崇拜中最崇高的甚至是唯一的行为，不承认任何高于它的法则。只要它出现，就有满足的权利，就有"激情的权利"。它就是主权者，它不允许其他情感瓜分它的王国，所有其他的激情和行为都要臣服于它，服务于它，接受它的规则。它是唯一且永恒的。当它看起来有不同的对象时，那是社会的过错，是社会用愚蠢的和僭主式的法律妨碍了它，或者是物质世界的过错，是它们扰乱了它。它的本质是坚贞与忠诚。谁爱上了一个不爱他的人，就应该尊重被爱之人的激情，因为客体有差异，爱情要求自我牺牲，好让激情在绝对的自由中举行和享受神圣的仪式,在这种牺牲中,义务得以完成,完美爱人的英雄主义才得以实现。

莱利亚(Lelia)的悲剧是什么呢?正是这个。她爱上了一个各方面都最值得爱的男人,而对方却用劳动之人的方式爱她,也就是说,要有间隔与休息。多么可怕啊!"对他而言,在履行社会责任的过程中,爱的满足要比纯粹爱情的神圣欢愉更生动,或者至少更深刻,更持久,更有必要。"她感到失落,一直处在悲痛和绝望之中。"我没有什么东西可以替代它了。在这想象的庞然大物周围,一切对我而言都很渺小。友情是冰冷的,宗教是骗人的,诗歌同爱情一起死去。"生命之泉已被截断。"爱是什么?那不是一种崇拜吗?在这崇拜背后,被爱之人不就是上帝吗?如果他自己以摧毁他所激发的信仰为乐,那么她的灵魂又该如何在其他生物中选择另一个上帝呢?她曾经梦想的理想是,只要她相信自己已经在同类中找到一个完美形象,她就拜倒在他面前。但如今她知道她的理想不属于这个世界。"

雅克(Jacques)的悲剧是什么呢?他爱上了年轻的费尔南达(Fernanda),并与她结婚。但一段时间后,另一个男子爱上了费尔南达,而她也爱他。雅克也是这个新宗教的忠实信徒,因此,在代表唯一真正崇高的道德的圣火熊熊燃烧之时,他为什么敢以次等道德的名义去反抗、训斥和谴责呢?"如今她屈服于一种激情,经过一年的斗争与反抗,这种激情扎根在她的心中。我不得不钦佩她,因为如果一个月后她屈服了,我仍然还能爱她。没有任何人能够控制爱情,感受它和失去它都没有什么过错。让女人堕落的是谎言。"在这种情形中，谎言是渎神的，因为它背离了真正的上帝。那他要怎么做呢？他喊叫着，在他周围听到了社会的苛责与恶意："哦，费尔南达！我宁愿自己被笑话，也不愿你流泪；我宁愿被全宇宙嘲笑，也不愿你承受厌恶与痛苦！"他压抑自己，给两个相爱的灵魂留下自由的空间。他压抑自己，不让他们怀疑自己是因为他们而自杀。他写信给他妹妹："你不要诅咒这对恋人，虽然我的死对他们有利。他们没有罪，他们只是相爱。在真挚爱情存在的地方没有罪。"

在他们的这种感受中，莱利亚和雅克是高贵的崇高存在，他们将自己的崇高带到了最高的境界。雅克知道一切，能做一切，在每次考验中都很勇敢，勇敢的手能够完成最崇高的任务，尽管如此，他将他所有多样、稀有和丰富的天赋都骄傲地抛在了爱的脚下。莱利亚，同时还有塔索、但丁、莎士比亚、罗密欧、哈姆雷特、朱丽叶、科琳娜和劳拉，"她汇集了所有理想，因为她汇集了所有诗人的天才和所有人物的伟大"。看着她，我们立刻就看到了女神。在宴会的人群中，

> 在这一切之上出现了莱利亚高贵又孤独的形象。她倚靠在大剧院台阶的一根短小古老的铜柱上，也看舞会看得出神，她身穿一套特色服饰，但她挑选的服装和她本人一样高贵阴郁：她的衣着虽然朴素，却很讲究，苍白又庄重，像是过去时代的一位年轻诗人的深邃眼神，那个时代充满诗性，大众并不接触诗歌。莱利亚乌黑的头发往后梳，露出前额，

上帝似乎用手指在那儿留下了神秘的不幸印记，年轻的斯特尼奥的目光不停地察看着她的额头，带着领航员般小心谨慎的焦虑，注视着微弱的风向变化，和纯净天空中的丝丝云彩。莱利亚的大衣不如她的大眼睛黑与柔美，她灵动的眉毛为这双大眼睛加冕。她的脸和脖子因为白皙而失去光泽，隐藏在她巨大的褶皱领子中，来自她隐蔽胸脯的呼吸是那么平静，以至于同样的黑色绸缎和她的三条金链没有任何起伏。

这就是莱利亚，像一座身披披风的雕塑。但她周游世界，穿越乡村与荒漠，攀登高山，在伟大的行为中倾注她崇高的灵魂、富有魅力的眼神、狂热的激情、独特的行动、伟大的讲话，谴责上帝与社会，却从不责怪自己，她依次成了维特、浮士德、勒内、奥伯曼，依次变成反抗的、英雄的和神圣的。

所有这些崇高的舞台布景和编舞如今欺骗不了任何人。雅克游手好闲的不幸不再能躲过我们的眼睛，他从未真正懂得，生活是为自己设立一个目的，然后去努力（在我面前的这些浪漫主义复印画中，他被描绘成忧郁的，露出性癖好者的眼神，躺在地上，坐在柔软的垫子上，抽着很长的烟斗！）。他虚假优雅的痛苦缺乏道德良知，因此他也没有能力要求和唤醒其他人的道德良知。他是看似英雄的罪犯。如果对他宽容一些，充其量也是把他看成一名不断论证自己疯癫的可怜的神经衰弱者。莱利亚同样也是疯子，她的妓女姐姐对她说过最明智的话（因此我们要认识到，她有一位履行这种社会功能的姐姐，但她并不觉得自己不如她妹妹崇高！"）："好吧，皮尔谢里说，既然做不成修女，那就做妓女吧。"当然，莱昂内·莱奥尼（Leone Leoni）是行动和灵魂的罪犯，但是他"从上帝那里"接受了"知道如何去爱"的礼物，因此一位高贵的女性允许自己被他拽入卑鄙与罪行，她无法离开他，或者当他抛弃她时，他的一次呼唤就让她立刻回到他身边，因为"上帝之手"用爱将他们永远联结在一起！

桑的性爱意识形态如今依旧存在于许多女性身上，她们无休止地追随感官和想象的每一次奇思妙想，不仅无法感到愧疚与卑微，自身还变得十分自负；她们自我欣赏，自认为是自由和真诚的无敌斗士，是无法抵抗的激情最崇高的殉道者；她们如此出现在崇拜她们的人面前，但她们的内心和行为极度自私；她们希望被认为，并让人们认为，她们是忠诚、温柔和牺牲的典范。她们认为自己魅力非凡，却向周围之人展现自己疲倦不堪和备受困扰的一面。

在她自己的浪漫爱情故事中，桑某一次偶遇了一位正人君子，年轻有为的威尼斯医生。在一段时间里，她将他拽入她奇特的情感生活轨道，并把他带到了巴黎，但很快就对他心生厌倦。这位有尊严且严肃的年轻人不再追随她，全身心地回归他的学业。这位勇敢的年轻人在他80岁的晚年回忆他遥远的风流韵事时——在这段奇遇中，他很不情愿地在雅克－缪塞（Jacques-Musset）和费尔南德－桑（Fernande-Sand）之间扮演奥克塔夫（Octave）的角色——写道："我的存在让她尴尬。"她对这个意大利人感到厌烦，他以他朴实的常识摧毁了令人无法理解的崇高，而她则习惯于用这种崇高来包围她爱情的疲倦。桑的小说经常被指控为不道德，也就是有害的。当然，它们灌输和传达的意识形态源于感官的欲望和混乱的激情，意图重新激发感官与激情，并为它们提供一种理论合法性。这位女作家让许多灵魂感到局促不安，扰乱或者推动扰乱许多女性的思绪，又通过她作品引起的不少共鸣来制造这些效果。她的影响在俄罗斯尤其巨大，陀思妥耶夫斯基也证明了这一点，他讲述了人们如何期盼她能在不久的将来创作出"极其伟大和闻所未闻的东西，为人性的困惑寻找到绝对的答案"，他评价，俄罗斯人民是为她而生的人民，因为这种人民的真正使命是"汲取所有人类的精神益处"。听起来这里对俄罗斯的赞美不亚于对桑的赞美，他认为桑承担起了某种责任，帮助教育俄罗斯人的大脑，让他们能清晰地思考与感受。

和她理智的情人、意大利医生帕彼得罗·杰洛（Pietro Pagello）一样，在我们认识到桑的理论和爱的宗教的感官与病理学根源，同时接受她的作品是不道德的指责时，我们已经暗示了她的这些理论并不具备学理和哲学意义，更没有任何真理价值。真理，无论看起来多么苦涩和悲观，它永远是道德的，永远是道德的源泉。桑不知该如何从她的神经性痉挛中提取真理，她只是在理论的外表下把它放入某些程式当中。然而，那些转化为小说的意识形态无法真正成为诗歌与艺术，因为艺术也是真理，它要求对自身真诚，一种更高的真诚胜过单方面的实践兴趣，它穿透和审视灵魂的深处，驱散和分辨云朵。桑没有深刻的思想，没有强烈的内心生活，尽管她情愿沉默寡言，封闭自己，专心致志，正如同时代人形容的那样。但是，她专注于梦想，编织想象力的画布，就像她曾经作为女性的样子。作为女性，她从未设想艺术应该被人尊重，她一直把它当作自己的情感与理智近乎自然的出口；作为女性，她给予艺术事物一种关于国内经济和商业智慧的现实感，一直致力于优先创作被称为长篇小说的东西，创作令人喜爱的读物，创作很多作品，因为创作越多，收获越多。她观察现实，但谁又不是呢？她也小心谨慎地观察现实，但如人们所说，她的创作在于"理想化"现实。为什么不以这种理想化去思考严肃的净化（purificazione）过程，即真正固有的艺术创作过程，为什么我们看到把她的小说放在"理想主义"和"写实主义"对立中的传统做法是多么没有意义，因此我们最好还是回忆一下她是如何理解这种理想化的。她是这样理解的，塑造一个应该概括小说主要情感或思想并代表爱的激情的人物，赋予这个人物"从中拥有自身渴望的所有力量，或者从中获得和感受创伤的所有痛苦"，赋予他一种"生命中特殊的重要性，超越庸俗的力量，魅力和苦难"等等。这个让人愉悦和想让人愉悦的想象过程相当实际，它也被误认为是诗歌的灵魂，人们不断地说，桑"由于这种无限丰富的想象力和风格化的表达天赋，仍然是一位鲜有人能与之匹敌的诗人，是她同道之中和她那个时代最伟大的诗人之一"，她的"抒情风格"（lirismo）受到极高的赞誉，她的小说也被定义为"抒情小说"。"抒情风格"是个好说法，只要它不被理解为是"抒情诗"，而只是激情的冗长修辞。另一方面，人们习惯于承认（"抒情风格"在这里应该算作安慰筹码）她小说的构思是有瑕疵的，甚至缺乏构思，但没有注意到这一切都是因为她缺乏严肃的思想，或者更确切地说，缺乏一种启发性的诗性动机，这让她完全依赖于人物和事件的偶然性，它们可以这样，也可以是相反的那样，因此它们缺乏连贯性。改写或扭转她的这本或那本小说，改变印第安娜（Indiana）或莱利亚的命运，让印第安娜和拉尔夫（Ralph）结婚，或者让莱利亚死于一座修道院，对她而言都不是难事。她经常做这样的事，以她的力量和才能开始她的故事，比如《莫普拉》（*Mauprat*），然而当我们期待这个开头会在故事中间或结尾发挥它的全部意义时，我们发现它已经迷失在老套的情节、阴谋诡计和琐碎的冒险中。

抒情风格作为"夸大渲染"和浪漫爱情的"可爱"，出现在她的所有作品中，只是比例不同而已，在一些作品中前者占比大，在另一些作品中后者占比大。在她最主要的诗歌作品《莱利亚》中，前者占据了统治地位。这里一切都在闪闪发光，发出回响，眼睛感觉像闪光，耳朵被引诱，感到晕眩。《莱利亚》中的人物没有寓意，也不是诗的个体。没有寓意是因为缺乏确定的观念，不是诗歌的个体是因为缺乏鲜明的性格特征。那首散文中的诗，那个女性版本的浮士德，无法在一组抒情诗中得以完成，因为它在抒情诗的地方充斥着夸张和慷慨激昂的演说。当她明确尝试抒情诗时，比如莱利亚所作的歌曲《致上帝》（*à Dieu*），那也不是诗："为什么，为什么您要这样对待我们？您从我们的痛苦中又能获得什么好处呢？我们的卑鄙和微不足道又能给您增添什么荣耀呢？人渴望天堂就必须遭受那样的折磨吗？希望难道只是苍白脆弱的花朵,只能生长在岩石中,遭受暴风雨的吹打吗?珍贵的花朵,甜蜜的芳香,留驻在这颗渴望又荒芜的心上吧!……"这里所突出的是非凡的努力,感觉糟糕的浪漫诗,瞪大的眼睛,激动的姿态和空洞的大脑。莱利亚、特伦莫尔和斯特尼奥上了船:

> 特伦莫尔深深地陷入了沉思。他的伙伴们也同他一样安静。美丽的莱利亚凝视着小船的航迹,颤动着的星星倒影像纤细的金线在那里摆动。斯特尼奥双眼粘在她身上,看见她正身处宇宙之间。当微风开始吹起,突然发出少有的荡漾声时,他将莱利亚的黑色发辫贴在了脸上,或者仅仅为她的披肩装上流苏,他颤抖得像湖水,像岸边的芦苇。接着,风像一个痛苦又疲惫的胸腔所发出的枯竭喘息那样,戛然而止了。莱利亚的头发和披肩的褶皱再次垂坠在她的胸前,当莱利亚屈尊做女人时,她眼中的火焰十分清楚如何穿透黑暗,而斯特尼奥徒劳地在这双眼中寻找目光。但是,莱利亚看着小船的航迹时在想些什么呢?……

让我们在这群崇高的生物面前保持敬畏。这是一个崇高的吻:

> 莱利亚把手指伸进了斯特尼奥散发着香气的头发里,把他的头搂入自己怀中,不断亲吻他的头。她很少用她的嘴唇轻抚这漂亮的额头。莱利亚的爱抚是上天的礼物,又如被人遗忘在冬天里,独自绽放在雪中的花朵一般珍稀。这种出人

意料的炙热感情的流露险些要了这孩子的命,他曾经从莱利亚冰冷的嘴唇上收获人生第一次爱的亲吻。他脸色苍白,心跳都要停止了。他仿佛快死了,他用尽全力推开了她,因为他从未如此惧怕死亡,如同此刻生命向他展示的那样。

这是一种崇高的施舍:"莱利亚给了我一些看起来像国王的赎金的东西,就像另一个人赠予我一个铜板那样简单。"

《莱利亚》真正留下了什么?是对一种精神状态的记录。我们已经在这本确立色情宗教的书中收获了教义,我们还应该收集其他否定进步的话语,因为进步无法"创造一种新的感觉",也不能"完善人类的组织"。或者是莱利亚对"死于好奇"的渴望,又或者是小说结尾部分莱利亚的呼喊:"一万年来,我在无限中呐喊:'真理!真理!'一万年来,无限回复我:'欲望!欲望!'"

《雅克》中的人物也是愤怒情欲的幽灵:首先是这位英雄自己,他是一个神秘的、最完美的游手好闲之人(fannullone),以纯粹爱情为最高需求和唯一职业,所以他对女人有求必应,他懂得如何在必要时消失,这样她们就能不受打扰地沉浸在她们的快乐中。其次是西尔维亚,这位英雄的妹妹,自己也是一位英雄,她"因为过度的财富和爱",把自己献给了孤独,她说:"我在灵魂中感受到一种强烈的渴望,我想拜倒在那些崇高事物的脚下,我不想遭遇平庸之物,我想成为我爱人的上帝,我只和男人们打交道。"再者就是费尔南达和奥克塔夫这一对。这本小说的艺术也相当简单,因为它的情节发展依靠书信,所有的信都以相同华丽的风格写成，如果不是因为粗糙的技巧，那所有的信都不是信，它们讨论和叙说着前尘往事，告诉大家它们多么需要被讲述，以便让读者们知道。《雅克》的艺术是二流的，如同让这位女作家声名鹊起的第一部小说《印第安娜》，它是她其他小说的模版，其中技巧占据支配地位。在这部著名的小说中，既没有思想，也没有一个真正的诗歌动机：它的主题（一个年轻女子嫁给了一个老男人，她渴望用年轻人的方式去爱，也渴望以同样的方式被爱）被处理成是外部的和物质的，它很复杂，但不是通过奇特的事件、惊讶、自杀、横跨大洋等来发展。"这颗沉默破碎的心一直在不知不觉地呼唤一颗年轻慷慨的心来让她苏醒……德尔马尔（Delmare）夫人真是不幸，她第一次感受到一位年轻热情的男子灼热的气息渗透进她周遭的冰冷空气，第一次温柔可爱的话语令她的耳朵陶醉，第一次有一张颤抖的嘴，像烧红的铁，烙在她的手上，她既没有想到强加给她的职责，也没有想到向她建议的谨慎和对她预言的未来……"这些都是一般和普通的句子，尽管它们的模糊和贫瘠很受女性喜欢。小说的事件与人物都是随机的，缺乏必要，其中有一位机械神（deux ex machina），表兄拉尔夫，一个沉默的情人，他从不让人发现或怀疑他的情感，他猜中了他表妹所有想要做或者准备做的事，在每一个危险或绝望的关头都及时干预，最终他大谈特谈，人们由此才发现与他以往表现完全相反的一面。在小说的初版中，女作家让这对表兄妹双双自杀，他们从岩石上跳入了瀑布。后来，如前所述，她同情他们，让他们最终结成夫妇。

当然，桑小说中的二流品质也引人注目，她是一位极其丰富和流畅的女作家，虽然重点不突出，但她知道如何生动地叙述和描写。但在她的描写中，可能只有一些部分被诗歌赋予了生命力，就是那些"自然场景"，人们一致称赞它们契合她精神中一种真挚的激情，和一小段在她灵魂深处歌唱的音乐，处在由做作和夸张的激情以及糟糕的思想引起的嘈杂声之间，处在老套的传统和技巧的策略之中。这些场景中也有华丽、修辞和喋喋不休的话，但偶尔也很好地展现了等待、忧郁、抛弃、净化与快乐的情感，桑将它们注入大自然的波澜壮阔中。莱利亚处在乡野的孤独中：

我一直待在那儿，直到太阳落到地平线上，那里的所有时光都让我感觉很好。然而，当天空中余晖不再时，大自然弥漫着越来越浓的不安。风起了，星辰仿佛在与骚动的云层搏斗。猛禽发出巨大的喊声，猛地划过天空：它们在寻找过夜的地方，同时被需求和恐惧折磨。和人类一样，它们也受到需求、虚弱和习惯的奴役。

随着夜晚的逼近，这种情感呈现在最细微的事情中。阳光下睡在大草地上的蓝色蝴蝶，蜂拥地逃到不被发现的隐蔽之处。沼泽中的绿色青蛙和长着金属般翅膀的蟋蟀开始朝空气中播撒忧郁和破碎的歌声，我的神经产生了一种悲伤的恼怒。植物也同样看起来在夜晚湿漉漉的风中颤抖。它们合上了叶子，蜷缩花药，将它们的花萼收回到它们的花瓣深处。微风充当了它们的使者，让它们紧紧相拥，在这个微风的时刻，另一些俏丽、激动和滚烫的恋人们悄悄开放着，像是触碰人类的胸脯。一切安排都是为了睡觉或是为了相爱。

在埃德梅（Edmée）说完一些话后，野蛮的莫普拉夜晚跑到了外面，第一次感受到了爱和亲切：

我穿过一片开阔的空地，那里有几丛小树木将牧场的青色原野分割开。淡黄色的大公牛纹丝不动地跪在一小片草地上，看起来正陷入宁静的沉思。平缓的山丘朝着天际逐渐升高，毛茸茸的圆形山顶仿佛在皎洁的月光下跳动。我人生第一次感到夜晚给人快感的美和它流露出的崇高。我不知道什么东西沁入了我的心脾，我仿佛第一次看见月亮、山丘和牧场。我记得听埃德梅说过，没有什么比自然的景色更美，我惊讶于自己直到那时才知道。有时我想跪下向上帝祷告，但我担心不知道怎么跟祂说，又怕祷告不好冒犯了祂。我是否应该向你坦白一个奇异的幻想，它像富有诗意的爱情，幼稚地显露在我蒙昧的混沌中？月亮如此广阔地照耀着这些物体，以至于我能辨认出草地上的小花们。草地上的一朵小雏菊在我眼里是如此美丽，它的白色皱边镶着鲜红色，金色的花萼盛满了钻石般的露水，我便把它采撷下来，亲吻了它，在一种美妙的迷乱中呼喊着：是你，埃德梅！是的，是你！你在这儿！你不再逃避我了！

16. 乔治·桑

众所周知，批评家们把乔治·桑过于丰富的创作分为四个阶段，在第二阶段中她致力于培养人文主义的，更恰当地说是社会主义的理想。她不去思考她自己的，而是接受和重复当时和她成为朋友的人的思想，因此就这部分而言，她的小说就是包含了1848年之前的社会主义思想的普及文献。基于她自己个体经历的作品取代了拙劣的习作，此外，她还受到了之前描述过的精神结构的引导，即首先是对非凡与崇高的需求，从最狭隘的性爱领域扩散到社会和人性领域。其次是长篇小说作家的需求，革新她的艺术素材，在如此频繁地滥用主题之后，它正面临着枯竭的风险："激情的权利""爱的宗教""性爱和宗教理想的不可获得"。她个人原创的思想与她精神中固有的色情十分吻合，在涉及社会主义时，那就是通过女性与工人之间的恋爱与婚姻，让社会阶级相互接近与融合。这当然是大胆的想法，因为一个资产阶级男性在情欲的冲动下追逐享乐，他能够与女佣或农妇结婚，但虚荣占据上风的资产阶级女性不会让自己去做类似的选择，比起诚实但不优雅的无产者，她永远选择优雅但鲁莽的人。不管怎样，这都只是她部分小说的动机，比如《安吉博的磨工》(*Le meunier d'Angibault*)，在这部小说中，诚实的工人不愿娶布兰奇蒙（Blanchemont）男爵夫人，因为他知道她很富有，当她明白自己被已故丈夫毁掉之后，就给她爱的无产者写了一封热情洋溢的信，它是这么开头的："亨利，多么幸福！多么欢乐！我被毁了！你不会再因为我的财富而责备我了，你不会再憎恨我的金链子了。我又变成一个你可以无怨无悔去爱的女人了，不再需要为你做出牺牲……"这部小说不仅在观念上，而且在艺术形式上也很幼稚，到处都是诀窍（ficelles）和陈词滥调（clichés）。这是怎样的对话啊！一个磨坊主和一名工人谈论着，工人假设自己是百万富翁，他说："我相信我会和早期的基督教共产主义者一样把这一百万分给穷人，以便摆脱掉它，虽然我很清楚那时我不会做真正的好事，因为通过放弃他们的财产，这群首批平等的门徒建立了一个社会。他们给不幸之人带去了一次立法，同时也是一种宗教。钱财即是灵魂的面包，同时也是肉体的面包。分享是教义之一，由此成为信徒。如今，没有像这样的东西了。"

同阶段的小说还有《孔苏埃洛》（*Consuelo*），它属于历史小说和有社会主义倾向的小说，正如当时他喜欢的，通过伟大的历史人物与其他想象之间的联结，让他们行动起来，并向他们展示政治化、搞阴谋和坠入爱河的意图。孔苏埃洛是莱利亚的另一个化身，一个独特的女子，街头歌手的女儿，她自己也是一名歌手，但是没人知道她是如何获得关于事物与人心的有史以来最伟大的知识、最强大的意志力、最强烈的正义感、最老练和最实际的感觉，以及敏锐和批判的智力，和思考上帝和人类命运的大脑。小说中，她接二连三地完成奇迹：理想化或偶像化经常出现在桑的作品中，它与一重重的冒险融合在一起，创作出一部完美的连载小说。小说中处处都有令人快乐的部分，比如孔苏埃洛在18世纪威尼斯的音乐生活中的首次尝试，或者她在年轻海顿的陪伴下从波西米亚到奥地利的旅程，但这种快乐是从本身快乐的事物中获得的，而不是从诗歌的灵感和艺术的精妙中获得的。从阿尔贝伯爵这个形象中——这位年轻的波西米亚贵族回想起胡斯人的民族历史，为之着魔，并在他的生活中持续这段历史，仿佛它在当下振动——我们可以看出，桑深入描写的能力是多么不足，这个形象构思得很巧妙，但很快就变得肤浅，消散在奇怪的事件、可怕的幻影和阴谋故事中。

诚然，在批评家为她的作品划分的第三个阶段中，桑摆脱了对爱情自由的过度主张，以及社会主义与人道主义倾向，她平静下来，最终创造出了她的杰作，田园小说，赋予法国一种它仍缺乏的文学体裁。我们不想否认，《魔沼》(La mare au diable)、《小法黛特》(La petite Fadette)、《弃儿弗朗沙》(François le Champi)、《风笛大师》(Les maîtres sonneurs)和其他类似的作品都极其优雅，充满了甜蜜和良善，从文学角度看，它们比之前几部有条理和匀称得多，并且写得更加仔细，还灵活运用了农民的话语。然而，坦率地说，我们在这些小说中似乎看不到任何诗意的东西，更像是专业写作者的精湛技巧取得了完美胜利，而这个写作者专门写作那些让人快乐的作品。实际上，在它们中最好的一部作品《魔沼》中，我们也能感觉到某种蓄势待发的语气（tono preparato），以及用纯真和温柔的故事来打动或者愉悦他人的意图。年轻姑娘玛丽（Marie）的言行是如此优雅！她是一个乡村版的孔苏埃洛。她说服热尔曼（Germain）满足小儿子的愿望，带他出门游玩，男孩高兴得蹦蹦跳跳。"'得了，得了！'姑娘说着把他抱入怀中，'这颗可怜的心跳得像只小鸟，我们设法让它平复下来，如果天黑后你觉得冷，那就告诉我，我的皮埃尔，我把你裹在我的披风里。去亲亲你的小爸爸，请他原谅你的淘气。告诉他这些永远不会再发生了，听到了没？'"这看起来难道不像是在扮演第二个完美母亲的角色，来引诱小伙子吗？在他们不得不停下来过夜的树林里，热尔曼饿了，她建议他拔掉一只山鹑的毛并煮了它，而这些山鹑原本是作为礼物送给他父亲的朋友。然后就有了下面的对话："你可以拔掉另一只的毛，展示给我看。——这么说，您想吃两只？多贪吃啊！得，毛拔完了，我来烤它们。——你可以成为出色的饭堂老板，小玛丽，可惜你没有饭堂，我也只能喝这池塘里的水。——您想喝酒？当真吗？或者你想喝咖啡？您以为自己是在市集的树荫下吗？吆喝着旅店老板：给伯莱尔能干的伙计那瓶酒！——啊！小坏蛋，你取笑我？有酒你也不喝？——今晚我和您在勒贝克那里已经喝过啦，那是我人生第二次喝酒。但是，假如您很听话，我会给您一瓶差不多是满的酒，也是好酒！——怎么，玛丽，所以您果真是个女巫？……"

读者立刻明白，他的责任就是站在可怜的玛丽这边，她被迫离开母亲和自己的家，去遥远的地方工作。热尔曼要找一位妻子，那为什么不娶这位如此善良、谦逊和完美的姑娘呢？不出所料，与另一位向他提出婚约的女性相比，玛丽的优势是绝对的。同时，她也不缺其他东西，让她的道德闪耀，并推动快乐的婚礼。她被送去了野蛮的主人那里，这个主人想要强暴她，她逃跑了，他追捕她，而热尔曼保护和守卫着她。在桑的这部或者其他涉及农民的短篇小说中，对农民生活的刻画的准确性遭到了质疑。和往常一样，在一种不恰当的臭名之下隐藏着另一种恰当的批评，它

16. 乔治·桑

表现为对教诲和安慰描写中的矫揉造作的不满。在《风笛大师》中，约瑟夫（Joseph）意识到泰伦斯（Thérence）爱上了他。"你在那儿对我说什么！他大声说，那又会有什么新的不幸落到头上呢？——为什么这会是一种不幸？——你在问我这个问题吗，布吕勒特（Brulette）？你认为把他的感情还给他取决于我吗？——好吧，布吕勒特说，他努力让她冷静下来，她会痊愈的！——我不知道人能否从爱中痊愈，约瑟夫回答说。如果我的无知和鲁莽导致了这个女孩在大布歇的不幸，我会感到罪过，无法原谅自己，她是于列勒（Huriel）的妹妹，是森林的处女，是为我祈祷和守护我生命的人。"注意到约瑟夫和桑所刻画的其他农民的成长和道德提升与现实不符并不重要，关键在于它的语气不自然。在这些田园小说中，作家想要做让人快乐的工作，正因为如此她才转向了乡村田野的简朴，寻找新的快乐源泉。

最后，我们要讨论的是乔治·桑第四阶段的最终风格，当她从乡村回归城市爱情故事时，她是否回归平静，不再怀有那些过去让她心烦意乱的反叛和使徒般的离奇想法？桑最后阶段被公认的杰作是《维尔梅侯爵》(Le marquis de Villemer)，这个故事并不新颖，关于一位年轻家庭女教师或女读者，她贫穷、漂亮又骄傲，雇用她的太太的儿子爱上了她，战胜了所有社会偏见带来的阻碍，最终与她成婚。维尔梅侯爵是怎样的男子啊，他羞怯、害羞、敏感、细致、慷慨，是一个高贵的天才和有学问之人，他的心中永远留着被死亡碾碎的伟大爱情的巨大伤口！他的公爵兄弟，如此轻率，如此浪荡，如此善良又如此关心他人的幸福！那个家庭女教师,那个圣热内的卡罗琳,那个女性的榜样,她将最美好的道德和最幸福的智力天赋,以及最坚定的意志结合在了一起,她是新的孔苏埃洛,新的小玛丽,新的小法黛特!它是小姐、太太和先生们读得津津有味的小说之一,这些小说在上流社会获得了成功,被称赞为卓绝的作品。如果您是单纯的诗的爱好者,那么我建议您不要靠近它们,因为它们很乏味,或者它们对艺术的模仿会让您恼火。

说了那么多,我是想对19世纪精神生活中一个如此重要的人物,一位如此杰出的作家(毫无疑问,是乔治·桑)表达不敬吗?这么做,至少可以说是品位低下的。我只是也想(根据我众所周知的想法或者固执,以及我为这些札记预先设定的任务)把她从文学史转移至文化史,只有在文化史中才能以恰当的方式理解她的作品,并为她正名。我们有必要相信,诗歌史上诗歌与艺术天才的数量远比人们在阅读文学史教材时想象的要少得多:

> 和天鹅一样,诗人是很稀有的,
> 那些值得一提的诗人……

其他更多的只是报刊通讯员、演说家、交谈者、讲故事的人、感动和欢乐作品的创作者,但他们不是"天鹅",不是诗人。

17. 费尔南·卡瓦列罗

在我看来，更好的诗歌才情或者说更好的"田园诗"才情并非体现在著名的乔治·桑身上，而是体现在一位不起眼的西班牙女作家身上，她将自己隐藏在费尔南·卡瓦列罗（Fernán Caballero）这个名字下面，而她的真名叫作塞西莉亚·博尔·德法韦尔（Cecilia Bohl de Faber）。她是个辩论家和宣传家，与那位来自诺昂的夫人（桑）一样热情，但是在完全相反的意义上，也就是天主教、传统主义和几乎反动的意义上。尽管如此，我在她身上看到了坚定的思想、单纯的心灵和生动的幻想，这是另一位女作家不曾拥有的，虽然她有最强的创造力和高超的技巧。在诗歌史上，有一种说法不断得到验证，第一的将是最后的，最后的将是第一的。

说实话，我认为卡瓦列罗身上同样的争议和使徒般的任务是有根据的、正当的和严肃的，它们不是桑那样混乱的女性自由主义和肤浅的社会主义。古老和光荣的天主教战士西班牙，突然从沉睡中苏醒，在以人民之力与法国和拿破仑帝国主义斗争之后，却并没有捍卫它以如此英勇而重新获得的角色，而是通过许多它的孩子们的作品，拥抱新的社会和政治形式，迎接它们的意识形态，又在古老的习俗和信仰中举棋不定，同时似乎也接受外国作者针对它们的正确批评与讽刺。革新者、自由主义者和自由主义思想家的事业，对于神圣的过往是一种挑战，这种过往依旧塑造着大部分西班牙人鲜活和有效的当下。费尔南·卡瓦列罗接受了这个挑战。启蒙的你们是迷信的敌人，你们嘲笑人民的实践、圣堂、神奇的绘画、誓愿、神圣的纹身等，却从未参透这些实践的精神，你们理解它们是道德生活的象征，可以约束、恫吓、安慰和激发善意与善行吗？你们嘲笑西班牙的教堂简陋，里面的圣人图像镶嵌银箔和其他低俗的装饰，但也许那些教堂是艺术家的博物馆，而不是给单纯的信徒来祈祷的上帝之家呢？你们谈论西班牙平民的无知和粗鲁，你们为什么没有发现他们每天提供的证据，证明他们的见识、良好的判断力、无私、牺牲、尊严、高贵的自尊以及长期基督教教育产生的美德呢？你们想要以你们含糊和好争辩的哲学来教育人民吗？它们是否值得宁静的光芒，和从依照教理问答（catechismo）来理解生死的人身上源源不断流出的、晶莹剔透的纯净之水的源泉？你们想赋予穷人一种反叛意识，激发他们的人性吗？因为你们用仇恨的说教剥夺了他们身上神圣的喜悦，让他们不再屈服于自身的状态，不再热爱工作与和

17. 费尔南·卡瓦列罗

平,也不再相信产生和维持真正人性的宗教。而且,你们首先讨论人民,讨论西班牙人民,你们真正了解他们吗?你们研究和观察过真正的生活吗?你们如何观察生活?以什么理由?这还不够。"世间万物有两种观看的方式,第一种是理性冰冷的凝视,它如烛火般寒冷与低沉;另一种则是以心灵炙热与同情的目光,像上帝的太阳一样把一切都镀上金色,赋予一切生命。这道心的光芒就叫作诗……"

这场争论因援引西班牙的生活而获得了色彩与特征,它是历史主义反对理智极端主义争论的一个方面和个案,19世纪便是由这场争论开启,它不仅具有政治机遇,还有持续的理想价值,以至于我们不得不求助于它,如同我们的后代将来也一定会做的那样。另一方面,桑提出并坚持的追求色情想象的刺激的权利,或者希望通过妇女和劳工的婚姻来促成社会阶级融合的主张,又留下了怎样的理想价值?可以说,卡瓦列罗没有发明这场争论的理念来支持传统。当然,很难确定是谁真正发明了它,因为它出于难以克服的历史必要性,在欧洲遍地开花。但就她而言,她非常好地描述了这个理念,并在新的条件下再次提出它,让它在自己身上恢复了生机。

这是卡瓦列罗作品最显而易见和最首要的目标,为了完成它,她挑选了西班牙人民,尤其是安达卢西亚人民的"习俗画",她完全自发地这么做,看起来还符合一种文学典范,司各特便是这种文学典范的极大推动者。因此,我们乐意称这位女作家为天主教版的乔治·桑,而她的同时代人则更愿意称她为"西班牙的沃尔特·司各特"。她觉得自己应当承担起一个紧迫的责任,那就是维护她祖国古老的宗教性和道德感,所以她一直反对别人认为她所创作的故事是"小说"和"艺术作品"。她说过,也写过很多次:"我并没有打算写小说,我试图提出一个关于西班牙及其社会的真实、准确和纯正的想法,刻画我们人民的内在生活,他们的信仰、情感和机智言论。我想要修复某些事物,它们遭到不明智的19世纪大胆而沉重的双脚的踩踏:神圣与宗教的事物,宗教实践与它们崇高又温柔的意义,古老纯粹的西班牙习俗,民族感受的特征和方式,社会的与家庭的联结,对一切尤其是对荒谬激情的约束,它们在没有被真正感受过的情况下(因为幸运的是,强烈的激情很少存在)打动了很多人,以及谦逊的道德。我作品中可被称为小说的那部分,仅仅服务于我打算描绘的广阔蓝图。"她还坦白,她的意图不会超越艺术,甚至偶尔还会让她站在艺术的对立面,依据她要达成的道德目标,牺牲那个被她称为"给定的"(donnée)事物的逻辑,即艺术动机的逻辑。

她的故事旨在成为有教育意义的故事,用善恶的事例来解释说明她所珍视的主题,或者为这些主题的发展提供契机。她是一名拥有善的理由的演说家,一名不耽于艺术关怀与精致的布道者,需要之时她会滥用艺术,以达成预定的意图。当她能向读者保证她讲述的故事是真实的,也就是真正发生的,她就会感到极大的满足,人们在故事中看到的不仅是一种范式(paradigma),还是一份文件。

但是,完全不同于那些只想欺骗、改变、迷惑和令人失望

的功利之人，为了能够穿透心灵的深处，触碰最好的心弦，好的
演说家应该从诗歌中获取他的武器。我们已经听卡瓦列罗谈论过
"诗"，她将内心的凝视与理性冷酷的目光对立起来，而在她投身
于辩护和使徒工作之前（后期五十岁左右），她也曾诗意地感动
过。她思考、梦想和崇拜过许多，却仍以诗人的情感观看世界，
像诗人一样倾听内心低喃的声音。结识她的人都说，在跟她交谈
过后，在吸入她善良的芳香之后，他们以全新的方式看待人类行
为和自然景象，感到自己的心因甜蜜的眼泪而膨胀，就像渴望做
好事一样。

她想让人们热爱乡野、植物和鲜花，热爱这片充满成千上万
动物和昆虫的大地，让所有好奇的人观察谦逊的生活、狭窄地平
线上的村庄。但她最先爱上这些事物，并以带有忧虑情感的语气
谈论它们。听听她对村庄墓地的印象：

> 那个角落如此安静，你会相信吗？即使死了，也有熟人
> 在那里。如今，让死亡显得柔和，不让人恐惧和厌恶，这难
> 道不是很少人，包括与上帝关系最密切的宗教人士和世界上
> 最幻灭的哲学家能达到的高度吗？我们居住的庄园与墓地仅
> 相隔一个小院子，几只绵羊在里面吃草。那么请你们相信，
> 接近农民的休憩之地并未给予我灵感。当我看到死者的家属
> 们在开凿一条沟渠时（因为那里没有领薪水的掘墓人），我
> 在他们身上看到的，不是悲哀的人们为死者挖一个黑暗可怕
> 的坟墓，而是慈善兄弟会的兄弟在为睡眠准备一张床……

212　那些在农场与墓地之间安静吃草的绵羊，那些像掘墓人一样挖掘的友爱面孔，他们不是为了安放死者，而是为沉睡之人准备床铺，这些诗意的画面装点了她对宁静乡村生活的热爱。她观察小孩，讨论抚养和教育他们的最佳方式，她多次在小孩面前停下脚步，仿佛在一个甜蜜的谜团前若有所思地问道：

　　他的脑子在想些什么，他的眼睛还看不到任何东西？在那没有知识的智力中，他在思索什么梦想呢？他醒着，却不知如何感受和思考，什么样的想法能触发他的情感呢？
　　我们承认我们无法意识到这个问题，当我们如此观察怀中这些无辜的生物时，我们相信自己被天使包围，这些天使隐藏在我们的感知之外，但小孩们可以感知。天使和他们交流着另一个更美好世界的事，他们会忘掉这些，在天使带着纯真、甜蜜和纯洁离开那个灵魂之时，这个灵魂很早就会感受到与生命联结在一起的物质部分的不良影响。——再见！可怜的灵魂放逐在这悲惨的监狱里！——天使告诉他，孩子的脸变得痛苦。——我们要走了，但不要忘记我们。——孩子呻吟着，颤抖着。——忠于我们的天父和造物主，我们很快就会团聚，——孩子平静了下来——在他的宝座前，我们将愉快地歌颂他。——孩子笑了，就像安慰他的天使那样……

　　动人的情感与宗教的信仰回答了她的问题，向她展示了一幅画卷，画中天使们围绕着孩子，与他低声交谈，听见这些来自天堂的生物的话，哭泣、微笑、焦虑与安心接二连三地出现在孩子的脸上。需要怎么教育孩子呢？我们确实需要把他们当作孩子来对待，首先要宠爱他们，让他们保持纯真，并教导他们敬畏上帝：

> 我的原则就是，所有孩子都应该被宠爱。我认为，那些把孩子的道德漫画化的早期教育是极其有害的，就像长礼服和紧身胸衣对身体有害一样。当一个孩子跟我说："我吻您的手，您好吗？"这给我的耳朵造成了鹦鹉的印象，给我的眼睛造就了侏儒的效果。当他们还是孩子时，只有一件事必须在他们身上保留下来，那就是纯真，只有一件事可以教导他们，那就是祈祷。

能否用更生动的憎恶形象来反对人为训练孩子的社交礼仪和恭维，反对孩子冒充小大人？"他们看起来不再是孩子，而是侏儒！"——为什么孩子和老人可以很好地相互理解呢？

> 搅动人生活的激情，在一些人身上甚至不存在，在另一些人身上已经停止存在，这导致了与前一种类似的状况。我们在生命的门前相遇：来的他们和离去的我们。他们告诉我们："安息吧！"我们告诉他们："旅途愉快！"

她对男女在面对痛苦时的不同态度进行了心理观察。如何表达呢？

女人在所有事情中都依靠男人，除了痛苦这件事，此时她依靠上帝。男人在所有事情中都依靠自己，除了痛苦这件事，他依靠女人……

她为动物被虐待而感到痛苦，她从不放弃任何机会抗议和警告这种虐待行为，但她的话很简单，它们如此简单地说出了每个人在周围都可以看见的东西，发出由衷的惊叹，顿时就产生了让我们顾虑和内疚的效果。她说，一个动物只要接近人类就足以让它遭受持续的殉难：

没有任何动物直接存在于人类，除了少数例外，它们的生命不是一种持续的殉难。有没有可能存在一个灵魂，它不被这种想法折磨？……

她描写的地方，村庄、农舍、大藤架、小道、教堂，仿佛都被她的渴望和她的温柔拥抱。人民的信仰和宗教传奇让她所思考的自然变得生机勃勃，她不允许它们从自己身上剥离，捍卫它们的神秘解释：

朦胧的月光让我们看到了大自然的孤独和宁静，而它屈服于白天的炎热。散布在路边不远处的松树，用它们纤细的嫩芽发出窸窣声，比其他树木用叶子发出的呢喃般的声音，要更温柔、更轻微、更神秘和更庄严，松树似乎在祈祷。

17. 费尔南·卡瓦列罗

小猫头鹰在宁静夜晚的忧郁寂静中发出它忧伤的声音，依据人们的诗歌与宗教的想象，这是十字架的声音，自从它在耶稣受难处惊恐地目睹了救世主所遭受的死亡后，就不断重复这个声音。

同伴们，如果不是通过信念，而是通过情感，我们承认这种温柔和感人的信仰是一种幻觉，但我自愿接受它的甜蜜统治，我们听不到那只孤独的夜鸟儿发出的如此温柔和悲伤的声音，不会被它深深地打动，也不会相信它表达的就是它感受的。或许，难道不是我们冷酷理性的解剖刀，成了道德与物质事物的调节者、仲裁员和唯一的法官，切断了受造物现有部分之间的联结，毁坏了它们的和谐与交流吗？他们说不可能。为什么？……

一个年轻的母亲哄着怀里的孩子入睡，她唱着：

> 在耶稣受难的山上，
> 在小橄榄树和芳香的小树上，
> 四只小朱顶雀和一只夜莺
> 在窃窃私语着基督的死亡。

作者评论说，当然很难解释为什么夜莺和燕雀要哀悼救世主的死亡，为什么小燕子要扯下他额头上的荆棘，为什么圣马利亚要在迷迭香上烘干婴儿的襁褓，为什么接骨木是不吉利的树木，人们注定要看到犹大吊死在它的树枝上。她回答说,她听这些故事就像是听一种"遥远的音乐",不去探究它们的起源和真实性,但不能不思考,它对于灵魂而言是不是神秘的启示,无论是过去还是现在。

　　上面引用的诗句引导我们去说,这些想法中(它们实际上是情感的流露,在卡瓦列罗的作品中到处可见)充满着有益的香气,那都是她最先和最初搜集的对流行诗歌的回忆、寓言、歌谣、格言、谚语和西班牙民间传说,她在其中也追随着当时盛行于欧洲各个角落的浪漫主义冲动。如同之前的诗歌,它们都是人民宗教性的想象。大家庆祝圣凯瑟琳,人民在唱歌,她听着,然后也跟着唱:

　　　　圣凯瑟琳!明天是你的节日,
　　　　你将带着圣洁的喜悦上天堂,
　　　　看你到来时,圣彼得会说:
　　　　——是什么女人来召见?
　　　　——我是凯瑟琳,我想要进入。
　　　　——进来吧,小鸽子,进来你的鸽房。

　　多么欢快和喜庆的节奏啊!从前天上粗暴和烦躁的看门人,在温柔的凯瑟琳到来之时,顿时变得殷勤、亲切、笑脸迎人!并以多么和善与幸福的态度叫她"小鸽子",邀请她进入天堂,天堂变成了为她准备的鸽房!其他时候我们也看到一些介于滑稽和恶

意之间的幻想,比如贵族唐·加托(Don Gato)先生的幻想,他的父亲诱使他跟一只摩尔猫订婚。它以史诗般的浪漫开场:

> 唐·加托先生坐在
> 黄金御座上,
> 穿着丝制长袜,
> 和破洞的小鞋。
> 他的父亲过来说
> 如果他想要结婚,
> 那就和一只
> 正从房顶走过的摩尔猫。

那就是订婚公主的领土:房顶!——或者跳蚤与毛毛虫与众不同的婚礼:

> 跳蚤和毛毛虫
> 想要结婚,
> 它们没有结婚
> 因为没有面包。
>
> 从它的正式场合
> 出来了一只蚂蚁:
> "完成婚礼吧,

我来提供面包"。

就这样,狼提供肉,蝉提供卷心菜,蚊子提供红酒,刺猬提供床,蜥蜴充当牧师,小老鼠充当教父。那现在去哪里找教母呢?她也在这儿。然而灾难发生了:

217
    一只小猫
    那个厨房里出来:
    "完成婚礼吧,
    我是教母。"

    在婚礼的中间,
    糟糕的事发生了:
    教母出来了,
    吃掉了教父。

读过《小黑人》(*negrito*)的人都不会忘记里面的故事,它讲述一个十分富有的小黑人居住在一位非常美丽的姑娘家对面,小黑人爱上了她。丈夫为了报复就和他妻子商量,假装自己离开,妻子则邀请小黑人共进晚餐,小黑人带着礼物前来。但是,他们还没有在餐桌旁坐定,丈夫就关了灯,带着一条鞭子来鞭打小黑人的肩膀。这个完全沉浸于享受中的小黑人,突然感到惊讶和混乱,徒劳地寻找大门逃脱。在鞭子的每一次抽打下,他都跳着说:

> 可怜的黑小子！多么的不幸啊！
> 有三扇门，他一扇都没找到。

他同情自己，称自己为"黑小子"，在每次的跳跃中，他依旧找到时间来反思，是他的坏运气没能让他解决逃出去这个技术问题。更常见的是，她在人民口中捕捉到的简单形象的比喻和丰富的意义。她观察到一位女性在讨论一位骄傲地看着自己丑陋孩子们的母亲："终于，金龟子和它的孩子们说，过来，我的花朵们。猫头鹰称金块是自己的……"你们想吧！蟑螂深情地呼喊它的孩子："你们过来，我的小花朵们！"

卡瓦列罗发现，这些关于一个愉快的诗歌世界，关于微笑、焦虑和宗教的表达，都已经形成和包含在她的故事中了。但由此找到它们，选择它们，并赋予它们价值，她的诗歌精神以特定的方式将它们变成她的，将它们纳入她的梦想世界，把它们变成她灵魂的一部分。有时，传奇和歌谣作为决定性的力量在她的故事里发挥作用，比如在《卢卡斯·加西亚》(*Lucas García*) 中，卢卡斯·加西亚和他的小妹妹一起被不幸的父亲抛弃，他为她唱了一个广为流传的故事，故事讲述了一个铁石心肠的女人让向自己求助的悲惨的妹妹死在家门口。之后，卢卡斯·加西亚的妹妹也遭遇了不幸，走向堕落，而他坚守住了自己的荣誉感，让她独自与悲惨命运抗争，不想再知道关于她的任何事情。直到一个夜晚，当他走出家门时，他听到了他年少时教给她的那首歌谣，如今融化了他心中坚硬的部分：

> 谁不给妹妹面包，
> 谁就没有心。
> 谁不给妹妹面包，
> 谁就否认玛丽亚！

当然，费尔南·卡瓦列罗的故事也有明显的缺陷，女作家自己也承认这一点：它们是有教育意义的故事，常常不是简单而是过于简化，它们结构松弛，喋喋不休，每一步都被反思、思考和劝诫打断。她写作那些她认为对自己的使徒事业有帮助的作品，它们肯定比她真正的艺术灵感所允许的要多。同样在西班牙，不乏厌恶这些小说，并认为它们很乏味的人，比如胡安·巴莱拉（Juan Valera），他们把这些小说定义为（我在卡瓦列罗的一封信中发现了这个定义）为"大米布丁"（arroz non leche），泡在牛奶中的大米。如今有人认为她写得很差，风格不纯正（el castizo estilo），是薄弱版巴尔扎克，等等。但费尔南·卡瓦列罗的写作完全是自发的，她全情投入她所创造的人物，时而展现出叙事力量和节制风格，堪称西班牙叙事传统当之无愧的继承人。这个传统的作家还包括《小癞子》（Lazarillo）的作者，再到伟大的塞万提斯和其他流浪汉小说的作者。

《海鸥》（La Gaviota）中充满了美好的事物：女主角玛丽萨拉塔（Marisalada）是渔夫的女儿，她野蛮又自私，黑色双眼和金嗓子都十分迷人，她在其激情的驱使下无所畏惧，直到成为奴隶并挑战死亡，她被大力渲染，没有分析和评论，一切都在行

17. 费尔南·卡瓦列罗

动中。我们看她仍像个小女孩，病倒在父亲家中，老渔夫彼得罗·桑塔洛（*Pietro Santaló*）被太阳晒得黝黑，胸脯红得像俄亥俄的印第安人，毛发旺盛，花白的头发浓密又粗糙。父亲站在她身旁，沮丧而心灰意冷：他想到他的四个孩子接二连三地死去，想到他只有这个女孩。村里一位仁慈怜悯的妇人，带着一位医生来到病床前：

——快点，玛丽萨拉塔，快点起来，孩子，让这位先生检查检查。

玛丽萨拉塔没有动静。

——快点，孩子——这位好妇人不断重复。——你会看到他是如何像施法般地治愈你。

说完这些话，她一把抓住女孩的胳膊，想要扶她起来。

——我不想！——生病的女孩说，用力摇晃着松开抓住她的手。

——女儿的温柔多么像父亲。谁继承了他，就不要躲避他——走到门口的嬷嬷呢喃道。

——多差啊，脾气多差啊——她父亲说着，试图为她辩解。

玛丽萨拉塔的身体恢复了。有一天，玛丽亚姨妈请她唱首歌，她以她一贯的粗鲁和野蛮拒绝了：

就在这个时刻，嬷嬷面带愁容地走了进来，暴怒的戈隆德丽娜紧跟其后。

她的手和脸都被弄脏了，像墨水一样黑。

——梅尔乔国王！——玛丽萨拉塔看到后大叫了起来。

——梅尔乔国王，梅尔乔国王！——孩子们不断叫着。

——如果我无事可做——嬷嬷愤怒地回答——我就像你这样唱歌跳舞，这么懒，我就不会从头到脚变得黑漆漆。幸运的是，唐·费德里科禁止你唱歌，因此你就不会折磨我的耳朵了。

玛丽萨拉塔的回应是唱了一首失控的歌。

这些小片段就足以说明卡瓦列罗的叙事风格和能力。玛丽萨拉塔与善良纯洁的医生唐·费德里科订婚，她把手帕掉落在斗牛士佩佩（Pepe）脚下，这些以及其他场景想说明什么呢？村里其他居民的角色说明什么呢？比如加夫列尔（Gabriel），他是一座废弃修道院的修士，这片小牧场沉默寡言的园丁，他思考着过去，期望通过奇迹回到过去。罗西塔（Rosita）或者"神秘玫瑰"，还有曾经是圣克里斯托弗要塞指挥官的老兵唐·莫德斯托（Don Modesto），如今要塞已毁，旧日的制服洗了又洗，已经褪色，它太大又太短，但他穿着它生活，仿佛是尊严的最后一丝痕迹，这说明什么呢？我们来听一下唐·莫德斯托的任意一段对话，比如发生在他和"神秘玫瑰"之间的对话，后者是居住在他家中的老处女，对此恶毒之人议论纷纷，这位妇女担忧自己的名声，她和他说：

——但在你我之间——指挥官说——没有必要设立隔墙。我，拖了这么多年。我这辈子还没有爱过一次……还有很多迹象表明，我和一个好女人住在一起，如果不是惊讶于她向年长的鼓手献殷勤，我会和她结婚的。

——唐·莫德斯托，唐·莫德斯托——玫瑰大喊一声，站直了身子。——请尊重您的名声和我的身份，放下爱的记忆吧。

——我不是故意惹您生气的——唐·莫德斯托带着懊恼的语气说道……

类似的角色和场景也散落在她的其他长篇小说、短篇小说以及草稿中，其中有许多引人入胜的东西。我们以唐·希尔（Don Gil）的故事为例，他是塞维利亚的合唱团团长，巨大的身躯里住着一个孩子的灵魂，多年后，他的体型变得越来越大，让他能同时成为（讲述者说）"世界上道德最幸福和身体最肥胖的人"。当唐·希尔被赋予他终生都要承担的责任时：

从那时起，人们必然注意到他富有表现力的脸上出现了一种最优雅的混合表情，它混合了一个孩子亲切和简单的快乐，与一位严肃父亲和一个高级官员有尊严的、装腔作势的善良灵魂。有时候，这两样东西在他脸上如此快速地交替出现，以至于当他孩童般欢乐的笑容刚在他嘴唇上漫延开时，他黑色的小眼睛已经从它们的凹陷中投射出一副严肃、严厉和带着威严的傲慢的眼神。

我们仿佛看到他漫步去了他的教堂：

他笔直地走着，竖起光秃秃的脑袋，他的肚子凸显在他显赫的威严下，他的教士服从身上翘起，飘在前方，而衣服的后面谦恭地掠过地面：他的表情在这种情况下显得冷漠。他没有抬起双眼，而是愤怒地瞪了一眼某个粗心大意的宗教侍童。没有什么能打乱他沉着慎重的步伐，除了来偷大蜡烛的不恭敬的小偷：当这种亵渎之人出现时，唐·希尔失去了他所有的谨慎与分寸，变得怒不可遏，只有奥兰多能与之相比。他以大力神拿铁权杖时的劲头抓起灭灯罩的手柄，消灭了厚颜无耻的罪犯，如同杀死尼米亚的狮子。

但我们需要听他歌唱！当他去拜访从小就保护他的家庭时，突然发现自己站在一面镜子前，他被自己硕大的身躯震惊，近乎错愕，然后笑了起来。突然，他唱了一小段：

这就是唐·希尔因为他的激情而发出的质朴歌声的样本，那是艺术家对他的艺术或者学者对他的科学有感觉时才会感受到的激情：这是庄严、崇高和令人尊重的。

他的生活比想象的还要高兴和幸福：

> 他不关心政治和其他任何事情，他只关心他的教堂和他的房子。对他来说世界是无法定义的混乱：他只知道英国人、法国人和印第安人的存在……食物很好，它尝起来多美味啊！酒一如既往地有害。躺在床上休息多么彻底啊！一天的活动多么愉快啊！爱上帝并侍奉祂，爱邻人并帮助他，圣母万岁！这是他的标记。

某一次，在那持续的平静和喜悦中，他甚至在某个片刻沉溺于爱的狂热：妻子撞见他和一个傻乎乎的小女佣开玩笑，于是她明智地辞退了这个女佣，换来了一个可怕的老妇人。然而，唐·希尔在无忧无虑和欢乐中保留了一丝深深的温情：他的情感依附于他的一个孤儿小侄女，他收养了她，让她跟着自己，她像一个棕褐色的小球，长着黑色的眼睛和明亮的牙齿。当这个孩子突然生病死亡时，唐·希尔也随之死去：

> 不久他便倒下了。他坐在他的床上，靠着枕头，因为他不能倒下，他目不转睛地盯着那张属于女孩的小椅子，他命令人把它挂到了墙上。他很快便去世了，没有他爱妻的细心照料让他能够继续活下去。

反思和感叹也穿插在这种短篇小说中，而这样的穿插丝毫不影响艺术表现的可塑性。比如，女作家描写了唐·希尔的日常生活，天主教式的田园生活，她忍不住感叹："哦亲爱的，幸福又杰出的唐·希尔，拥有怪诞却柔软和欢畅的回忆！"这种感叹转变成了痛骂和告诫："悲伤的哲学，你烧掉书上的便笺，将众多头脑融入对你的思索，你寻找哲学的石料，那就是真理和幸福，而你却从未遇到！和那种安宁的精神，与一无所求、洞悉一切的平静灵魂相比，你又是什么？……"

我再给出另一个例子来说明这场出现在绘画旁又不损害它的争论，以及诗歌精神与好斗精神的结合。小说《一个奴才和一个自由主义者》(*Un servilón y un liberalito*)描绘了一个贫穷和诚实之人的家庭，一个有着上帝灵魂的家庭。其中一个小可怜是家庭的主人，他安静地死去，如同他安静地活着。出于某些宗教思想，两位迷信的妇人悄悄接收了这个死者。

> 一天夜里，唐·何塞在祈祷过后，十分健康地上床睡觉，躺在他的好伴侣身边；第二天早上，她呼唤她的小姑子唐娜·利伟拉塔，她赶到……
>
> "妹妹"，她告诉她，"我觉得佩佩已经死了。"
>
> "什么！不，不可能！"她回答着，同时靠近她哥哥的遗体。"佩佩！佩佩！"她喊叫道。但是她看到他没有反应，她开始摸他的额头和脉搏，做完这些后，她转向她的嫂子，跟她说：
>
> "喂，你说得对，他死了！

17. 费尔南·卡瓦列罗

"他抢在我们前面",他的妻子说。

"昨天他告诉我:我会在那里等你",唐娜·利伟拉塔补充说。然而他离开时没有旧时烦琐的圣礼。

"昨天他忏悔了,也领了圣体",他的妻子回答。如果我告诉他的心他将会死?

"他的守护天使会在他耳边说话,"唐娜·利伟拉塔说,"嫂子,让我们把他的灵魂交给上帝,这是我们还要做的。"

两人都跪了下来,开始用平静的声音和沉着、热切却宁静的精神祈祷。

在这里,叙述者也情不自禁,在叙述得如此简洁和美丽之后,她感叹道:"哦,上帝的灵魂!多么质朴、温和、平静和克制!灵魂得到一千次的祝福!你们给了世俗、不安、忧虑和极端的灵魂什么教训,它们为了提炼和蒸馏痛苦,把充沛的精力耗费在无用的东西上!"

这些感叹和反思在艺术上显得多余,因为它们不能增加叙事的力量,甚至无关紧要,分散注意力。但重要的是,它们没有压制也没有扰乱卡瓦列罗写作中的诗性部分,更确切地说,它们与诗性部分轮流交替。几乎和所有的女作家一样,实用主义倾向在卡瓦列罗身上占据了上风,这让她忽视了艺术的精心安排,或对此感到不耐烦,这也是我们着重指出的瑕疵原因,而这些瑕疵还十分明显。但卡瓦列罗的作品抵制住了这种实用主义和它带来的文学上的不良影响,因为不同于其他女性作家,她不会一只眼睛看着纸张,一只眼睛望向公众(像我们说过的海因里希·海涅),她不卖弄风骚,不刻意创造一个形象来刺激和引诱幻想,不夸大也不伪造情感与激情,不将它们上升为理论,但她被一种坦率和严肃的信念激励,具有良好的判断力。更重要的是,她的心中涌现出一股诗的泉水,它在热情的使徒事业中依然保持鲜活,她孜孜不倦地从事这份使徒事业,服务于她古老教会的天主教信仰,以及古老西班牙人的信仰。

18. 阿尔弗莱·德·缪塞

如果诗歌能与生活画上等号（如每个时代的某些极端浪漫之人所梦想的），阿尔弗莱·德·缪塞可能比任何人都更接近这个理想，并被视为最伟大的诗人之一。因为他认为诗歌只是他生活的流露，而他的生活是诗歌的流露，它们之间完美地画上了等号。为了以尽可能更好的方式达成这种一致性，他赋予他生活唯一的内容，那个被认为是诗歌最本质的内容：爱的戏剧。因此，不是政治，不是祖国，不是人性，不是家庭，不是宗教，也不是探索真理，而仅仅是爱。但是，他的那种爱不是与另一个生物的精神联结，以便在这种联结中达到自身的和谐以及共同奋斗，而是与责任和牺牲相关，带有某种平凡的特质。他的爱也不是对另一个生物的无限奉献，将其视为偶像和生活的理由，因为这样的爱带有宗教和神秘主义的成分，且不够丰富。他的爱融合了喜剧和悲剧，要求被爱女性的忠诚，同时保留自己对她的不忠诚。如果她反过来破坏忠诚，咒骂就会落在她身上，如果她维持这种忠诚，那落在她身上的是比咒骂还要糟糕的东西：厌倦。所以，爱的激情蕴含了反复无常和矛盾，它们就是爱的过程本身。爱是全身带刺的玫瑰，人们需要采摘芬芳的玫瑰，为刺痛而大声尖叫，却希望刺能一直在那儿。因此爱需要诗人的敏感、幻想和闲逸，只有诗人才能真正给予和接受。诗歌应该成为爱的共鸣，喜悦、热情、陶醉的共鸣，然后是沮丧、绝望、痛苦、嘲讽的共鸣，又重新是希望、新的喜悦和新的陶醉的共鸣。诗歌总是悠扬歌唱和自发简单的，没有沉思与凝练，精致诗句与丰富韵律的羁绊，这些事物适合文人、老学究以及冷酷的灵魂，而不属于恋人的、金发的、苍白的、激动的和痛苦的诗人。

在这种生活理想也是诗歌理想中，有一些青年的成分，甚至还有一些孩童的成分。因此，德·缪塞被称为青年人的诗人，在整个青年时代，我们都崇拜和喜爱他，我们有些人会在他的墓前放上几束鲜花，他的墓被柳树遮蔽，真实又充满诗意。之后，我们所有人都以某种方式对我们的崇拜感到羞愧，还带着一丝怜悯不情愿地谈论他。我们这样不仅不公正，还很残忍，因为阿尔弗莱·德·缪塞无论如何都以独特和经典的形式表现了一种永恒的倾向，或者说一种人类永恒的弱点。所以我很开心，莫里斯·多尼（Maurice Donnay）——他最适合感受那种人生和诗歌——刚刚献了一本书给他，虽然没有把握住关键问题，但它应该还是宽容和讨人喜爱的。

18. 阿尔弗莱·德·缪塞

无论德·缪塞的现实生活中发生了什么,那都是他努力让生活和诗歌保持一致的结果,这里不需要重复,因为这是他的无数传记与逸事作品的主题:它们大部分都围绕着他与乔治·桑恋爱中的重要事件,这段恋情应该创造出一个不是被人经常利用的八卦和不健康的好奇心的对象,而是历史思考的对象(正如现在所做的),因为在这段恋情中,爱的浪漫概念或多或少都试图借助这两个被选中的样本来呈现它最完整的状态,而这样两个样本很难再次凑到一起。他们在庸俗和喜剧中的灾难似乎也是爱这个概念的灾难。但它反而帮助我们以更具体的方式看到,在保持生活与诗歌的一致性的努力中,诗歌发生了什么。

众所周知,出于对自发性的过度渴望,诗歌反而变得夸张和充满修辞,所有感叹、呼语、诘问和为了效果的比较,都将扩张成绘画,而流畅却乏味的诗歌通常像在荡秋千:

> 我们夜晚倾听;半敞开的窗
> 给我们带来了春天的芳香;
> 风缄默不语,原野荒无人烟;
> 我们孤单,沉思,我们十五岁……

或者:

> 诗人,我写信告诉你我爱,
> 一缕阳光洒在我的身上,

> 在哀伤和极度痛苦的日子里，
> 我流淌的泪让我想起你……

他从未创作过如此强烈的诗歌，像雕塑，或像一段深刻的音乐。但是反过来，诗歌常常压制思想，为了发出声响而发声，比如同样是这封写给拉马丁的信：

> 既然你会歌唱，朋友，你就会流泪！

229　我们跳过他早期的诗歌与戏剧，如《唐·帕埃兹》(*Don Paez*)，《波尔蒂亚》(*Portia*)和《杯子与嘴唇》(*La coupe et les lèvres*)，它们都是由英法浪漫主义发明的，流行于西班牙、意大利和阿尔卑斯山地区的文学大杂烩，偶尔优美地描绘温柔与激情，还具有某些浪漫的梅塔斯塔齐奥特征，除此之外，它们没有任何价值，我的意思是，这些诗句是这样被创作出来的：它们瞬间钻入耳朵的记忆，在那里像海浪的节奏般发出隆隆声。然而，当德·缪塞构思真正的诗歌动机时，比如在《罗拉》(*Rolla*)中，他并没有发展或深化它，而是将它转化为一种漂亮和成熟的形式，这种形式由传统浪漫主义英雄（一个沉溺于骄奢淫逸的，心灵高尚、伟大、忠诚和骄傲之人），旨在解释天使在现代社会堕落的哲学与历史论述，和大量谩骂与演说式的辩护（比如讲坛上的布道者，或者更好一点儿，陪审员面前的律师）构成。我常常幻想，莫泊桑可以从《罗拉》的最后一个场景（这是所有的诗歌本质）中获得什么，并用他悲伤和色情的短篇小说中的清醒散文来处理它。即便是备受赞誉的《夜》(Nuits)，最终也无法让我满意，因为在我看来，它们的创作并非诞生于内部，而是通过与寓意人物（缪斯）的对话和不同的韵律廉价地获得，这些不同的韵律想借助韵律的机械变化，来弥补灵魂状态、意象、句法和诗句中缺乏的层次感和细腻差别。他啼哭得像个孩子，到处展示受伤的小手指：

> 你们会知道一切，我这就告诉你们
> 一个女人能造成多大的痛苦；
> 因为有一个女人，啊我可怜的朋友们，
> （唉！你们也许已经知道！）
> 那是我顺从的女人，
> 像奴隶对待他的主人。
> 讨厌的枷锁！

230

结束这段抱怨后，他以另一个韵律来讲述背叛，讲述他夜晚如何在窗前等待他未归的心爱之人，直至清晨她才回来，面对他焦急和嫉妒的诘问，女人不知做何解释，他发起狂来：

> 你走吧，离开这里，我情人的幽灵！
> 如果你从坟墓里出来，那就回去！……

缪斯跟他冷静地说，他为了诅咒背叛者，又改变了韵律：

> 为你感到羞耻,你是第一个
> 教会我背叛的人……

缪斯训诫了他,并让他反省:

> 人是学徒,痛苦是他的老师……

诗人听到了,意识到她对他说的话多么蕴含真理,他有了个想法,确实发了誓:

> 以我情人的蓝色眼睛
> 以蓝色的苍穹为证,
> 以这炙热的光芒……

(出现了许多个"以……")

> 我把你从我的记忆中抹去,
> 我疯狂爱情的残余……

这就是《十月之夜》(*Nuit d'octobre*)。其他几首也很类似,比如《十二月之夜》(*Nuit de décembre*),其中有一个身穿黑色衣服的人,看起来像他的兄弟,时不时地出现在他面前,以列举和叠句的方法。然后他用另一种韵律讲述他不幸的爱情故事。最后

18. 阿尔弗莱·德·缪塞

出现的是常见的角色,代表"孤独"。

在这些著名诗句中,我感受到许多装置(apparecchio)与戏剧性(teatralità),比如有人要完成哭泣和控诉的任务,要设法证明自己是对的,要为他遭遇的恶博取同情,要为作为背信弃义的始作俑者的她招来训斥与责备。但其中真正的诗歌很少,也不可能很多,正是因为它们更多是源自一种现实需求,并且恋爱中满腹牢骚之人在这里占据了太多诗人的位置。德·缪塞完全沉浸在他的爱情中,缺乏任何道德和精神上的兴趣,他没有力量超越他心灵的忧虑,以一种诗性正义般的客观性来思考、凝视和呈现它们。当然,非修辞部分依然保留着内心的袒露和鲜活的记忆,但它们更像诗歌的元素和细节,而非诗歌本身:

> 当我们一起漫步在小溪边,
> 夜晚落在银色的沙子上,
> 当白杨树的白色幽灵在前方
> 远远地向我们指示着道路;
> 我依旧能看见,月光下,
> 这曼妙的身躯靠在我身上……

或者:

> 为什么有这些眼泪,这无法喘息的喉咙,
> 这些呜咽,如果你从未爱过我?……

232 或者,在一切都结束了一段时间后,再一次见面:

> 是的,依旧年轻、美好,甚至更美好,我们敢说,
> 我看见了她,她的目光仍和以前一样闪耀。
> 她的嘴唇半张开着,那是一个微笑,
> 那是一个声音:
> 但这不再是那个声音,不再是甜蜜的语言,
> 那崇拜的眼神,落入我的迷惑中;
> 我的内心,依然都是她,在她的脸上徘徊,
> 但再也找不到她。
> 看来是一位不相识的女子,
> 恰巧有那样的眼神和那样的声音……

我认为,同样的评价也适用于《一个世纪儿的忏悔》(*Confessions d'un enfant du siècle*),它与上面这些作品联系紧密,也有同样生动的语言和清新的画面,但它同时奢望能依据它臃肿空洞的序言所承诺的,去揭示"世纪"的心理奥秘,尽管如此,它最终还是成了现实主义与传记式作品,没有上升为真正的艺术作品。小说第四部的开头说:"我现在要讲述我的爱情变故和我身上发生的变化。我能讲出什么道理呢?没有什么,除了我讲述的和我接着要说的:这是真实发生的。"

由于德·缪塞习惯于把诗歌当成工具,用在他的爱情冒险和不幸中,因此他还把它当成玩笑和戏谑的工具也就不足为奇了。

18. 阿尔弗莱·德·缪塞

他的许多作品，或者说部分作品是书信、散文和天马行空的随想，让人想起我们的讽刺滑稽作品，他或许和这些作品有某种历史渊源，至少是通过拜伦，后者在《唐璜》中模仿了意大利老一辈作家的方式。他的这部分作品也很朝气蓬勃，因其恶作剧和不守纪律，以及对恶作剧和不守纪律的沾沾自喜而深受青年人的喜爱。然而，德·缪塞触碰艺术的地方是诗歌，或者说是部分语调轻柔、深情款款的诗歌，比如我们在他早期作品中读到的《起床》(*Le lever*)、《侯爵夫人》(*Madame la marquise*)等，大量后期的作品如《苏森》(*Suzon*)、《咪咪·品森小姐》(*Mimi Pinson*)、《回旋诗》(*Rondeau*)等，以及一些小诗如《马尔多歇》(*Mardoche*)、《纳穆纳》(*Namouna*)、《好运》(*Une bonne fortune*)。比如，在《好运》中：

233

> 如果他路过，高大的栗子树下，
> 佛拉芒学派令人警觉的美，
> 一个圆滚滚的小姑娘逃到了特尼耶，
> 或者一些德意志单纯的沉思天使。
> 传说中的黄金处女，
> 在天鹅绒的流水中拖着小脚：
> 她从那条幽暗的小路，
> 闷闷不乐地走来，
> 听见风在树叶间悄悄诉说着，
> 爱恋的慵懒和掩饰的疲惫，

> 她不安的手指折磨着一朵花，
> 春天在脸上，苍穹在心中。
> 她驻足在那儿，在凉亭下。
> 我不告诉她，我就这么走了
> 我双膝跪倒在她面前，
> 在她眼中看到苍穹的蓝色，
> 为了一切恩惠，只求她
> 让自己被永恒之爱爱着。

或者在《纳穆纳》中：

> 啊！深渊多么深！山坡多么滑！
> 心爱的情人多么像姐妹！
> 她常来，哀怨又温柔，
> 柔声和气地，让她的心贴着你的心！
> 唉，男人多么没用！女子多么强大！
> 从欢乐到幸福的道路多么甜蜜！

234　还有对玛农·莱斯科（Manon Lescaut）的呼喊：

> 我多么相信你！多么爱你又恨你！
> 这是怎样的堕落！对金钱和欢愉
> 难以置信的狂热！整个人生

18. 阿尔弗莱·德·缪塞

都在你不多的话语里！啊！你多么的疯狂，
如果你还活着，明天我一定会爱你！

可以说，在这类抒情诗中，德·缪塞将他情欲和痛苦的诗歌与诙谐的诗歌结合在一起，缓和了前者，但他无法单独完成两者中的任何一个。如此他便摆脱了第一种诗歌中的现实不安和第二种诗歌的轻佻，采取一种本质上更艺术的态度，在他的爱与过错、幻想与沮丧、严肃与喜剧中审视自己，如同在演出中。但这不是一场从上俯看，让人感到壮丽与眩晕的演出（这他办不到），而是一场更为平静、约束和简朴的演出，坐在舞台前方一个小巧优雅的方块内的座位上观看。事实上，他给他的第一部小型喜剧集就取名为《扶手椅上的演出》(Un spectacle dans un fauteuil)，它们刚被创作出来时很少有人重视，久而久之逐渐获得了应得的名声，他的抒情诗和诗歌小品的名声也逐渐衰落，而它们都是真正精美的作品，比如《任性的玛丽亚娜》(Les caprices de Marianne)、《烛台》(Le chandelier)、《凡达西奥》(Fantasio)、《爱情不可儿戏》(On ne badine pas avec l'amour)、《威尼斯之夜》(La nuit vénitienne)，等等。我多么想说，让它们回归自己的位置！夸张、慷慨激昂的声调，毫无共鸣的诗句，不节制和不均衡，错误与粗糙，在这里完全消失了。这些小型戏剧在一种清醒、机智、尖锐却极具自发性的散文中轻松优雅地展开。不知道是哪根魔杖碰触了德·缪塞最初的人物，让他们在爱情、勇敢、恶习和罪行中表现得不同寻常，他奇迹般地将这些人缩小成小男人、小女人、矮子和侏儒那样的微小比例。这些小型生物玩着爱情的游戏，他们体型虽小，但身材匀称，小女人都优雅、迷人、温柔，小男人都热情洋溢，怪诞之人则被塑造成可恨又可笑的形象。他们束缚他们的阴谋，放纵幻想，沉迷于欲望，经常辩论正反方意见和重大问题的方式与方法，只有这些问题才能让他们的小心脏跳动——当激情的贪婪气息或者死亡的冰冷气息经过这些木偶的头顶时。稍加思考，我们就会发现，在我们面前的依旧是德·缪塞那颗旧时的心，那颗写作西班牙和意大利故事集的心，那颗"夜"和"忏悔"的心，但它已经从主体转变成了客体，或者说转变成了艺术的客体，正是通过他自己的作品，在他那些天才的时刻发生了如此的转变。在《任性的玛丽亚娜》中，塞利奥（Celio）热烈地爱着玛丽亚娜，乐意也渴望为她流血，而她对他毫不在意。你们不会听到他在雄辩的诗句中疯狂地摇晃，而是在散文中叹息，用一系列简短的小型复合句：

啊！我若生在骑士比武和战斗的年代，该多好啊！我若被允许穿上玛丽亚娜的衣服，用我的鲜血染红它，该多好啊！我若能跟一个对手战斗，向一整支军队挑战，该多好啊！如果对她有用，我愿牺牲我的生命！我懂得行动，但不懂得说话。我的舌头无法表白我的心，我死了也不会有人理解我，就像死在监狱里。

这听起来是男孩的一声叹息，他满脑子都是浪漫故事。但他

18. 阿尔弗莱·德·缪塞

是严肃的男孩,他愿意为玛丽亚娜而死。你们以为他是个男孩,其实他是个男人,拥有一颗你所能找到的最深沉和最温柔的心。他的朋友,浪荡子奥克塔夫,在玛丽亚娜面前为他哭泣——好像只有男人能为另一个男人哭泣——而她甚至从未注意到这个拥有最稀有品质的宝藏,为了她瞬间消散了。

  这世上只有我了解他。这个大理石骨灰瓮,罩着长长的挽纱,正是他的完美形象。他那温柔体贴的无暇心灵,也如同这般罩上了一种甜蜜的忧郁。他沉默的一生只有对我而言不是秘密。我们经常一起度过漫长的夜晚,它们如同干燥荒漠中的清凉绿洲,是洒入我心田的仅有的甘露。塞利奥是我自身的大半部分,这部分和他一起升入了天堂。他是另一个时代的人:他体会过欢乐,却甘愿孤独。他知道那些幻想多么骗人,可他却偏爱幻想,不管现实。爱上他的女人一定很幸福。

玛丽亚娜迷恋上了奥克塔夫,并由塞利奥死去。玛丽亚娜目睹了她的朋友因为失去朋友而绝望,在听见他与爱告别,并宣称自己对生活绝望时,她对他说,同时温柔地将自己献给了他:

  但在我心里并不是这样,奥克塔夫。为什么你说:永别了爱情!

  奥克塔夫:我不爱您,玛丽亚娜。爱您的是塞利奥。

《烛台》是这样开场的,妒忌的丈夫安德烈想要给妻子惊喜,发现她沉浸在睡梦中,当然那是伪装的:

> 喂!我的夫人!喂!雅克利娜!嗳!喂!喂!雅克利娜!我的夫人!瘟疫睡着了!嗳!嗳!我的夫人,你给我醒醒!喂!喂!你醒醒,雅克利娜。——她睡得多香啊!喂!喂!喂!嗳!嗳!嗳!我的女人,我的夫人,我的夫人!是我,安德烈,你的丈夫,我要跟你谈要紧的事。嗳!嗳!嘶!嘿!砰!砰!嘶!雅克利娜,你死了吗?如果你不立刻醒来,我就把水壶扣在你脸上。

我们需要品味和理解真正意义上的这种风格,它不是滑稽剧,而是儿童剧。公证员安德烈的小书记员福尔蒂尼奥(Fortunio)是个小孩,他听到他的同伴们在讨论雅克利娜的阴谋和她的情人,夜里,她从窗户将她的情人拉进房间,福尔蒂尼奥对这些冒险的爱情画面感到十分陶醉:"竟然存在如此之事,让我心潮澎湃。兰德里,你真的看到了吗?"

福尔蒂尼奥是雅克利娜和她的同谋船长收养的"烛台",出于对这个优雅小妇人炙热又沉默的崇拜,他不知不觉地接受了这个任务,当他突然意识到自己无意间扮演的角色时,他愤而反抗:

> 让一个年轻人爱上自己,只是为了转移对另一个人的猜疑……来自内心深处的谎言。用自己的身体做诱饵。玩弄天

底下所有神圣的事物，如同诡计多端的小偷：这就是女人暗笑的原因！她仿佛心不在焉，却做出这样的事！

但与此同时，他又不知该如何驱赶她温柔的形象，他自己还帮忙寻找借口和宽容的理由：

不，当她对我微笑时，她并没有因此而爱我，但她微笑地看到我爱她。当她向我伸出手时，她并没有把心给我，但她任凭我把心给了她。当她对我说"我爱你"的时候，她想要说的是"爱我吧"。不，雅克利娜不是恶毒的人，她既没有计谋，也不是冷酷无情。她撒谎，她欺骗，她是女人。她卖弄风情，爱开玩笑，她快乐果敢，但不卑鄙下流，无动于衷。啊！你爱她，你疯了！你爱她！你祈祷，你哭泣，她却在嘲笑你！

欢乐的雅克利娜也充满了激情：

雅克利娜："你知道我撒谎、欺骗、戏弄你，害你？你知道我爱克拉瓦罗什，任由他摆布？你知道我在做戏，昨天把你当成傻子？我懦弱卑鄙？我为了快乐而置你于死地？你全知道，你确定？唉，好吧！唉，好吧……你现在知道了什么？

福尔蒂尼奥：但是，雅克利娜，我觉得……我知道……

雅克利娜：你知道我爱你吗，孩子？要么你原谅我，要么我死。我要跪下来求你吗？

　　批评家们在这些小型戏剧中发现了莎士比亚的灵感，无论如何，这一定是指莎士比亚早年的戏剧，"爱的喜剧"。同样，也许更恰当地说，我们从他温柔可爱的笔触中可以注意到一些阿里奥斯托的灵感。这里提到阿里奥斯托是为了称赞色彩的完美融合与过渡的流畅性，这种过渡没有打断整体语调的魅力，即使在悲剧中也总是笑盈盈的。

　　因此，这些小型作品逐渐被证明是德·缪塞真正主要的作品，他的短篇小说和散文故事也受到越来越普遍的尊重，这难道不好吗？倘若阿尔弗莱·德·缪塞在小型喜剧里让他诗歌中的激情、滑稽或者激情又滑稽的喧嚣沉默，在如此清澈、简洁、宁静和从容的短篇小说和故事中冷静下来，去感动地微笑，那我们甚至能从他那里——比如在《两个情妇》(*Les deux maîtresses*)中——听到有关道德智慧和高贵放弃的真挚话语。

19. 巴尔扎克

法国的文学批评普遍缺乏理论自信,因为不同于意大利和德国,法国的艺术理论在哲学层面一直发展得比较薄弱。尽管如此,我还是把法国心理学或印象派的批评家放在教条主义与体系化的批评家前面,把圣伯夫和勒迈特(Lemaître)放在丹纳和布吕内蒂埃(Brunetière)前面,虽然后两位是理论家,但他们都被那种理智主义和教条主义的精神统治,妨碍了对艺术的理解。如果去阅读一下布吕内蒂埃关于巴尔扎克的著作(它如今再版了一个流行版本),我们就会看到理论如何遮蔽了明显的真相,这些真相存在于人们普遍的认知中,也存在于勒·布勒东(Le Breton)关于同一位作家的谦虚而努力的专著中。让我们跳过(以免重复如今在意大利过于明显的批评)关于"文学类别"的"前言"部分,这个概念当然不是布吕内蒂埃发明的,但他的处理方式严厉得荒谬。关于这部分，他的批评体现在有关"小说"类别的问题上，巴尔扎克的问题也就体现为赋予这个类别以自主地位，创作"真正的小说"并从中观察到无法逾越界限的作家的问题。但他知道如何看待"小说"，或者我们限定在更具体的问题上，"历史"小说或"社会"小说吗？他如何理解巴尔扎克在"社会小说"和艺术中的精神结构呢？

如果布吕内蒂埃不缺美学修养和哲学训练的话，他就不难意识到，"社会小说"可以被理解成不同于其他艺术形式的东西，一种"自主类别"，这不是因为它是一种艺术形式（在这种情况下，如果是这样的话，这种分类本身就非常经验主义与任意），恰恰相反，就起源与自身属性而言，它绝不是一种艺术形式，而只不过是一套说教方案。在希腊，当宗教、神话和诗歌的冲动耗尽，并让位给研究型和批判型著作时，当阿里斯托芬那种源自幻想和天才随想的喜剧转变成米南德的喜剧时，人们对此（第一个注意到的人可能是维柯，尼采最后把它变成了常识）发出了苏格拉底哲学式的感叹。戏剧家和道德家联起手来，喜剧利用了哲学家的性格学（caratterelogie），哲学家利用并探讨了在戏剧中形成的类型。众所周知，米南德的喜剧框架足以满足几个世纪，它不仅适用于罗马人，也适用于文艺复兴时期的意大利人和古典时期的法国人，它的框架里依旧有老人、情人、女孩、狡猾的仆人、守财奴、吹牛之人等固定和传统的角色，即便引入了一些多元丰富的东西，也从未扩展或者说几乎没有超出对普遍人性以及人的罪恶与弱点的研究与表现之外。然而，在18至19世纪，首先是社会

19. 巴尔扎克

斗争和剧变,其次是不断增长的历史兴趣,两者一方面影响了喜剧,让它呈现历史性决定的社会特征与环境,另一方面,它们掌握了小说的散文形式,将它变成"历史小说"和"社会小说"。巴尔扎克为《人间喜剧》(*Comédie humaine*)作的序所展现的正是对米南德和泰奥弗拉斯托斯(Teofrasto)框架的革新:说是对米南德框架的革新,因为他身后是法国大革命,身前是资产阶级统治,而他自己的方式也是革命的和资产阶级的,或者反革命和反资产阶级的;说是对泰奥弗拉斯托斯框架的革新,因为他从新的历史哲学和新的自然科学角度来理解事物。实际上,巴尔扎克涉及的是若弗鲁瓦·圣伊莱尔(Geoffroy Saint-Hilaire)的学说和布封(Buffon)的文学典范。因为无论是过去还是现在,各个时代都有"社会空间,好比存在动物的空间",他自问,为什么不能为社会做一些类似布封在其伟大作品中所做的事,"试图在一本书中展现整个动物学"。他渴望的作品应当具备三个内容,"男人、女人和事物,也就是说,人与赋予他们思想的物质表现:总之,就是人与生活",他没有停留于简单的观察,而是上升到理性或是社会行为法则,并由此到达更高的地方,那就是判断的准则,或者说真善美的理想。同样值得注意的是,他提到了沃尔特·司各特,他要求历史应该是"社会的",这意味着它不再是普遍意义上的人的历史,如上世纪的个人主义和实用主义所展现的。

巴尔扎克以及和他一起的,在他之前和之后的其他人的意图,都是把小说定义为历史性和社会性的,从而替代衰落的希腊罗马喜剧,但这不是直接的艺术意图,而是历史的、社会学的和哲学的。因为他们想要用想象力来概括和展现他们的观察和理论,力图创造的只是——正如我上面所说——一种说教方案。但因为在这个方案中,科学与想象相互靠近,但又不可能融合,那么将发生以下两种情况:要么诗的元素被确立为作品真正的核心,降低科学元素的声调和色彩以便使它们屈服于诗的元素,由此产生纯粹的诗的作品,它最终能够到达的巅峰就是曼佐尼的诗小说,曾经有人将其正确地评价为曼佐尼《神圣的赞美诗》(*Inni sacri*)具体的和历史的形式;要么科学兴趣被确立为核心,那么诗元素就反过来被约束,成为富有想象力和流行的话语形式。第二种情况常常是由资质平庸的人,由教育和普及读物的制作者来完成,因为真正拥有观察者和哲学家智力与原创能力的人不会适应童话和寓言创作用想象力扰乱他的思想,他们会立即拿起科学的、历史的和论战式散文的利剑。艺术家不具备批评家和思想家特定固有的天赋,但拥有某种观察与思考的天性,他们在这种兴趣和能力中从未超越某个特定界限,他们或是在鲜活的呈现中解决他们的思想和观念问题,将原本的科学特征从中清理出去,或是让思想和观念散落在笔记、日记和小杂文中,没有让它们成为真正系统的阐述。

布吕内蒂埃从未关注过小说的说教方案与艺术或诗之间的不同关系,以及由此产生的各种解决方案,这不足为奇,因为他培养的艺术和诗的概念,如上所述,是一种理智主义概念。但在我看来,这是个别失明(*singolare accecamento*)的证据,是错误理论化的产物,他坚持认为巴尔扎克是小说概念的化身("巴尔扎克

19. 巴尔扎克

是小说本身"），是客观的社会观察之书的创作者，这本书的本质特征是"与生活相似"，它的创作伴随着"观察者完全屈从于他所观察的客体"，同时遵循"革新科学"的方法，因此我们无法通过它自身来评价它，而只能通过"与生活的比较"，也就是说，尽可能通过新的观察和实验来检验观察的准确性。既然无论是谁，只要检验过巴尔扎克的部分小说（无须是全部作品），就会立即发现（像亲手触碰过一样），巴尔扎克的气质与科学观察者（这种人怀疑一切，小心谨慎，他是直率断言的敌人，他对自己充满信心，在他的主张中获胜）的气质正好相反，也与有学问的教师气质相反，教师在象征性和范例性的故事中加入了一些历史概念和解释，还撰写教育类的书籍。尽管每个读者都崇拜出现在这些小说中的深刻的心理格言，但他们也会同样感受到格言家无法展现和系统化他在上述"序言"中明白展示的东西（他主要的理论化工作），在"序言"中，巴尔扎克窘迫的哲学急于用"两个永恒的真理"为自己加冕："宗教和王国，当代事件揭示的两种必要性。"虽然他的一些社会史观察散发出极其耀眼的光芒，但它们都只是一闪而过的光，而非普遍和分布均匀的光，也就是说，它们更像是问题的建议，而非对问题的解答。比如，巴尔扎克对现代社会高级金融的力量有自己的看法，他让犹太小老头高布赛克（Gobseck）[245]说道："我的财富足以买通一百个能够动摇大臣的良心，从他们的孩子到他们的情妇：这难道不是权力吗？我可以拥有最美丽的女人和她们最温柔的爱抚：这难道不是快乐吗？权力和快乐不是概括了你们整个社会秩序吗？像我们这样的人在巴黎有十来个，都是沉默低调的国王,我们命运的艺术家。生活难道不是一台用金钱驱动的机器吗?……金钱是你们社会的唯灵论。"但这不是科学,因为科学始于研究——我准备怀疑地说——金钱是否,以及在何种程度,以何种方式统治着社会,而金钱本身又是出于何种社会目的被引导,因此也被掌控。在巴尔扎克那里没有出现关键问题,他已将它转换成一种震惊和恐惧的情绪:"我惊讶地回到家。这干巴巴的小老头变大了。他在我眼里变成了一个怪异的形象,那是金钱力量的化身。生活,人类都让我感到恐惧。"

众所周知,巴尔扎克年轻时从最怪诞的英法骑士文学中汲取营养,它们充斥着冒险、征服、挖掘宝藏、犯罪、幽灵显现和幻觉,而他自己也写这类作品。没有这些神奇故事,他都不知道如何写作,他或多或少,有时甚至大量地将这些故事引入他许多成熟期的作品中。但在这些小说中,在一系列被布吕内蒂埃评价为"客观的"和"自然主义的"小说中,巴尔扎克只是赋予了普通的、资产阶级的和人民的事物以独特的一面。没有一幅人物画或环境画不夸张到让人觉得精彩绝伦和啧啧称奇:无论是描述拿破仑的前任官员如菲利普·布里多(Philippe Brideau)的生活,还是展现高老头的父爱,还是描写葛朗台父亲的家或者"猫打球"商店。他在这里或那里拣取一些现实的碎片,把它们变成令他着迷的对象,并通过它们进入一个无拘无束、广阔无垠的梦,通过这个梦他游走在钦佩和恐惧之间,几乎就像在世界末日的景象中一样。就像我所说的,把这误认为是"自然科学的方法",真是件稀奇的事,只有对于一帮不批判也不反思的,把大仲马(写作方法上与巴尔扎克有不少相似之处的作家,因此依据事实可以这么说,他将《三个火枪手》[Trois mousquetaires]带入了政治、投机、发明和银行的世界,创造了生意人达达尼昂、企业家阿多斯、神父阿拉密斯,以及通过暴力和犯罪获得财富的波尔多斯)小说讲述的历史当成真正法国历史的人,才可原谅。

出众的行家已经警告过上述这种粗鄙的错误,比如波德莱尔(Baudelaire)在一篇收录于《浪漫派艺术》的文章中写道:"我有许多次都感到惊讶,巴尔扎克的荣耀竟然是被视为一名观察者。我一直觉得他最重要的成就是作为一名洞悉者(visionnaire),一名充满激情的洞悉者。他的所有人物都拥有生命的热情,这种热情也激发出他自己的生命。他的所有小说都深深地染上了如梦般的色彩。从巅峰的贵族到底层的平民,比起展示给我们的现实世界的喜剧,《人间喜剧》中的所有人物都要更贴近生活,在斗争中更积极狡猾,在不幸中更有耐心,在享乐中更贪婪,在奉献中更像天使。总之,巴尔扎克作品中的每个人,甚至是看门人,都拥有天分。每个灵魂都是装载意志的武器。巴尔扎克本人也是……"

巴尔扎克热情的想象力不仅妨碍他创作科学观察的作品(这是布吕内蒂埃对他的吹嘘),而且它还如此猛烈和具有破坏性,以致扰乱了他作为艺术家的作品。澄清这一点很重要,因为这为批判性地阅读他的小说提供了一种指南。布吕内蒂埃在这一点上也做得很糟糕:"他感兴趣的是生活的再现,而不是美的每一次实现,他仿佛有些模糊地意识到,在艺术中,美的实现要以牺牲和损害模仿生活的忠诚度为代价。"这样扭曲的审美同时取消了艺术与批评，说明布吕内蒂埃依旧平静地躺在两个最糟糕和过时的修辞手法上，一是"模仿现实"的想法，其次是"美作为对现实的超越"的想法，他从不怀疑艺术中的现实再现和美是同一件事，人们感觉缺乏美的地方，一定同样缺乏完美的再现。

那么，为什么热情的想象力看起来如此有利于艺术天才，却反而损害巴尔扎克的艺术呢？对他来说，在艺术的微妙过程中，需要准确区分体现实际感受和激情并统治它们的幻想，与利用幻想的直觉来获得自身的快乐、消遣或者发泄痛苦的想象力。准确地说，所谓巴尔扎克的热情想象力是同一个名字下的两种不同事物，它们分别以两种不同的方式运行，一种激励他进行艺术创作，另一种则让他已经完成的或刚开始创作的艺术扭曲变形。我们从他描绘人物、情景和环境的活力，以及他动人的想象所迸发出的真挚主题中能够感受到，巴尔扎克是最好的诗人。他和维克多·雨果完全不同，甚至包括他的缺陷，雨果的小说和戏剧不是从诗的动机出发，而是从智力设计出发，因此，在它们周围激起的混乱想象中，他永远保持清晰的设计，尽管他非常缺乏诗歌的灵感和纯真的想象。巴尔扎克通常以精力充沛的天才行动，像真正才华横溢的艺术家，但随着他创作的继续，他没有让他的创造物自由遵循他们自己的内在法则，去创造那些陪伴、那种环境、那个行为，以及隐含在它们基本动机中的开头、中间和结尾，最终变得克制、缓和与协调，相反，他强迫他们遵循他自己，即奥诺雷·德·巴尔扎克贪婪性情的法则，他喜欢推至极致的激情，直率强硬的对立，巨大的事业，最精明的诡计，可怕的欺诈和惊

19. 巴尔扎克

人的成功,他享受这种想象力,并且夸大它以便更广泛地享受它。

人们不断重复指出(我觉得圣伯夫也这么说过),巴尔扎克作品中的人物都很杰出,行动次之,文风有缺陷。另一种批评的经验主义需要用准确的理论加以纠正,即三件事可以合成一件,其中一件无法摆脱另外两件的缺陷,所有的缺陷都必须回到一个共同的根源。这个共同根源在于我提过的心理倾向,为此巴尔扎克赋予他的创造以一种天马行空的动力,让他人物的性格迅速转动,飞快成长并超越自身,逐渐变得比自身更疯狂,偶尔在巅峰时还会成为自己过去的反面,或者出人意料地表现出另外一种与之前矛盾或冲突的品质。基于同样的速度,这些人物行动飞快,或者丧失了所有逻辑,为了让这些角色继续发展,他采取了连载小说中的常见手段,也就是让他们突然跌倒,然后变得憔悴虚弱。他的文风与人物和行动是一回事,它从有力和简单的可塑性堕落为薄弱和草率,或者转变成了解释性的和反思性的语调。他的人物没有达到不和谐的和谐,因此行动没有自然地展开,文风也缺乏节奏。

巴尔扎克最好的小说中的任意一本都能提供这种不均衡与不和谐的现成例子,但我这里就提一本他享有盛誉的作品,也可能是他最完美的作品或者最完美的作品之一,《欧也妮·葛朗台》(*Eugénie Grandet*)。在描绘完乡间房子和年轻欧也妮温柔的情感在其中蓬勃发展的家庭环境后,没有人不觉得欧也妮的父母和她本人变成了固定的修辞类型。就其人性而言,父亲葛朗台不再是一个吝啬鬼,而是一个疯子,他发疯的场景是,他撞见女儿手中有她的未婚夫存放在她那儿的匣子：

> 一看到丈夫射向金子的目光，葛朗台太太便叫了起来："我的上帝，怜悯我们吧！"
> 老头扑向匣子如同一只老虎猛地扑向一个沉睡的婴儿。"这是什么东西？"他拿着宝贝朝床前走去。"好金子！金子！"他叫喊着："好多金子啊！有两斤重呢！"

有一个如此疯狂的父亲，跟一个毫无个性的表兄订婚，欧也妮的故事可以是动人和富有诗意的，可它最后却迷失在无意义中。似乎对于作家而言，他耗尽他所有的精力将角色与对立推向极端，却缺乏力气去呈现他原本准备好的剧本。小说写得过于仓促，应该呈现的情节却被宣告已经发生了："五年过去了……"，或者"当这些事情在索米尔发生时，查理在印度发了财"。更糟的是，他的文风变得贫瘠，某些地方还模仿学校里的那种小散文写作：

> 三十岁了，欧也妮还是没有尝过人生的任何乐趣。她平淡忧伤的童年在母亲身边度过，母亲的心一直不为人知，她总是伤痕累累地承受着痛苦。在带着喜悦离开人世时，她可怜自己的女儿还得活下去，这在女儿的灵魂里留下了轻微的悔恨和永远的遗憾。对欧也妮来说，这第一次，也是唯一一次爱情成了她忧郁的根源。几天内她见过情人几面，便在两次偷偷接受与回赠的亲吻之间将自己的心交给了他。后来他

19. 巴尔扎克

> 离开了,他们之间相隔着整个世界……

在面对巴尔扎克的小说时,我们太常感到悲痛,如同目睹一部杰作的残败,我们回忆一下巴尔扎克那部名为《无人知晓的杰作》(*Un chef-d'œuvre inconnu*)的短篇小说,它描绘了一幅色彩杂乱堆砌的画作,每一种色彩之下却都是精妙绝伦的片段。

你们还想要什么?人们会说,巴尔扎克就是如此。当然,即使如此,他依然伟大。因为我们虽然极其频繁地看到他在扭曲、压制和抛弃艺术的目的,但他的艺术是最强有力的,充满了深刻的思想和敏锐的观察,使其拥有多样化的魅力。然而,巴尔扎克从未或者极少达到美学上的宁静。在意大利,有人拿他与亚历山德罗·曼佐尼(为什么不恰好回忆一下巴尔扎克在米兰的一次谈话中表达的对《约婚夫妇》不那么友好的评价?这是我多年前在图利奥·丹多洛 [Tullio Dandolo] 的一本书中读到的)进行比较,这个人认为,与曼佐尼的羞涩和低产相比,巴尔扎克是热情和高产的,我首先感到震惊的是,竟然还能这样比较,但甚于震惊的是,曼佐尼神圣的均衡竟无法让那位评论者清楚地揭示困扰巴尔扎克的艺术缺陷。

20. 波德莱尔

夏尔·波德莱尔属于那样一群人,他们真切地认为自然的善、人类的完美或者所谓"进步"的教条是多么愚蠢,它们在 18 世纪被构想出来,在 19 世纪被自由主义意识形态附上了浪漫主义色彩。他嘲笑自由思想家和人道主义者出于对人类的友谊而想废除死刑与地狱,或者通过一人一文钱的大众募捐来发动战争。他嘲笑狂热之人相信工业和机器会在某一天"吞灭恶魔"。总之,他称所有这些为现代版的"愚蠢"。对此,波德莱尔提出了"原罪"学说,他让"人永远处在野蛮状态"的日常观察的证据变得有价值。在他看来,"进步"是一种自我安逸和懒惰的信仰,适用于依靠周围之人来完成他的工作的个体,它是一种"比利时的信仰"。他准备写一本关于比利时的书,但只留下了笔记和片段,它原本可能是最诙谐的讽刺。比利时当时拥有一名代表性的画家韦尔茨

（Antoine Wiertz），和在那里搭过帐篷的维克多·雨果：他们两人都构思过如何"拯救人性"，建立了通过"国际化教育"来实现人类幸福的"大党"。波德莱尔在许多方面都崇拜作为艺术家的维克多·雨果，后者"天才"与"愚蠢"的奇妙混合甚至激发了他极其另类的崇拜。因此他嘲讽雨果的"普罗米修斯"和"社会主义莎士比亚"姿态，正当这位大诗人搬去布鲁塞尔，离开了流亡的小岛和与海洋对话的习惯，他对一个朋友写道："看起来他和海洋吵架了，要么他没有力气再去忍受海洋，要么海洋对他感到恼火。"他对维克多·雨果的"上帝"甚至也没有很大的敬意，因为他反驳道："罗雅尔（Rogeard）、米什莱（Michelet）、本雅明·加斯蒂诺（Benjamin Gastineau）、马里奥·波塔尔（Mario Portal）、加里波第（Garibaldi）和沙泰尔神父（abate Chatel）这些先生的上帝不是我的上帝。"他的乐趣之一在于从报纸和演讲中收集民主人士为傻瓜们准备的带有弗莱（Flée）先生风格的可口句子，这位先生在描写蜜蜂时，把它们肉麻地定义成"亲爱的小共和党人"。相反，他心中装着约瑟夫·德·迈斯特（Joseph de Maistre），"我们这个时代伟大的天才"，"一位先知"。他喜欢他的朋友，我们的哲学家法拉利（Giuseppe Ferrari）的怀疑主义和残酷。在他看来，政治就应该是一门"没有心的科学"，真正的政治家要同时具备"革命家"和"耶稣会士"的品质。

然而，波德莱尔也用讽刺与轻蔑的口吻掩盖了另一种伦理观念，它起源较晚，与放荡的18世纪毫不相干（在这个问题上，他的目光十分锐利），是19世纪与浪漫主义特有的：爱情的宗教。

254 爱情作为人类最崇高、最高贵和最温柔的表达，爱的激情作为英雄主义的形式，是将其对象神圣化的色情崇拜。他凝视色情的深处，意识到"爱情唯一和至高的乐趣在于作恶的确定性，男性和女性一出生就知道，所有的乐趣都源自恶"。他开玩笑地说，爱是一种犯罪，其中"最令人厌烦的是它永远需要一个共犯"。任何将它道德化的尝试，在爱情中引入"忠诚"，仿佛想要"以神秘的合意结合阴影与热量，夜晚与白天"，都是徒劳。全心全意为爱的女人有权利，甚至在某种程度上有义务要求"看起来是魔幻和超自然的"，让自己充满魅力与神秘。即使作为母亲、奶娘和姐妹，她也要完成这项引向邪恶的诱惑工作，要围绕在尚在襁褓中的男人周围，不仅以她的关心，还要用"爱抚和感官上的享乐"来诱惑他。因此在这种情形下，婴儿已经爱上了这个女性，"由于丝绸和毛皮带来的愉悦刺激，胸部和头发散发的香味，珠宝首饰的叮当声，飘扬的丝带，以及整个千变万化的女性世界（mundus muliebris）"。萨德侯爵（Marchese de Sade）断言了残酷而大胆的真理，人们常常转过脸去回避这些真理，仿佛这样就能将其抹去。如果我们想要了解，比如"爱上一个间谍、一个小偷或者类似之人的恐怖与陶醉"，那最好回到这样的哲学家身上。设想一下，怀着这样信念的波德莱尔会如何思考桑女士（femme-Sand），她在爱情事物中看到了维克多·雨果在政治、社会和形而上的事物中看到的相同方面。他评价她是一个"不道德的行家"，远不如萨德，因为萨德代表"认识其自身的恶"，但是相反，她代表了"忽略其自身的恶"，一种"天真的恶"，比"撒旦主义"还要糟糕。

因此，波德莱尔转而反对崇拜自然，无论是18世纪理解的 255
"自然"，还是浪漫主义者的"自然"。在他看来，整个自然都参
与了"原罪"，他常常幻想"恶毒和令人厌恶的野兽就是人类邪恶
思想在物质生活中的复活、具象化和表露"。当然，女性是"自然
的"，所以是"令人讨厌的"。树木、蔬菜、昆虫，以及所有其他
形式的自然，都催生了一种完全无法启发他的新宗教，他无法相
信上帝存在于这些事物中，他拒绝尊敬"神圣的豆子"。他有一种
确定的感觉，人类之外还存在着某种邪恶力量，如果没有类似力
量的介入，他不知该如何解释某些突然的行为或思想。他到处都
看到奥秘，对他和对其他人一样，梦似乎是"一种他不掌握解读
之钥的象形文字"。但那个上帝——一个不同于上述先生们的上
帝，他是否曾经见过？他在一封1864年的信中写到，当他把厌恶
人类的所有理由都讲完，当他"绝对孤独"的时候，他才会"寻
求一种宗教"。但这听起来像个玩笑。在他的一些诗句中，他祈求
上帝，但这里的上帝显然是一个诗意的形象。在日记中，他打算
"每天早上向上帝祷告，上帝是所有力量和正义的源泉，向作为代
祷者的他的父亲，玛丽埃塔和坡祷告，请求他们传给他必要的力
量来履行他所有的职责，并让他母亲有足够长的生命来享受他的
转变"。但这不过是他自我施加的一种暗示，或者充其量是他内心
某种需求的暗示：请求与倾诉的需求。

因此，他的批评都相当负面。这一方面使他远离庸俗的或资 256
产阶级的共同意识形态，还让他放弃了对人类友谊和进步的世俗
信仰，以及这种信仰所要求的共同义务；另一方面，他的批评撕

开了激发肉体与情色欲望的幻想的每一层面纱,但它并没有取代被摧毁的信仰,没有任何东西能够反对强烈骚动的肉欲。事实上,批评仍旧是他生命的唯一理由,唯一的区别是,它不再像其他人那样是一种无意识的恶,它认识自己、鄙视自己,它不那么卑微,更有男子气概,"更接近(他并没有完全说错)治愈"。这个接近是非常相对的,因为这种意识同时带来了一种对恶的有规律的培养,以及强化它、将它复杂化和扩大它(甚至以他谴责过的亵渎神圣的方式)的艺术。这种意识,加上最高程度的简洁、良知与坚定,就是他独创的"撒旦主义",因为至于其余的,波德莱尔从"老花花公子"夏多布里昂那里开始回忆自己的前辈们,他这么写夏多布里昂:"我总是有道德而无快乐,我应该无怨无悔地成为罪犯。"反过来,圣伯夫在阅读《恶之花》(*Les fleurs du mal*)时想起了他自己的《约瑟夫·德洛姆》(*Joseph Delorme*),他和他的年轻朋友提到此事,后者同意这本书可以被看作《前夜的恶之花》。

描述波德莱尔在内心释放、刺激和激化的欲望的紊乱,可能没什么吸引力(因为一些是诗,一些是散文的程式),无论如何也不是必要的:奇特的、异域的、不洁的和犯罪的,充满蓄意欺骗、谎言和愤世嫉俗的爱情,对残酷、悲痛、忧郁或骇人的事物,以及瓦解和腐败过程的吸引力,对葡萄酒、香水和鸦片假装的陶醉……爱与死亡是一对亲切的兄弟,统治着莱奥帕尔迪的世界。但统治波德莱尔世界的是一对姐妹,是两个可爱的姑娘,放荡与死亡("放荡与死亡是两个可爱的女儿")。某一天,他认为自己找到了美的定义，美就是"既炙热又忧伤，又有些模糊，并且开启人类幻想之路"的东西。他以女性形象来象征它，这个形象混合了"享乐、哀伤、忧郁、松懈、满足，同时还有对生活的热情和贪婪，以及出于剥夺、绝望和遗憾的苦涩"，快乐是配不上它的，除非以某种偶然的方式，就像"一件粗俗的装饰"。

巴尔贝·多尔维利（Barbey d'Aurevilly）在结束他对波德莱尔诗歌的著名评论时说，《恶之花》之后，留给诗人的选择只有两个："朝脑袋开枪或成为基督徒。"如果波德莱尔挣扎其中的痛苦是情感和实际生活的问题，那么这个从我们描述过的前提中完美推导出来的困境应该是最合理的。但事实可能不是这样，或者极少部分是这样，当然它不仅仅是这样。对于他和其他艺术家而言，在现实生活和想象生活之间划出一条界线是极其困难的，这个必然压倒那个。我们也不应该忘记他对坡的观察，"一些人有勇气在恐惧中工作，往往是缺乏一种巨大道德能量的结果，有时也是顽固的贞洁和一种被深深压抑的情感的结果"。他的生平资料和批评家的研究也为他的传记抹去了许多传说，这些传说都是他自己引入的，目的是恐吓和嘲笑好人。他对人们试图在他身上寻找"恶魔"感到可笑，而他最完美的讽刺是成为法兰西学院的候选人，争夺多明我会神父拉科代尔（Lacordaire）留下的席位。阅读他死后出版的作品和信件，我们会有这样的印象，波德莱尔确实是一个无法好好安排实际生活的人，但他正直、真诚、崇高，尤其拥有深情和温柔的心。无论如何，他承认他在现实生活中的确经历了他在诗中所描述的全部或者大部分放荡和令人作呕的形式和事情，巴尔贝·多尔维利的困境在一点上是错误的，那就是他没有考虑到波德莱尔是艺术家，因此他还有第三个选择，一条真正合适的出路，将生活中未解的难题变成他在艺术中解决的问题。

不仅在法国文学家中，而且在专业哲学家中，也很少有人能像他那样深入地谈论艺术，就这方面而论，另有一位艺术家可以与他相提并论，他同样是伟大的艺术探索者，那就是福楼拜。正如福楼拜反对"个性"，即小说（更适合他的领域）的倾向性，波德莱尔也反对当下流行于法国的哲学诗，他一定觉得有必要区分他的抒情诗和哲学诗，抒情诗属于另一个相邻领域。他和福楼拜都说了同样的话："伟大的诗歌本质上是野兽（bête），请相信，它的荣耀和力量就在于此。"相反，哲学诗重新回归人们童年时习惯的意象（imagerie），当时它的说服力无法与百科全书中的一篇文章相提并论，因此它一无是处。它不仅一无是处，还很有害，它人为地将哲学化引入艺术，而艺术有它自己含蓄和自发的哲学，因为诗人有"至高无上的智慧"，幻想是"仅仅包含普遍类比的最科学的能力，是神秘宗教称之为对应（corrispondenza）的那个东西"。和福楼拜一样，他感到激情的非艺术性在对艺术实施暴政，因为"严格和简单地说，诗的开端是人类对最高级别的美的渴望，它以热情灵魂的激动来展现自己，完全独立于激情，那是心灵的沉醉，也独立于真理，那是理性的原料。激情是自然的东西，它过于自然，以致在纯粹美的领域引入了一种冒犯和不和谐的音调。它又过于熟悉和暴力，以致在纯洁的渴望、优雅的忧郁和高贵的绝望中引发丑闻，而这些都栖居在诗歌的超自然领域"。因此他不赞同拉马丁和德·缪塞的风格，他们都是"缺乏意志力和无法完全掌控自己"的艺术家，尤其是德·缪塞的风格，他"为了他固定菜单（table d'hôte）上的冒险去祈求天堂与地狱，迈入一条充满语法和韵律错误的泥流，他完全无力完成这份工作，以致白日梦都成为了艺术品"。当他宽容的时候，或者更确切地说，当他面对公众写作的时候，他称《夜》的诗人是"一个表达优美的懒汉"。当他私下发泄他的蔑视时，他说，德·缪塞的书就理所应当地放在快乐小妇人的桌上，放在珊瑚小狗旁。这里反映出他和坡一样的文学反女性主义，以及厌恶乔治·桑的新理由，桑把她的小说当成信件扔进邮筒，她在信纸上写小说，证明那种对富裕资产阶级来说十分亲切友好的流畅风格。他还说，女性的风格像她们的服装一样拖沓和摇摆不定，很少有女性作家"不凄凉，不仅是为了她们的家庭，同样也为了她们的情人，因为不忠诚的男人也喜欢被爱对象的忠诚"。但他的思想是如此正确，以至于对无形艺术的持续争论从未把他带上主张和赞美抽象形式的歧路。他甚至警告"过度爱好形式所导致的可怕混乱"，警告"艺术的疯狂激情"是"吞噬一切的毒瘤"，它将导致一事无成，"就像任何才能的过度专业化"。他的文章中充斥着敏锐的观察，比如他观察到真正的设计师"一直根据刻画在他们大脑中的图像而非根据自然来绘画"。他观察到有必要拓宽艺术史的范围，把温克尔曼（Winckelmann）排除在外的关于宇宙之美的所有无限形式都囊括进来，在缺乏一个令人满意的体系的情况下，我们要坚持"无可挑剔的天真"（impeccable naïveté）。他观察时尚史和服装史，观察好的野蛮艺术,它是"无法避免的、简洁的、幼稚的,它也经常出现在完美的艺术中,源于对宏大事物的渴望,尤其关注事物的整体效果。他也注意到法国人的精神对纯粹诗歌的兴趣不大,因为"按照天意,法国被创造出来是为了追求真理而不是美",现代法国人的思想里有"一种乌托邦的、共产主义的和炼金术的特质,只喜爱社会的方案"。对于他那个世纪的法国文学,他只喜欢夏多布里昂、巴尔扎克、司汤达、梅里美(Mérimée)、德·维尼、福楼拜,以及和他有共同理想的朋友,戈蒂埃(Gautier)、邦维尔(Banville)、勒孔特·德·利勒(Leconte de Lisle)。

　　这就是理论和评价中的波德莱尔,而他则设法成为艺术实践中的波德莱尔。有人可能会误解他,如果这个人被他作品的某些表象所欺骗,将某种轻浮的精神归咎于他,而这种轻浮的精神与它的对象开玩笑,这是艺术中他所厌恶的任性与恣意的形式之一。他的灵感,在他习惯处理的淫荡、忧伤和残忍的主题中,是非常严肃的。他被迫进入一个他无法战胜的肉欲世界,设法让它变得宏大、悲剧性和崇高,在这方面,他像一个"反叛天使",一个压抑的英雄诗人,他无法减少他的英雄主义,于是通过淫荡和恐怖的方式创造了一种颠倒的英雄主义。他创作中闪烁着的反讽或讽刺的光芒,无非是恶的意识,与他拥抱恶的方式密不可分。撒旦有时会笑,因为如果不笑,他就是狂躁者或疯子,没人敢用这个名字来侮辱他。但撒旦有时也会感到恶心和厌恶自己,因为他无法完全抹去曾经拥有过的高贵记忆。其他时候,他觉得自己的灵魂向着"圣洁的青春、纯朴的空气、甜蜜的前额、清澈如流水

20. 波德莱尔

的眼睛"的画面敞开。或者嫉妒有人"能振翅高飞，翱翔于生命之上，毫不费力地理解花语和无声的事物"。或者一切都融化为对死去的可怜女仆，对"心胸宽广的女仆"的温柔，他在她的眼皮底下长大，连他的母亲都嫉妒她，如今她沉睡在简陋的草皮下。总之，他的撒旦不是传统意义上的那个撒旦，而是一个撒旦人（Satana-uomo）。

我们并不打算用这些观察来评价波德莱尔的诗歌。他的诗歌被一群缺乏鉴赏力的赞美者和一群对立的谩骂者来回拉扯，这群谩骂者从他第一次出现时就已经存在，最终在布吕内蒂埃身上找到了一位领袖，因此他的诗歌可能至今都很少被认为是纯粹的诗歌。事实上，一些人因为道德或学院派的偏见而否认他的诗歌，另一些人则出于相反的动机，他们被内容上的某些方面，也被形式上的某些姿态吸引，但它们都不是最美的。上面的观察正是有意让读者直面波德莱尔诗歌的唯一问题，那就是诗性问题，因此它们也逐步推导出波德莱尔诗歌的起源和灵感的质量，通过这种推导来展示他诗歌的纯洁和不容置疑的合法性。

评价波德莱尔的诗歌，只能通过不带偏见地考察其内在道德和相关危险，并在它多样和独特的形式中学习它，以表明作者的诗歌理想在哪些形式中得到了真正的实现，又在另外哪些形式中停留在原地或偏离了方向。我只想说，波德莱尔的诗歌在我看来经常缺乏形式上的纯粹，尽管诗人对此付出了最大的努力。缺乏的原因在于他心中还有其他外部的，一直无法征服的爱。一方面是理智或反思，它时不时地渗透进他创作的方方面面，为此他非常热衷于为他的诗歌集设定一个总体构思，包括它的开端、中间和结尾；另一方面是图像与诗句的感官主义深深吸引着他，这种感官主义如今促使他创作出相当有力和响亮的诗句，比在图像中还清晰，或者将不和谐的图像组合在一起，有时还会使用与基本动机脱离的夸张手法，表现出仅仅是为了追求自身的效果。因此，他的一些抒情诗创作时而混乱，时而过于对称，时而夹杂或者插入注释，时而会在严格的形式下暴露出遗漏和跳跃。在他最主要的作品中我们也能感受到这些瑕疵。我相信这一切都可以用清晰和有说服力的方式来证明。但是，正如前面的解释通过作者的心理导向了他艺术的本质问题，因此这个进一步分析的目的仅仅是为了让人们更好地感受波德莱尔的艺术确实强大的力量。事实上，这个力量出现在某些画面中，如《地狱里的唐璜》(Don Juan aux Enfers)、《小老妇》(Les petites vieilles)、《拾垃圾者的酒》(Le vin des chiffonniers)、《七老翁》(Les sept vieillards)、《灯塔》(Les phares)，或者在抒情的流露中，如《哀伤的情歌》(Madrigal triste)、《午夜的反省》(Examen de la nuit)、《对虚幻之爱》(Amour du mensonge)、《美的赞歌》(Hymne à la Beauté)、《我嫉妒过的那个好心女婢》(La servante au grand cœur)，或者在十四行诗中，如《异国的清香》(Parfum exotique)、《理想》(Idéal)、《怪人之梦》(Rêve d'un curieux)，以及许多其他作品中。它们可能不招人喜欢，比如我就不喜欢《拾垃圾者的酒》中最后两节思考和总结的诗句，对比前面生动的描写（说了要说的一切），它们显得毫无意义和空洞。但他描写的

20. 波德莱尔

拾垃圾的老者是多么生动啊，他醉醺醺地走在街道上，踉踉跄跄，梦想并驾驭着人类英雄豪迈的梦。它看起来是多么讽刺地表达了崇高存在于人类当中，但人只有在他疯狂的深处才能找到它！热情与讽刺完美地融合在一起，就是非理性，就是诗。

> 常看到一个拾垃圾者，摇晃着脑袋
> 碰撞着墙壁，像诗人似的踉跄走来
> 他对于暗探们及其爪牙毫不在意，
> 把他心中的宏伟意图吐露无遗。
>
> 他发出一些誓言，宣读崇高的法律，
> 要把坏人们打倒，要把受害者救出，
> 在那像华盖一样高悬的苍穹之下，
> 他陶醉于自己美德的光辉伟大。
>
> 他们回来了，发出一股酒桶的香气，
> 带领着那些垂着旧旗式的小胡子，
> 被生存斗争搞得头发花白的战友；
> 无数旗帜、鲜花、凯旋门，在他们前头
>
> 屹然耸立着，这是多么壮丽的魔术！
> 在那一大片军号、阳光、叫喊和铜鼓
> 吵得使人头痛的辉煌的狂欢之中，

> 他们给醉心于爱的人们带来光荣！ ①

在其他的画面如《小老太婆》中，我们在最后部分注意到了同样的瑕疵，诗人在这里思考那些已经被呈现和思考的东西，重复表达已经表达过的东西，同样落入了空洞和修辞中：

> 老朽者！我的家族！哦，同种类的头脑！
> 我每天晚上向你们做庄严的告别！
> 八十岁的夏娃们，神的恐怖的利爪
> 攫住你们，明天你们将会在哪里？

甚至在作品的主体部分，在以怪诞和怜悯的惊人笔触描绘完那些小老妇后，她们从各种非常明亮的光辉中衰落，在自身中揭示最强烈的痛苦体验：

> 她们穿着破旧的裙子、寒冷的布衣，
>
> 低头前行，忍受无情北风的鞭打，
> 轰隆的马车震得她们战栗惊慌，
> 她们的腋窝下面挟紧着绣花、

---

① 此处的《拾垃圾者的酒》和下文的《小老太婆》均引自《恶之花》，钱春绮译，人民文学出版社，2011年。——译者

> 绣字的小提包,像挟着圣物一样;
>
> 她们行色匆匆,全像木头人一样;
> 像负伤的野兽,拖着沉重的步子,
> 又像无情恶魔吊着的可怜的铃铛,
> 不愿跳而跳跃一下!她们虽然是
>
> 老迈龙钟,却有锐利如锥的眼睛,
> 像水洼里的储水在夜间水花闪闪;
> 她们拥有小姑娘神圣的眼睛,
> 看见发光的东西就露出惊奇的笑脸。
>
> ——你可曾注意到许多老妪的寿材
> 却跟童棺保持同样小小的尺寸?

他不知道如何克制自己不去践踏和扭曲最后这最细腻和最柔软的笔触,围绕它编织出惊人的奇思妙想。但随后他又恢复了,尤其在集体画面收缩成一个情节时,在众多人物角色中,诗人选择了其中一个去思考:

> 啊,我曾几次跟在小老妇的身后!
> 其中的一位,一次,当西下的夕阳
> 用它流血的创伤把天空染红的时候,

> 她沉思着，独自离开，坐在长凳上，
> 听那有时涌进公园里来的军乐队
> 为我们举行丰富的铜管乐器演奏，
> 在振奋人心的金色傍晚，这种音乐会
> 把某些英勇精神注入市民的心头。
>
> 这个老太婆，还挺着背，端庄而骄矜，
> 她贪婪地欣赏那生动、勇壮的军乐；
> 一只眼有时张开，仿佛老鹰的眼睛；
> 大理石似的额头好像该饰以月桂！

我们又可以在这里享受讽刺与崇高的完美融合，而且崇高占据了上风，这正是波德莱尔的精神本质，无论他处理什么主题，这一点都会反映在他诗句的语气和创作上。

例子可以不胜枚举。但读者和我一样，将满足于在耳畔回响，在想象中温习我所誊写的最后三行漂亮诗句。读者会自行寻找一本波德莱尔的书，一边重读它，一边理解和辨别其中的含义。

21. 福楼拜

对待福楼拜，就像对待巴尔扎克一样，我们需要抛开关于"心理小说"、"社会小说"和"客观艺术"的误导性思考，去观察艺术家的自身，仅拿他与一些真正相似的精神进行比较，因为相似性的观察有助于看清一些第一眼不容易发觉的方面。自从福楼拜的早期手稿和书信出版以来，他的灵魂深处就不再是个谜，这是浪漫主义时代病态的灵魂之一，它们失去了宗教信仰，但没有失去对无限的渴望，另一方面，它们无法屈从于现代生活的条件，在不可能的梦中折磨自己，在徒劳的努力后筋疲力尽地退却。就某些方面而言，波德莱尔就是这样，他与我们谈论的灵魂相似，或许是最相似的。福楼拜在他早年的一个片段中说道：

有时真受不了，被无边的激情吞噬，我灵魂中流出炙热的岩浆将我填满，我以一种疯狂的爱爱着无名之物，后悔做过壮丽的梦，我被所有思想的乐趣诱惑，渴望所有诗歌，所有和声，我在我的心和骄傲的重压下，在一个痛苦的深渊中毁灭……不使用存在，存在使我筋疲力尽。我的梦想比伟大的作品还让我疲惫：一种完整、静止、不向自身显露的创作，隐秘地生活在我的生活中……

创作于那些年的还有《玛丽记叙》(Récit de Maria)，绝望的呐喊来自一个从未获得梦想中的愉悦的人：

> 无论是穷人还是富人，美人还是丑人，都无法满足我要求他们完成的爱。所有人都虚弱，如同在无聊中萎靡不振，瘫痪者怀上了坏胎，被生活激怒，被女人杀害，她们害怕死在床单上，就像一个人死在战争中，从第一个钟头开始我就没看到不疲倦的人！因此，地球上不会再有当年那些神圣青年了！不会再有巴克斯，不会再有阿波罗们！不会再有那些戴着葡萄藤和月桂行走的英雄们了！

在给他朋友科莱（Colet）的那些信件中，他有一次提到了自己的青年时代，他说："在这段时期刚结束，正要迈向成年时，你就认识了我，但过去的我相信生活中诗歌的真实性，相信激情的可塑之美。"另外一封信则表明，他清楚地意识到对享乐无法抑制的渴望与神秘决心之间的关系，并指出，如果他不献身艺术，"缺乏形式之爱",他就可能成为"一个伟大的神秘主义者"。

因此,他找到了和波德莱尔一样的出路,正如他们承受着极其相似的疾病:艺术,不是忏悔的艺术、热情奔放的艺术、骚动和激情的艺术,而是以形式的纯粹来统治激情之混沌的艺术。因此,他的"非人格"(impersonalità)美学理论拥有多重含义,艺术家的理论经常是这样,它同时汇入了许多美学主题,比如艺术普遍性的正确概念,对完美形式谨慎的焦虑;以及道德动机,即一种不展示个人不幸的男性尊严("有什么好演的?男人不过一只跳蚤……");最后是一些心理动机,它们反感现实生活的利益、家庭、祖国、人类,也厌恶一切实际的、有限的、在健康意义上乏味的事物。

由于这种不受任何利益约束的自由,也就是对所有利益的无能为力,他有时似乎触碰到了艺术作为反讽的浪漫主义观念,甚至将其扩展至历史领域:"那么我们什么时候会同意,写历史就像写小说,也就是说,对涉及的人物没有爱也没有恨,从一个高级笑话的角度来说,正如上帝从天上看事物一样?"但这个理念依旧停留在理论层面,无论他相信什么,都被他精神的深度痛苦所阻碍,无法在他的实际工作中实现。在这种精神中,当所有其他兴趣都消失时,巨大而荒芜的渴望却在永无止尽地折磨,这些梦想即便在梦中也无法触及和实现,真正触及它们意味着界定和限制它们。波德莱尔努力向自己呈现他淫荡、可怕和邪恶的梦,并在单纯的现实中将它们表现出来。在尝试过类似事物之后,或者在回归类似事物之前,福楼拜的精神变得成熟,相反,他决心描述自己的不满、痛苦和讽刺，而他的杰作，《包法利夫人》（*Madame Bovary*）便由此诞生。

　　为了让讽刺更加苦涩，福楼拜将那种无限的渴望与梦想放在一个女人的脑中，甚至是一个小女人，一个小外省人，一个半农民的女儿的脑中，她在城市的一所女子学院接受教育，或者说被教坏了（diseducata），她是一些小故事的读者，很快对婚姻感到失望，在她遇见来自高雅世界，并以爱情为主要职业的绅士时，她第一次也是唯一一次被无可名状的激动搞得心神不宁。在一个有许多荒谬部分的人物角色中，福楼拜非但没有掩饰，反而用清晰的笔画将这些荒谬部分标记了出来。但并不是因此，这个人物才表现得像喜剧演员：鉴于他自己的经历，作者太清楚该以何种无法抗拒诱惑的面容来表现她所拥有的浪漫的疯狂，并以如此自然和具有说服力的方式，重新描述被迫走向严肃与忧伤的起源。忧伤已经出现在故事的"前言"，在年轻夏尔·包法利的故事里，在他的家庭、他的学业和他第一次婚姻里，和他渴望爱情的老妻子的故事也很可笑，她折磨人，也饱受折磨，很快就被一场疾病带走了。

　　　　公墓里的一切都结束后，夏尔回到家。他在楼下没有看到人影；他上二楼进了房间，看见她的长裙还挂在床脚，于是他靠在书桌上，沉浸在一种痛苦的沉思中，直到天黑。她毕竟爱过他。

之后发生的悲剧，仿佛在漫长的婚礼活动结束之时就已经预示了，爱玛的父亲在回家的路上跟着新人走了一段路，在与他们分开之时，他转身看了他们一眼，心碎万分。在爱玛的精神躁动中，在她对未知与非凡事物的期待中，在她满怀爱意和满足的丈夫的幸福感中，没有值得发笑的东西。在她第一次通奸后，爱玛陶醉在一种孩子般的喜悦中，她不断告诉自己："我有一个情人了！我有一个情人了！"在这种陶醉中，她读过的所有有害的小说都重新浮现，作者以一种反讽的庄重提高音调，来描绘她所经历的激动：

> 于是她回忆起从前在书里读到过的女主人公，这群与人私通的痴情女子，用嬷嬷般亲切的嗓音，在她心间歌唱了起来……

即便是这样，人们也不会大笑或者微笑，因为爱玛走进的是一场堕落的游戏。而当她收到父亲的一封来信时，她隐隐约约想起了童年时的场景：

> 那时候多么幸福！多么自由！那是满怀希望、沉湎在幻想中的日子！这样的日子一去不复返了！在她灵魂的所有冒险中，经历了接连发生的情况，在童贞、婚姻和爱情中，她消耗了所有的时光；——她沿着生命的历程一路失去它们，就如一个旅客把钱财撒在了沿途的一家家客栈里。

然而，如果这种描述排除了喜剧性或戏谑，那在其中就不可能发现同情、温柔或怜悯。相反，当爱玛像一只掉入陷阱的老鼠，被卷入其中的欺骗压迫和制服时，当她灵魂的每一处褶皱被暴露，身上每一道善良道德的闪光被否认，侵袭她的折磨被品尝时，我们感到了一种残忍。但是，我们不能否认她身上的某种伟大，她仿佛被一种魔鬼的力量，有时甚至是英雄的力量所驱使。爱玛并不可耻。她的热情和决心让她孤注一掷。她感到自己超越了一切法则，除了那些梦想、渴望和激情的法则。当她四面楚歌时，她设法脱身，然后毅然决然、毫不后悔地奔向死亡！她向她的情人求助，而他却将自己封锁在他的自私中，任由她独自挣扎在即将吞噬她的旋涡中，听听她对情人爆发的蔑视：

"而我，为了你冲我一笑，为了你看我一眼，为了听你说一声'谢谢'，我可以给你一切，可以变卖一切，可以凭我的双手去干活，可以沿街去乞讨。"

她骄傲地死去，没有后悔，没有回心转意，没有任何救赎，顺从生命的必然结果——死亡。她可怜的丈夫在中毒的她身旁哭泣：

"别哭了！"她对他说："我很快就不会再折磨你了！"
"为什么？谁逼你这么做？"
她回答：
"我该这么做，我的朋友。"
"你难道不幸福吗？难道是我的错？可我已经做了我能

做的了啊!"

"是的……没错……你是个好人!"

她的一只手缓缓伸进他的头发。这种温情的表示使他更加伤心……

她死的时候没有仇恨,也不同情自己,而是带着一种如释重负的感觉:

> 她想,这一切就要结束了,爱情的不忠,品行的不端,搅得灵魂永无宁日的贪婪,就都要结束了。现在她谁也不恨;一阵衰弱引起的恍惚,在她脑际弥散,人世间的声音,她只听见了这颗可怜见的心时断时续的哀鸣,温柔而邈远,犹如一阕乐曲远去的绝响。

他以同样的方式刻画了夏尔·包法利,没有理想化的同情或怜悯,没有温柔的微笑,爱玛死后,他最终也沉浸在做梦的绝望中,正如作者所说,死后的爱玛继续从坟墓中腐蚀着他:

> 他萌生了一种持久而炽烈的欲望,这团欲火使他肝肠寸断,而且因其无法实现而变得永无止境。

在这种无休止的折磨中,在他人生崩坏的过程中,身边只有他多病的小女儿,他悲惨地将自己耗尽,甚至没有获得愚蠢的安宁。与此同时：

> 对门是药剂师家庭，蒸蒸日上，兴高采烈，事事如意。拿破仑在实验室帮忙，阿塔莉给他绣了一顶希腊便帽；伊尔玛剪出圆形纸片来盖住果酱；富兰克林一口气背出了乘法表。他是最快乐的父亲，最幸运的男人。

药剂师奥梅（Homais）是最快乐的父亲和最成功的男人，他是福楼拜所有憎恨之物的拟人化，包括他自己和他徒劳的渴望：守法的生活，让自己适应法律，也让法律适应自己，并致力于满足他对个人幸福和社会尊重的微弱需求。福楼拜穿梭在两种不同类型的仇恨之间，过于精致而无法接受奥梅先生的伦理理想，但未强大到足以跨越他病态的激情燃烧的荒地，获得一种新的崇高的伦理理想。因此很少有书像《包法利夫人》那样荒凉，那样悲观。

尽管如此，被作者无情对待的爱玛·包法利在读者眼里却变得亲切可爱（我说的是每一位单纯又健康的读者，而不是那些在法国建立起包法利夫人崇拜的读者，他们甚至去她的爱情之地朝圣，构想出一种"包法利主义"哲学）：读者认为她可爱，如同但丁未拯救的弗兰切斯卡（Francesca），她没有悔改，而是作为猎物投入了永不停歇的地狱暴风，是"甜蜜的想法"和"渴望"诱使她迈出痛苦的一步，然而，但丁听见了它们，也被它们打动。怜悯源自事物本身，源自同样的艺术表现，它完整又真实，同时可怕又可怜。

因为《包法利夫人》，福楼拜达到了他所能做到的最大，或者更准确地说，唯一的自我掌控。在他的第二本小说《情感教育》（*L'Éducation sentimentale*）中，他依旧攥着这个统治的缰绳，不是重新给出相同的答案，就是停留在原本就无解的地方：痛苦地放弃梦想，却没有更有价值的东西能够替代。虽然这两部小说的理念本质上一样，但这部新小说的基调完全不同：首先它的男主人公是一个伟大爱情的梦想家，他没有爱玛·包法利那样快速跳动的脉搏，而是一位好青年，他任由事态发展，也不愿让事物屈从自己，或在与之碰撞时被压垮。因此其中有一段"什么都没有发生"的故事情节，好让主人公在度过青春期之后，和他早年认识的一位朋友总结他们的生活，然后意识到两人都"失败了，他们一个梦想爱情，一个觊觎权力"；最后还牵涉到一种普遍的情感，它不再是讽刺，而是忧郁，不再是痛苦，而是疲倦。作者似乎很清楚，世界上不仅有贪婪、自私和愚蠢，还有善良、牺牲和一种没有恶意的犯错，他用这些东西来填充他的故事。但这并没有改变他悲观主义的想法，尽管他让它变得不那么辛辣和尖锐。在《包法利夫人》的地狱前，《情感教育》几乎就是炼狱，这不是因为它冠以希望，而是因为相同的苦难在这里呈现出更细腻的色彩。这就解释了为什么有人喜欢这一部，有人喜欢另一部，但更多人喜欢第一部而非第二部。喜好取决于个人倾向，争论它们没有意义，就好像我们不会去争论喜爱中午还是晚上一样。

因此在这两部小说中，在两种不同的情感基调中，永远存在对自身的沉思，作者在这种沉思中看到了不想看却又不得不看的东西：一个好色的小妇人，受到小说的刺激，断送了自己的生活；以及一个感情上不成器的人，毁掉了他的时间。然而，福楼拜还有其他一系列作品，批评家发现很难将它们与这两部联系在一起，在创作时间上它们与这两部相互交叉，或前或后，但本质上一会儿断裂，一会儿又相互联系。全部读者（一些讲究的读者除外，他们都有怀疑的鉴赏力）或多或少有意识地认为，他的其他作品都比不上这两部，并且为了区分而称它们为资产阶级小说。出于同样的原因，其他作品当然看起来就与这两部相互关联又相互分离，因为它们的主题永远是奇异、未知和不可能的梦，这样的主题除了不能用医生的眼光来打量，并成为讽刺的或忧郁的弃绝对象以外，它可以随心所欲地自由移动，像汹涌和急速旋转的激流一样在里面大声咆哮。福楼拜因为羞耻而变得谨慎，他不愿展露他病态的贪婪，但在我们现在谈论的作品中，他不仅放下了这种羞耻，而且越来越接近他在理论层面谴责和鄙视的发泄与色欲艺术。

为了实现这一切，他必须为自己设下一个陷阱，并制造一种表面上的正当性。陷阱和正当性是他关于艺术作为纯粹形式的学说，但该学说也拥有多重含义，正如我们所说，它有时肯定了艺术的普遍性，认为艺术在形式的完美中获得了内容的完美，但有时它又以某种方式区分形式与内容。如此，他使形式本身成为一种美，形式"在精确的组合、稀有的元素、恭谦的表面与和谐的整体中"拥有自身的美德，它不仅让内容维持其物质性，听从个体的欲望，还让形式本身成为一种欲望。通过闪耀在《包法利夫人》中的艺术的清澈,福楼拜将自己从"神秘主义"中拯救了出来,他巨大的贪婪曾经将他引向它,如今他以这种美学学说为中介,再次陷入一种新的神秘主义。"让我们信教吧!"福楼拜在一封信中谈起他的文学狂热时写道:"发生在我身上的一切令人不愉快的事情,无论大小,都让我越来越限缩在我永恒的忧虑中。我用双手紧紧握住,闭上了双眼。凭借着对恩典的呼唤,它来了!……我转向了一种美学神秘主义……"无论谁在传记里或者直接在他的信中读到这种方式(福楼拜尤其在最后几年以这种方式工作),就会对他产生一种印象,与其说他是一位创造美的艺术家,不如说是一个有妄想症的色情狂,或者你喜欢的话,是一个从鞭打到欣喜若狂和从欣喜若狂到鞭打的神秘主义者。

《萨朗波》(*Salammbô*)是对野蛮、神秘、荒淫、嗜血成性,以及好色与亵渎的盲目渴望,它的女主角的真正国家不是迦太基,而是夏多布里昂构思他的阿达拉(Atala)和维莱达(Velleda)雏形的布列塔尼城堡。福楼拜迅速抓住了提供给他的机会,以精心设计的考古重建为幌子,短暂释放了他内心的恶魔,他以前不允许它公开露面,除非把它关在一个外省医生不忠的妻子的身体里惩罚它。一部关于福楼拜的著名专著认为,《萨朗波》即使不能让读者满意,也一定能让作者本人满意,这是真的。但是,再往下阅读到的东西让我感到震惊,它说,福楼拜的这种方式和"所有伟大的艺术家"一样,他们除非是"为了自我满足",否则就不会写作,也就是说,福楼拜在他作品中寻求和发现的肉欲满足和非美学的东西,从原来的应受谴责转变为值得赞扬。对此类事情有敏锐嗅觉的圣伯夫说,在这本令人不安的书诞生之前,福楼拜就友善地抗议过"性虐待狂"(sadismo)这个词,他害怕这个词对公众造成的影响,也害怕它为他的敌人提供攻击他的武器。然而,当他创作出蛇和帐篷的著名章节后,便对他的朋友费多(Feydeau)倾吐心事,他写道:"我目前正在准备一击,这本书的攻击!它必须既下流又纯洁,既神秘又现实。"因此我们就知道应该如何思考他犹豫不决地反对圣伯夫的辩护:"在我看来,好奇心和爱将我推向了消失的宗教和人民,推向了本身具有道德的和令人喜悦的事物。"事实上,在《萨朗波》高雅的艺术形式中,福楼拜并没有驯服材料,而是掩盖了它,要说真有什么的话,风格和堆砌的考古知识在这里或那里减弱了淫荡的东西,但没有征服和主宰它们。在这部小说中,他缺乏的恰恰是真正构成艺术的"内在形式",这是他在《包法利夫人》和《情感教育》中已经实现了的。类似地,虽然《圣安东尼的诱惑》(*Tentations de Saint-Antoine*)中有一些完美的散文诗,但它依旧一团混乱,摇摆在两件事情之间,一边是文学和博学训练的冷峻,另一边则是对无法表达之物的痛苦乡愁。《三故事》(*Trois Contes*)延续了那本关于迦太基的书的同样灵感,体现在对犹太人希罗迪娅的回忆中,也体现在描写猎人圣朱利安骑士杀戮的爱好中。在《三故事》的第三个短篇《淳朴的心》(*Un cœur simple*)中,福楼拜重拾《情感教育》的主题,描述了一个卑微生物的生活和所有本能,她甜蜜又深情,但这种美德结合了狭隘和精神脆弱,并以甜蜜的疯狂告终。

21. 福楼拜

晚期的福楼拜越来越倾向于一种想象二元论的艺术，甚至是宣泄不快的艺术，风格形式主义的艺术，这些都可以在他死前创作的最后一本书《布瓦尔和佩库歇》(*Bouvard et Péchet*) 中得到证实。在这部作品中，他对曾经赋予奥梅先生的那种和谐形象感到不满，他故意重新发泄他对任何形式的政治与科学的厌恶，以及对任何其他事物——无论对错，它们都触动他的神经，要么因为真的愚蠢，要么因为他不了解它，所以不喜欢它。这是一部无法赋予任何批评价值的作品，它的艺术价值也微不足道。但其中仍不乏一些快乐的地方，尤其是开头部分，两位职员相遇，相谈甚欢，并认出了彼此志同道合的灵魂：

> 他们的谈话像不会干涸的流水，点评接着逸闻趣事，哲学概况紧跟个人思考。他们贬低桥梁公路工程局、烟草专卖局；贬低商业、戏剧；贬低海运管理局和整个人类，仿佛都是历尽挫折之人。一位在听另一位说话时总能重新找到自己被遗忘了的一些事……

但总的来说（同样适用于喜剧《候选人》），这部批判性小说中的讽刺部分扭曲变形，就像出现在两本考古书籍中的抒情诗。因此我们要考虑，这些作品是由融合在两部主要作品中的相同元素组合而成，只是这些元素，在融合前或融合后，因激情的解体而呈现出一种非综合的（asiutetica）形式。

22. 左拉和都德

幸运的是,"社会小说"并不仅仅在巴尔扎克那里获得了成功,由于巴尔扎克任由激情的灵魂和诗歌的冲动拖拽,"社会小说"在埃米尔·左拉(Émile Zola)那里获得了更大的成功,左拉的性情更加冷静、慎重,不受诗歌冲动的羁绊。

这种评价与人们普遍接受的相反,因为不当众嘲笑左拉旨在确立或验证"科学法则",尤其是"继承法"的"实验小说"论点,就几乎没有法国现代文学史。但是,既然人们原谅了其他艺术家的艺术即哲学或道德的主张,也原谅了巴尔扎克用一系列小说来制定"社会规则",那么让左拉的理论幻想过重地压在他身上就显得很不公平。可以说,其他艺术家更多是以批评家而非艺术家的身份犯错,他们从外部将道德、哲学或社会法则附在他们的作品上。但从这方面来看,左拉也是以评论家而非艺术家的

22. 左拉和都德

身份犯错，他也是不得不从外部为他的作品附上"继承法"和卢贡·马卡尔（Rougon Macquart）家族的家谱。因为即使是他，也不能剔除事物的本质，在没有实验可能性的地方进行实验。或许人们对左拉严格而对他人宽容的原因在于，所有人一眼就能看到建立在想象数据上的经验的荒谬，但并非所有人都能借助敏锐的观察力，发现诗歌向道德或哲学倾斜的同样荒谬。无论如何，不仅公平要求人们以对待他人的宽容来对待他，而且我们或许应该感激他以极其朴素的精神提出了实验小说的概念，留给历史一份极其重要的文件，关于19世纪下半叶那些陶醉于爱情和对生理学、病理学、动物学以及其他自然科学感到眩晕的脑袋转动了多大的程度。

烧炭党人谴责左拉思想狭隘和局限，因为他相信那些科学，或者正如人们所说，科学是社会的拯救者。我不否认这种谴责是真实的，也不愿坚称左拉才智过人或者思想深刻。但这里我也不明白，为什么要称赞巴尔扎克借助宗教和君主制的社会拯救理论（反动的理论，无论如何只涉及特殊的国家和历史时刻），却严厉地对待左拉，而他以所谓科学的粗糙形式，瞄准了一种真正的力量和永恒的拯救者——批评，或者说是思想。

最后——这是最主要的指责——他们认为左拉描写的东西都接近于低俗、下流、兽性和本能，他没有表现人类最精神化和最文明的方面，或者当他尝试这么做时，就变得不快乐、虚伪和乏味。这也非常正确，我们很快便会意识到，左拉缺乏自然的开阔和必要的文化来理解现实与生活的最高形式，他甚至不具备艺术家们通常从各个时代的诗歌和文学作品中学到的那种哲学，对于这些作品，他似乎一无所知也不好奇。但这又怎么说呢？人非万能（non omnia possumus omnes）。如果左拉以他独特的方式在某些方面勇敢地展现现代社会，即便是物质的和粗俗的，那他也在那种规范科学和艺术生活的合作中履行了他的职责。

我们不能否认左拉出色地类型化了农民和平民，小资产阶级和大资产阶级，政治人、银行家和投机分子，无产者和工人阶级，交际花和诚实工人，士兵和军官，神父和信徒。他还极其大胆地描绘了社会阶层、市场、小酒馆、矿井、仓库、战场、铁路、朝圣者，以及巴黎这样的大城市，白天里的每一个小时，和它们的每一个主要时刻。他完成了一项艰巨的工作，对此他认真准备，走访了很多地方，跟不同阶级的人对话，仔细研究专著、调查报告和报纸。20年来，全世界都在阅读他描写和叙述的东西，从中学习或者相信能从中学习现代构造的各个方面，以及巨型社会机器的运行方式。

左拉拥有的非凡才能足以完成这些描述，他懂得掌握特征符号来识别不同的类型，因此，他刻画的人物形象和他确定的姿势与言论，易于在每天的谈话中被广为人知地援引与使用。他以同样的能力将他的人物放置在适合他们的环境中，决定他们必须完成的动作和反应。让我们从上千个人物中选取一个来回忆，那个坏工人，女性的剥削者和政客，《小酒店》（*Assommoir*）里的朗蒂埃（Lantier），还有同部小说中被寥寥数笔带过，因劳累和贫困而变得迟钝的老工人布吕老爹（le père Bru）。在热尔韦斯

22. 左拉和都德

（Gervaise）店铺的宴会上，宾客们数了数人数，发现他们有十三个人：

"等等！"热尔韦斯又说："有办法了。"

她出来到人行道上，叫了一声正在穿过马路的布吕老爹。老工人走了进来，弯着腰，僵硬着，面无表情。

"请坐这儿，我的老实人，"洗衣工说，"您愿意和我们一起吃饭，是不是？"

他只是点了点头。他很乐意，他怎样都行。

从恐怖到喜剧，形形色色的人物在他的小说中穿梭，他们以一种柔软、讲究和含糊的鄙夷风格表现出来，无所不包。

他丰富多彩的描写接二连三，它们不是没有联系和意图，因为我们到处能感受到左拉的灵魂，它不像他的对手和诽谤者认为的那样，受到一种低俗下流的男性色情狂的刺激，或者受到投机不良趋势的商业利益的鼓动。读者们拥有不健康但深思熟虑的好奇心，这种好奇心对苦难和腐败深感悲痛，被用来观察和发现它们的全部，撕开每一层面纱，就像一个想要弄清现实和衡量病情严重程度的医生，在准备进行治疗。他是怎样的医生，他的眼前闪耀着怎样的希望，他在准备怎样的药方，我们之后都可以在他的后期作品中看到。一位医生，如果这么称呼他的话未免有些土气，他没有被真正科学家的批判性质疑扰乱，也没有被敏锐才智的优雅怀疑削弱。一位过于医生的医生，也就是说，他对于来自外部事物的治疗过于自信,但那种对他所从事职业的坚定信仰也同样值得尊敬。如同任何一个学派,他的学派也不断夸大老师的精神,最终到达了——怎么说呢?——"夏洛在自娱自乐"(Charlot s'amuse)。

左拉最声名鹊起的时期是 1875 年到 1895 年,如今他的名声不再,很少有人会去读他的书,至少有文化的人是这样。如今,对他的喜爱几乎意味着品位粗俗。这种衰落是可以预料的,因为他描述的主题,以及引导这些描述的意识形态大都成了历史。我们不再关心法国第二帝国的政治腐败,也不关心科学或自然科学,它对我们而言更像是过去的偶像,继承法在我们看来不像在他看来那样无可辩驳和致命,社会的恶也不再那样黑暗,不是所有的恶都是他认为的那样,不是他提出的拯救措施都同样有效,不是他希望的效果总是绝对可取。

如果他不是"社会小说"理念合乎逻辑的执行者,如果他牺牲明确的说教意图和现实主义的社会呈现,如果他像巴尔扎克那样朝诗的方向倾斜,那么对他的普遍看法就不会以这种方式发生转变。但埃米尔·左拉是个诚实的医生,是现代社会的蒂索博士(dottor Tissot),他只在很小程度上是诗人,我们没有必要将我们已经确认在他作品中持续振动的道德关切,与提供给诗人素材以便他创造幻想的情感混为一谈。有人指出,他在描写中使用的夸张手法是他巨大的诗歌创作能力的标志,他将攻击他的事物拟人化,把它们变成活生生的怪物,这被人称作"幻觉象征主义"(simbolismo allucinatorio)。但仔细观察的人很快就会意识到,

22. 左拉和都德

这种幻觉是冰冷的，他的夸张和拟人手法不是诗人的方法，而是演说家和教师的，意图将魔鬼描绘得尽可能凶残和丑陋。我们来重温一遍《小酒店》中对导出烈酒的蒸馏器的生动描写：

> 仪器……巨大的蒸馏瓶流出一股清澈的酒：蒸馏器上有许多奇形怪状的容器和无尽缠绕的管子，脸色阴沉。没有一丝烟从中逸出：人们勉强能听到内部的噪音，一阵隐蔽的隆隆声：仿佛一个沉闷有力、寡言少语的工人，在白天做着夜间的工作……蒸馏器沉闷地继续工作着，没有一丝火焰，在铜器暗淡的反射中没有欢乐，它让它的酒精汗水流淌下来，像一个缓慢又固执的源泉，久而久之它一定会灌满房间，溢到外面的大马路上，淹没巴黎巨大的窟窿。这时，热尔韦斯打了个寒战，向后退缩，边喃喃自语边努力微笑：真是愚蠢，这让我发冷，这机器……这酒让我发冷……

这是这个医生的夸张写法，他想激发他治疗的病患的恐惧，让他们不要再沾染上导致他们疾病的恶习。诗如此之少，因为左拉无时无刻不在用统一的精确性重复着同样的过程，他认为这样的使用有助于他的演说目的。他总是用类似的方法扩大他的类型的特征。虽然习惯写作文学史的法国学者普遍苛待左拉，但是他们还是赞美了他在描绘群众时所展现的，他们所称的"史诗般的广阔"。事实是，他们确实钦佩左拉在这些描写以及所有其他描写中惯用的独特技巧和风格，但这里使用的惯用手法是夸张，与

285 史诗性（然而它是自然的）毫不相干。人们经常比较他和维克多·雨果的夸张描写，这样就真能强有力地证明左拉拥有诗的精神吗？那首先需要证明雨果的那些描写是诗，这看起来很困难。

人们经常谈论那些毫无洞察力的批评家发明的噩梦，他们说左拉的人物都生活在这个噩梦中，他们被外部事物统治、侵略和决定，街道、房屋和他们周遭的事物在他们身上不断振动，几乎使人类自身沦为物质的存在。事实上，这种行动与事物的结合同样有助于满足一种教育和说教的需求。

> 热尔韦斯，一边殷勤地回答，一边从水果酒瓶的玻璃中间望出去，看街上涌动……

不是热尔韦斯无法将目光从道路上的移动中挪开，然后被迫跟随它，而是作者想要按照他设定的计划来描述熙熙攘攘的场景。事实上他描写了它。

> 热尔韦斯想在马路上等他。然而，她不由自主地走到门廊深处，直到看门人的门房出现在她的右手边。到了门口，她又重新抬起头来观看。

然后是对大楼的描写：

> 热尔韦斯缓慢地来回移动着她的视线，从七楼到地面，

22. 左拉和都德

又从地面向上望，惊讶于它体形的庞大，她感觉自己处在城市中心一部活跃的机器中，她对这栋房子很感兴趣，仿佛她面前站着一个巨人。

这里观望、入迷和震惊的也不是热尔韦斯，而是想让你们观望和震惊的作者。

后来在天井里，库波（Coupeau）用唱歌的声音要求开门绳，热尔韦斯转过身，看了这幢房子最后一眼……

转向里面的不是热尔韦斯，而是不想让他的描写不完整的作者。这种机械式的程序出现在左拉的所有小说中，而最后几部最为明显，他来到了那个让艺术家感到筋疲力尽的忧郁时期，暴露出他的所有缺陷，完成了某种自我瓦解或自我剖析，甚至让批评家解剖刀的介入看起来都那么多余。

从特殊上升为普遍，《小酒店》的真正主角热尔韦斯在经过多年精力充沛和健康的生活后，沉迷于懒惰和享受，一步步走向道德和身体的极端堕落，作者准确详细地描述了这个过程。但热尔韦斯在艺术上依旧是个乏味的创造物，因为她不像真正的诗的创造物，没有意识到创造她的人的灵魂的辩证方面，而是作为不可避免地导致酗酒的遗传的邪恶品性的样本，同时还作为催生邪恶品性的人民生活环境的样本。左拉小说中的所有人物、所有行为和所有场景就是如此。它们都是五彩斑斓的描写，其中描写被赋予科学或伪科学概念，而色彩则来自臃肿的想象力。有时候，左拉构思的事物和场景是崇高的：比如在《萌芽》(Germinal)中，当一个无政府主义者制造机器故障，导致矿井连同在里面工作的工人们一起被水淹没时，主工程师——对工人们无情又极其冷酷的工程师，工人们非常憎恨他，尤其是艾蒂安（Étienne），他对工程师充满敌意，而他也知道他的敌意——展开了拯救行动，他冲在所有人的前面，完全不顾自己的生命，像一位可敬的官员，无论他的政治观点是什么，他都只看到了义务和军事责任。他最终穿越到了被埋的工人面前，艾蒂安就在这群工人中间，他走到解救者面前：

> 直到雷基亚尔矿井的平巷里，他才认出了一个人，站在他面前的工程师内格雷尔。这两人互相瞧不上，一个是反叛的工人，一个是怀疑的工头，他们扑向前，搂住对方的脖子，在他们身上所有人性的深深震荡中抱头痛哭。这是一种巨大的悲伤，是几代人的不幸，也是人生所能遭受的最大痛苦。

当你们读到这里时，喉咙里也经历了一次啜泣，难道不是吗？但夺走你们啜泣的是主题本身，因为左拉不懂如何获得诗歌的崇高性。他用批评家抽象或普遍的语言来进行纯粹的陈述，试图夸大它们：他们身上所有人性的深深震荡；几代人的不幸；人生所能遭受的最大痛苦；一种巨大的悲伤……并不是说他应该扩充这短短的几行，相反，他甚至可以让它们变得更加简短。但如

22. 左拉和都德

果他是一位诗人，他会发现诗人所能发现的词汇。

如果一个人没有诗的天才，只是一个性格坚强的作家，那么他将遭到粗暴甚至是无礼的对待，就像今天的批评家和历史学家对待左拉那样。相反，他们对阿尔丰斯·都德（Alfonse Daudet）表现出了所有的温柔和敬意，其中一位历史学家说，他的那些书"令我们着迷，它们以一种独特的强度使我们感动"，它们中温柔的或邪恶的人物"从不粗鲁也不令人反感"，有时他们"知道如何让他们的受害者爱上自己"，这些书都是以一种真正的艺术风格，以"一种令人仰慕的精致和清新的感受"写成。在这里，我也不打算否认都德比左拉更让人快乐，更和蔼可亲，也受过更好的和更资本主义的教育，但只要同时向我承认两件事：首先，他反过来没有那么精力充沛和严肃，更爱逸事和问东探西；其次，他的艺术手法和左拉完全一样，身上的诗人部分其实也和左拉一样少。

都德也是道德观察家和喜欢类型化的人，他的观察常常是物质的和外部的，以至于他的一些书简直就是编年史或隐喻小说（romanzi a chiave），比如《流亡的国王》（*Rois en exil*）、《富豪》（*Le Nabab*）、《不朽者》（*L'Immortel*），而这从未发生在左拉身上。他的观察或是体现在一个道德论题里，比如《福音传教士》（*L'Évangéliste*）、《萨福》（*Sapho*）、《罗丝与尼内特》（*Rose et Ninette*），或是展现一个给定角色或特定情景的效果，我们几乎在他其他所有的小说里都能看到。但他的人物是静态的，比如纳巴布或努玛·鲁姆斯坦（Numa Roumestan），小说并没有展开他们，而只是在很多特殊的场合展现和突出他们，他们几乎像是滑稽角色（personaggi-machiette）或者漫画角色（personaggi-caricature）。他的叙述是如此机械，以至于一旦机器开始启动，无论是人物的机器还是情景的机器，就立刻能预见到它将变得僵硬，我们将无力地目睹一个陷入这种机器装置的可怜生物被折磨、碾碎和毁灭。他的一些小说不堪卒读，比如《杰克》(*Jack*)，我不忍心看断头台上的砍头：折磨和难以忍受的印象（通常认为）不是艺术家的胜利，而是对他的责难，因为这表明他未能将这残暴的素材化为沉思和诗的享受。但是他所有的故事都是这样，即便是那些读到最后的作品，还有他最好的作品，比如《萨福》，机器在第一章就启动了：一个年轻的外省人来巴黎学习，他和他遇到的一位女士一起上楼梯，这位女士很疲惫，他搀扶着她的胳膊，越往上走越感到沉重：（作者说）"他们的所有故事，就是在早晨灰蒙蒙的忧郁中爬上楼梯。"当然，都德的风格清晰简洁，但也非常普通，常常还很贫瘠，充满固定程式，以及描述性与叙述性的策略。当然，都德描述的人物变得流行起来，尤其是喜剧的或者拥有喜剧元素的，比如塔尔塔兰（Tartarin）和努玛·鲁姆斯坦，他们被应用于当下的话语，用来指向想象力丰富的法国南方人，或者说话热情洋溢的南方人，他们在想象力和口才中吞没和废除了所有真理与义务，不能说他们是好人或者坏人，如此丰富的想象力和语言溶化掉了他们人性中所有严肃的部分。左拉也有这样的人物，他们没那么讨人喜欢，但刻画得不比都德差，就像我们说的，他们更复杂、更有力量。当然，都德拥有善良和怜悯的灵魂，不弄虚作假是他的道德目标，当他在《萨福》的献词中写道

22. 左拉和都德

"献给我的孩子们,当他们二十岁时",我们可以相信他。但在其他伦理思考的领域,在政治和社会领域,而不是在道德和个人的领域,正如我们所见,这也是左拉的灵魂。

上述那位赞美都德的历史学家问道:"这位如此法国、如此人性的艺术家,真正伟大的创作者,在我们的文学中拥有狄更斯在英国文学中的地位,那他还缺乏什么呢?强烈的工作?巅峰的天才?或者更确切地说,难道不是他拥有如此多的心和如此痛苦的怜悯,只呈现生活脆弱的受害者,却不知道如何为他们和我们召唤天上那颗狄更斯从不忘让它在不应得的苦难和不幸的死亡上闪耀的星吗?"

就我们而言,我们不必徘徊在这些各式各样的假设之中,它们中的一些也相当奇怪。都德的天性中也没有什么会阻碍他有逻辑地和连贯地写作"社会小说"、"心理小说"或"道德小说",这对一位艺术家来说不值得羡慕。

23. 易卜生

易卜生的所有男女主角都在期待中发展,他们渴望独特、强烈、崇高和无法企及的东西,同时也被它们吞没。他们蔑视任何形式和任何程度的田园般的幸福,蔑视谦逊和屈服于自身不完美的道德。海达·高布乐鄙视和嘲笑她勤劳、善良和普通的丈夫,以及他那几个老姑姑,那些神圣的女人。她也无法忍受听到那些关于孩子、家庭生活和任何一种义务的琐事。她厌恶不忠和通奸,就像厌恶普通粗俗的事物。在粗俗和普通的事物中,她觉得自己要窒息了,环顾四周,她无比厌倦,因为虽然她对使用什么手段毫不顾忌,但要在世上寻找"自由勇敢的、被绝对美的光线照耀着的东西"是徒劳。艾莉达的灵魂像大海一般波动,它一直朝向大海,渴望最初的祖国和从海上来的可能犯过罪的陌生男人。有一天这个男人靠近她,和她说话,跟她结合,把他们的订婚戒

23. 易卜生

指扔入海浪之中。娜拉，在八年的婚姻同居生活中，耐心地等待"奇迹"，而它只是被拿来赋予平凡事物、婚姻、孩子和世俗关系的单调过程以意义和乐趣。为了治疗疾病中的丈夫，她偷偷犯了个小错误，一想到此她的心就怦怦跳，如果错误被发现，被她丈夫知道，他就会立刻跳到她的面前保护她，把罪推到自己身上，出于对他的爱她才犯错，他甘愿为她牺牲他所看重的一切，财富、社会地位、名声、荣誉。吕贝克·维斯特是严格的教徒和保守主义者，她被引入到古老的罗斯莫庄园中，渴望通过她个人和手艺的魅力来征服罗斯莫家族的最后一位继承人，让他成为她个人野心的工具和她参与的斗争的良机，一场为自由与进步而发动的针对旧观念的斗争。吕达和沃尔茂结合是想要占有他，占有他的一切。她嫉妒他的妹妹，嫉妒他的学习，甚至嫉妒他们的儿子，她贪婪的激情是如此强烈，以致有时候她自己都感到害怕。

男性呢？索尔尼斯只想建造教堂、房屋和高塔，他战胜了其他建筑师或将他们纳入自己麾下成为助手或工人，他怀疑年轻的建筑师会站出来抢走他第一名的位置。他尝试挑战"不可能"，为战胜自己而登上他建造的高塔的最顶端，强忍着晕眩举起开幕的大花圈。鲁贝克放弃为创造艺术而生活，如今他苦恼于能让他逃离的醉酒冲动。博克曼梦想着通过他的银行业务将所有权力来源掌握在自己手中，把土地、山脉、森林和海洋的所有资源置于自己控制之下，为了让成千上万的人满意和幸福。他在通往统治的路上失足跌倒，落入刑法，被监禁，被抛弃在孤独中，他坚持这一信念，每天都在等待人们来寻找他，恳求他重新回到他们的脑中。格瑞格斯·威利有他不同的梦想：摧毁谎言、虚伪和幻想，人们将脑袋下流地枕在它们之上，仿佛枕在柔软的枕头上，在勇敢揭示和凝视的真理上创造一种原谅、互相帮助和拯救的新生活。

虽然这些例子都源自易卜生最后阶段或者说成熟阶段的戏剧，但我们不认为同样的灵感不会支配他之前的戏剧，因为在这些和那些作品之间有形式和艺术价值上的极大差距，但本质上没什么区别。除了艺术的发展，易卜生没有真正显著的理智和情感发展，也没有深刻的变化和转变。无论谁试图写作他的精神史，都会被迫在同一个地方打转，因为他会发现，无论是年轻的、成年的或是老年的易卜生，在他面前的都是同一个灵魂，对非凡和崇高始终怀着不变的渴望。让我们回顾一下培尔·金特，正如他所说，他四处游荡，为了实现"金特他自己"，即"大量的渴望、贪婪和激情，以及幻想、要求和权利的海洋"，一切真正"让他挺起胸膛和让他过生活"的事物。我们再回忆一下布朗德，他痴迷于责任的观念，责任的责任观念，而极端康德主义的责任对于履行者本身而言是如此冷酷无情。布朗德的座右铭是"要么全有，要么全无"，凭借他性格中专横的能量，他让阿涅丝从爱她的男人身边离开，告诉她他坚定的信仰，为了这个信仰他让她的儿子死去，也让她自己死去，他践踏自己所有的个人情感，但从不践踏他至高的自我和毫不动摇的意志，从不看"全有"和"全无"以外的选择。我们离开布朗德再往回看，来看一眼历史戏剧《觊觎王位的人》，在这部剧中，倘若依据日耳曼的历史哲学观念（易卜生直接或间接地知道这些观念）来重新思考的话，主人公霍古恩国王是一位虔诚的埃涅阿斯,那些热血沸腾、贪得无厌的人物都围绕在他周围,比如斯古利伯爵,尤其是可怕的尼古拉斯主教。在《爱的喜剧》中,我们也看到诗人福克以他对爱的理想推翻了所有障碍,战胜了一切,向谎言和虚伪宣战。在一部完全不同类型的喜剧《海尔格伦的海盗》中,几乎所有的角色都是悲怆的,尤其是伊厄迪斯,她是野蛮社会中野蛮形式的海达·高布乐,或者说,她处在她的真正形式和合适她的社会中。

这种对非凡和崇高的冲动从未实现也从未得到满足,除非作为自我毁灭,也就是,作为悲剧。周遭的现实或者其他人都成了他的阻碍,穷苦之人、低微之人,法律,社会。而更糟糕的是主人公自身的缺陷,他以往的过错,当下的脆弱,从他存在深处产生的阻碍。或许这两种阻碍可以缩减成唯一一种,也就是第二种,因为正如易卜生隐约感受到的,无法对社会施加影响的主人公就无法超越社会,因为他与它甚至不对等。培尔·金特身上的毛病很明显,但我们在布朗德身上也能看到,他恐惧地摒弃了世俗的审慎,在人群后面被拖拽一段时间后,他被抛弃了,他发现自己独自一人在山上,一个幻影出现在他面前,对着他大喊大叫:"去死吧,这个世界不需要你了!"他觉得耶稣从他手中抽离,就像一个他再也找不到的词。在灭顶之灾来临之际,他问上天,他想知道坚定不移的意志是否足以拯救自己,我们听到了"上帝是仁慈的"的回答。所有人都有罪:索尔尼斯在他周围散播痛苦和不幸来创造自己的荣耀,他犯了罪,即便不是通过他的实际行为,也是以他罪恶欲望的力量,是它在推动事情的发生。博克曼为了获得统治,放弃了爱他的和他爱的女人,他吹熄了妹妹灵魂中点燃的火焰。类似地,鲁贝克在女人身上看到的只是他雕塑的线条,他没有意识到这些线条包围着一个有血有肉的存在,一个把他当作人来爱的生物,她被拒绝,不被关心,她耗尽了激情,像幽灵一样苟活。格瑞格斯·威利以改革者和思想家的傲慢,将双手伸入生命微妙的构造中,为了揭露谎言,他撕下一些碎片,拆解整个结构,他不是为了救赎和净化,而是为了在他触碰过的地方带来死亡。海达·高布乐经历了一次次邪恶和一桩桩罪行,当她认为自己让一道绝美的光芒,即一种"美妙的死亡"在世间闪耀时,她意识到自己引发的只不过是最低俗和最无美感的死亡——在一个妓女家中,腹部上的一刀。艾莉达没有信守对神秘男子的诺言,为了嫁给另一个让她脱离被抛弃和不幸处境的人,她宁愿选择乏味的舒适,而非诗性的偶像。娜拉打扮得像玩偶,同时也像玩偶般被人宠爱和爱抚,她幻想奇妙的事物即将到来,却忽视了用她的责任和权利来发展自己内在的人性,从未尝试做出必要的努力去认识自己和其他人。吕达,为了把自己献给无节制的爱,出于独自占有沃尔茂的自私愿望,在行动上和思想上两次伤害和冒犯了她的小儿子,她失去了他,一起失去的还有沃尔茂的爱,初恋的蓬勃和骄傲在他胸中都减弱了。吕贝克出于对罗斯莫的爱而在她算计的野心中误入歧途,因为这份爱,她逼死了他的妻子,当她和那个男人单独在一起时,她习惯于他的精神,让自己一点点地被诚实和纯粹的道德力量征服,这种力量从他身上散发出来,如今她无法再爱,爱不能不纯洁,因为她得到了净化,而爱不纯

23. 易卜生

洁，因为她过去犯了罪。因此，两种可能的幸福被排除了：感觉混乱和刺激的幸福，以及内心甜蜜的幸福。

易卜生的某些人物是通过放弃疯狂的渴望而得救的，比如海上夫人艾莉达，她经过自由的选择，拒绝追随回来想带她走的神秘男子，由此她获得了平静，并步入了平凡的生活。沃尔茂夫妇，溺死的小艾友夫的父母，他们觉得自己对他犯下了罪孽，决心过一种奉献给无家可归的孩子的新生活。娜拉抛弃了丈夫和孩子，退到一边思考她自己和现实，至今她还是不理解也没有试图理解。《社会支柱》中博尼克领事公开承认他的罪行，他判处自己民事死刑，由此完成了崇高的赎罪。格瑞格斯·威利，不幸的道德家，阿尔文太太，出于对法律和对人的尊重，忍受她荒淫无度的丈夫，假装跟他有过一段可敬的回忆，他们无一不处在悲痛中：一个亲眼看到了失去信任与感情的家庭是如何破碎的，目睹了一个可怜女孩的尸体，这个女孩无法忍受自己失去对那个她相信是她父亲的人的好感，便自杀了；另一个则待在她遗传了父亲疾病的小儿子身边，发誓要给他毒药，让他不再苟活于即将来临的痴呆中。悲痛是死亡的预兆，但易卜生的大多数人物不会在等待中拖延死亡，而是毅然决然地走向它。布朗德依旧上山，在那里，当他祈求上帝点亮他所尝试的事业时，一场雪崩淹没了他。在培尔·金特结束他的流浪和冒险后，他实现"金特自己"的计划失败了，不得不在索尔薇格的胸前低下头，永恒的女性，一个玛格丽特，她一直在等待他，然后死去。索尔尼斯爬上高塔去放花环，刚放上去就感到头晕目眩，跌落地面摔得粉碎。海达·高布乐唆使乐务博格自杀，为了摧毁这个直到那天为止唯一让她感到特殊，并能够在他身上期待"唯美死亡"之激动的人，她意识到她的秘密行动已被另一个人识破，他监视她，想让她满足他的色欲，如今她掌控在他的手里，于是她便自杀了。博克曼和鲁贝克允许自己被他们所抛弃的女人甜蜜地引向死亡。吕贝克和罗斯莫，一个通过爱净化了自己并不再拥有爱之权利的女人，一个如今爱着她，却不得不与她分享死亡，并在死亡面前与她结合的男人，他们手握手，一起投身于流水之中。因此，崇高的期待永远会以两种形式落空，撒旦的崇高与神圣的崇高，感官的激情与伦理的激情：第一种形式是因为人们要违背道德良知，第二种形式是因为这种良知对自己犯罪或者已经犯过罪。

如果存在绝望的诗，那它不是对枯竭的快乐和逝去的生活的悲观主义，而是意识到某种不可能性的悲观主义，也就是人不可能达到他的本性促使他设立或者让他想要设立的那个目标。正如我们说过，易卜生的这种思想状态是固定不变的：事件和人物形象在改变，但他的生命都以绝望开始，以乡愁告终。同样，他的道德形象从未像其他伟大诗人的那样让我们感到亲近和熟悉，因为他从未下降到我们身边，爱我们所爱的简单事物，像我们一样不完美地爱着，像我们一样痛苦和享受。他用一种自己的单色棱镜去看待一切，而从不像我们这样，用无色水晶或者五颜六色的镜片来人性地看待。但是，如果心理姿态一直保持不变，那么如我们所说，他的艺术会发展、成长，并日臻完美。在早期阶段，易卜生采用的形式中存在一些模型，比如浪漫主义的历史戏剧，以及它的哲学、幽默与讽刺戏剧，席勒、歌德和拜伦的形式，和他们在德语文学环境中成长的斯堪的纳维亚模仿者的形式。《培尔·金特》受《浮士德》第二部分的影响，陷入了这种风格的困难和非法性。《布朗德》是滔滔不绝的雄辩，但也冗长累赘。其他戏剧的结构，如《爱的喜剧》和《青年同盟》，与某些法国主题的喜剧没有太大差别。这并不是说到处都见不到狮爪，尤其是在《觊觎王位的人》中，但也在《培尔·金特》中，巨魔和母亲之死的场景得到了正确的欣赏，最美的是神父在一个"只有四根手指的"男子墓前的祷告。在《布朗德》中，男主人公的形象和言辞所表现出来的激动是如此克制，而他的伴侣阿涅丝则深受折磨，她失去了儿子，又不敢谴责为了履行预定职责而让她儿子死去的男人。《青年同盟》中有一些深刻的时刻和一个次要的形象，赛尔玛，她显然是《玩偶之家》中娜拉的先行者。谁仔细地研究易卜生，谁就能成倍地看到这样的迹象和提示，就能更好地认识到他灵感的统一。但可以肯定的是，他在1875年后才形成一种自己的原创形式，尤其是在《玩偶之家》和《群鬼》中。这种形式依旧在不断完善，直到1883年后才变得纯熟，从《野鸭》和《罗斯莫庄》开始，后者在我看来已经是杰作。人们也许会说，他的灵魂在那时已经完全变得灰心和绝望，这不是事实，因为他的灵魂一直如此。但毫无疑问，他变得更加灰心和绝望，与其说这是道德上的改变，不如说是艺术上的深入，或者说更清楚地看到了自己的情感。他在《培尔·金特》中看得还不够清楚，也没有足够意识到这一点，这部剧的呈现参照了《浮士德》第二部分中古怪、讽刺和戏谑的形式。他在《布朗德》中也没看清楚，它的男主角反而被严肃和积极地构思成一位英雄，甚至在灾难来临之前，他的行为不自觉地提出了对他的观念和性格的批判，发现了他盔甲上的裂痕：易卜生后来很少犯这样的错误，也许只在《人民公敌》的斯托克曼这个角色上，对于斯托克曼以及布朗德，人们依旧怀疑，这位诗人是想刻画一位英雄还是一个狂热分子，一种深刻的还是愚钝的精神，一个趋向崇高的还是怪诞的人物。真正的易卜生是有能力合并呈现它们的易卜生，奇特的渴望，折磨的罪恶、弃绝、凄凉或等待着的死亡，他以他自己的方式呈现它们。

这种形式诞生于一种独白，一种没有结论的激情独白，因为没有结论，所以它是分割的、对立的和有戏剧性的。除了一些诗歌以外，易卜生只写过戏剧，对他而言戏剧化是如此自发、自然和必要。他的戏剧创造物是他自己精神的时刻和标志，也就是我们描述过的一种完全沉浸在幸福的焦虑中的精神，而这种幸福需要通过崇高与非凡来获得，同时责任意识与罪过意识也要非常细腻和强硬。因此，我们并不期待他的创造物能够战胜障碍，实现他们的生活理想，围绕自己塑造一种适合自己的生活，把自己安放在拥有和谐视角的绘画中，沐浴在平等的阳光下，以行动之人的坚决与完整从背景中凸显出来，他们在行动中只揭示自己，尽可能多地展示他们想要或者能够揭示的自己。他的创造物都是自我忏悔的灵魂，忏悔前他们忍受痛苦，甚至已经看透了彼此，相互猜测和理解，发现自己处在神圣的光芒中，对此他们仍然觉得不值得，但圣光已经照耀他们，就像照耀炼狱中的灵魂。由此他们进行对话,仿佛对话是为了理解自己,突然间,他们果断且频繁地扯碎了依旧隔在他们中间的面纱。"让我们坦诚地说话,停止说谎吧",艾莉达对丈夫说。沃尔茂来跟妻子解释,他是如何为了全心投入到残疾的小儿子身上,而决定放弃科学工作的。吕达比沃尔茂知道的和希望的还要更了解他,她回答:"不是因为对男孩的爱!""那是因为什么?""因为你消耗在对自己的不信任中,因为你开始怀疑自己是否被召唤去完成一项伟大的任务。"他没有试图反驳,仿佛他也已经知道了:"你注意到了?"他们俩都冲着湖边的人大喊大叫,因为他们没有冒着生命危险去拯救他们溺水的小艾友夫。但是,当他们的精神平静下来,能更好地判断自己和其他人时,沃尔茂依旧重复他的观点:"我们好好想一想,艾尔富吕"(吕达缓慢地说),"你确定我们冒生命危险了吗?"这个男人受到打击,想要转移话题:"但是这毫无疑问,吕达!""哦,我们也都是凡人,你知道的。"易卜生创造的人物如此大声地说出了我们几乎不习惯说,在我们之间也很少说的话,它们更多时候是出现在我们的窃窃私语中,我们也不会俯身去倾听它们。他们是彼此的神父,不仅仅为了忏悔,还为了安慰和鼓励,相互帮助。

> 吕达(慢慢点头):当然,我身上发生了改变。这是一种痛苦的感觉。
>
> 沃尔茂:痛苦?
>
> 吕达:是的,像是一种新生。
>
> 沃尔茂:正是这个,或者说是一种再生。这是通往更高

存在的过程。

吕达（犹豫地看着前方）：对，但如此要失去幸福，一生的幸福！

沃尔茂：在这里，失去正是获得。

吕达（气愤地）：什么话！伟大的上帝，我们终究不过是尘世的可怜人。

沃尔茂：我们和天空，和海洋都还有点儿沾亲带故呢，吕达！

这种灵魂的相互渗透和融合在《罗斯莫庄》的最后几个场景中达到了巅峰，这两个灵魂净化了自己，放弃幸福，也放弃了生命。

正如我们常说，当易卜生的艺术被公众长时间冷落时，它周围聚集了狂热的崇拜者、盲目的狂热分子、解释者和模仿者，总之它成了一个"流派"。因此，它试图将自己与先前的和当下的其他艺术区分开来，他的这种艺术被定义和称赞为"问题的艺术"，它的独特之处在于提出道德和社会问题，而不是像法国主题的喜剧那样提供预先的解决方案、静态的理想，或者现实地呈现感情、激情和行动。这种差异很好理解，但对赋予"问题的艺术"的积极决心，就不能这样说。因为问题属于思想家，尽管易卜生拥有丰富的观察和对灵魂运动的敏锐感知，但没有人比易卜生更不是思想家。如果是这样，那对他来说就糟了，因为他整个狂热的激情世界会在智慧的批判气息下瞬间熄灭，比歌德年轻的感伤世界在他的温和与微笑下变得睿智还要更加迅速和彻底。另一方面，

23.易卜生

如何能把那些永远动荡和混乱的东西称为问题，精神问题？然而，易卜生确实倾向于到处提出问题，而它们恰好是伦理史所教导却从未得到解决，并由逻辑学证明无法解决的问题：道德决疑的问题。《玩偶之家》中谁有道理？丈夫？但他是个自私的人。妻子？她没有道德感。谁做错了？丈夫？但他遵守法律和荣誉。妻子？但她想要拯救丈夫于疾病和死亡。《约翰·盖博吕尔·博克曼》中谁有道理？为了履行他所相信的赋予他的使命，从而拒绝爱他的女人的博克曼？但他扼杀了一个灵魂。那个女人？但她不能正当地要求，为了她的幸福，成千上万的男人不能获得幸福，以及社会水平不能提高。谁做错了？博克曼？但他首先牺牲了他自己，他的心，因为他也爱她。那个女人？但她无法为了未出生和未命名的一群人的遥远与可疑的幸福，而抑制她对幸福，对精神拯救和对她爱的男人的迫切需求。难怪这些无法解决的问题让这些戏剧大受欢迎，对它们尤其感兴趣的是很少批判的女性头脑，以及她们中最不具备批判性的女权主义者，她们很快就以心理学、道德化或者非道德化的争论让这些戏剧变得恼人又讨厌，以至于一些斯堪的纳维亚家庭（这个逸事很出名）决定在邀请宾客参加他们的晚宴时，在邀请的卡片底下写上建议："请不要讨论《玩偶之家》。"易卜生本人也曾触碰过决疑的问题，但他并没有完全投入其中，而是以他的艺术情感保持谨慎的态度。在我看来完全正确的是，当一位英国批评家在拜访他时提到，在他的创作中，观念要先于戏剧化，他对此表示否认，同样正确的是，这位批评家说，"从他的陈述中至少可以看出，在他写作的历史中，曾经有过那么一个阶段,他的作品可以变成一种戏剧形式的批判性论文"。但是当然,它们从未成为批判性的论文,易卜生也从未写过一页学究式的散文,相反,它们最后总是成为戏剧,因为戏剧从一开始就在它们的原始细胞中,深刻且独特地戏剧化了诗人的灵魂。

因此,他的创造物不是冷血的动物,不是永远抽象人格化的"鱼"(如同他们中的某个人说),而是在骇人的呼喊中、在颤抖的语言中、在庄严的话语中渴望着、痛苦着和出走的人。海达·高布乐不知道自己爱这个男人还是恨他,但她只对他感兴趣,被他吸引,她毁掉了他在另一个女人亲切照料下完成的手稿,当她将那些文件扔入火中时,她放声大笑:"现在我烧了你的孩子,泰遏,卷头发姑娘!你和艾勒·乐务博格的孩子!"多年后,爱吕尼遇到了雕塑家鲁贝克,她曾因为他的杰作而在他的面前做过模特,在一起聊起那段时光时,她为了她真正为他制作过的最伟大的礼物,而痛苦又甜蜜地责备他:"我给了你我的灵魂,我的生命和青春的骄傲灵魂……我的胸中一片空白,没有灵魂。在我为你做完这个礼物后,我就已经死掉了,阿诺尔德!"老去的博克曼几乎发疯,他说自己尽管爱着艾勒·瑞替姆,却决定要抛弃她,听到如此般忏悔的艾勒·瑞替姆审判和谴责了他,她将自己置于他和她自己之上,几乎像独立的力量,而事实却相反,当她这么做时,她是女性气质最热情的化身,是上升为她自身宗教的女性气质的化身:"你熄灭了我心中爱的火焰,你懂我吗?《圣经》里谈到一种神秘的罪恶,对它不存在任何的宽恕。今天以前,《圣经》中的那些话对我而言是隐晦的。现在我明白它们了。这种不可饶恕的

23. 易卜生

大罪就是因为熄灭一个人的爱的火焰而犯下的罪。"诗人给予了他们面孔、姿势、服饰,并完整地实现他们,因为他们对他而言是现实,而非思想图式。博克曼,长相严肃、身形优美、眼神犀利,留着灰色的胡子和卷发,穿着过时的黑色西装,与亲友隔离,独自一人将自己限制在房屋上方,一整天都在上上下下,沉思过往,期盼未来,他比以往任何时候都更顽强地执着于未来。海达·高布乐"举止高贵、肤色苍白,面部安静冰冷,一头浅栗色的头发","穿着较宽松的优雅晨衣"出现在她的家中。而在她身旁形成鲜明对比的是她的丈夫乔治·泰斯曼,他"外表年轻,微胖,有着金色的头发和胡子,戴着眼镜,穿着不太优雅"。我们看到的所有都是这样,尽管易卜生的戏剧具有如此可塑的诗的力量,却以简单的方式进行,有时简直是过分的简单化。出自这样一位专业艺术家之手,这并不是贫瘠和无能的象征,而是刻意忽略外在的表现,正如他有时引入的象征不是贫瘠和无能的,它们具有抒情的图像与比较的功能:索尔尼斯从上面坠落的高塔,阿尔文被烧掉的孤儿院,或者在艾克达尔家阁楼上嬉水和发胖的野鸭,忘却了海洋和天空。对他来说,原始的风格和天真的方式十分适合勇敢和纯洁忏悔的艺术,以及接近于宗教的艺术。易卜生求助于它,他确信自己的力量,并以这种刻意的简单来证明自己的力量。

24. 莫泊桑

如果说有一位现代诗人能配得上"天真的"诗人这一称号，那么在我看来他一定是最巴黎式的、自由的、狡黠的、爱戏弄人的和讽刺的短篇小说家居伊·德·莫泊桑（Guy de Maupassant）。他以自己的方式天真与单纯，他丝毫不怀疑所谓人类的精神性和理性、对真理的信仰、意志的纯洁、责任的严厉、生活的宗教观、道德斗争和智力冲突，理想便是通过它们得到了精心的设计与维护。他是所有的感觉，他享受和受苦——他受的苦比享受的多得多——只是作为感觉。

《如死一般强》（*Fort comme la mort*）和《我们的心》（*Notre cœur*）的作者拥有温柔的，常常是柔软和细腻的爱的情感。这种情感还是自然的，也就是说，它不是堕落和邪恶的。但是，温柔、柔软和自然并没有改变它本质上的感官属性。爱是最甜蜜的东西，

24. 莫泊桑

是生命赐予的最甜蜜的东西,是青春的花朵,甚至是永恒的重生幻觉中的青春。但在这种甜蜜中,一切都将消耗,它没有产生任何东西,没有转变成任何东西,也没有上升成任何东西。爱着的人,在他的爱中捍卫自己存在的本质和他自己的生活理由,那就是快乐,那种不可比拟的快乐。快乐的力量,爱情与快乐结合的力量是如此具有压倒性,以至于它以绝对的必要强加于灵魂,取代了所有理想的兴趣和舒适与欢乐的所有其他源泉,完全摆脱或超越了道德法则。一个女性,一位妈妈,拥有一个情人,她感到自己被她合法的儿子谴责,于是强烈地爆发出来,向他人,向她爱的儿子忏悔:"你说,如果我是你父亲的情妇,我更是他的妻子,他真正的妻子,我打心底里不觉得羞耻,我不后悔,我仍爱死他的样子,我会永远爱他,我只爱他,他是我一生的全部,我所有的快乐,我所有的希望,我所有的慰藉,一切,一切,一切为了我,长长久久地!听着,我的小宝贝:在能听见我的上帝面前,如果我没有遇到他,我的存在里就不会有任何的美好,永远不会有任何东西,没有温柔,没有甜蜜,没有一个让我们后悔变老的时刻,没有!我欠他一切!"这是一种具有坚固逻辑和自尊心的感受,以果断和挑衅的方式展现,如同未被分割的直线的力量,向不知名的尊重发号施令。

这种爱,所有的感觉与激情,虽然让灵魂充满难以言喻和无与伦比的乐趣,但它不过是自然的一种欺骗,一次春天的沉醉,和莫泊桑熟悉的"两个皮肤的接触和两种幻想的交换"。或许他和波德莱尔一样,也在爱的深处隐约品尝了恶的滋味,但这很少发生，因为对爱的批判不会剥离它的现实，幻想的现实存在。他也知道，爱是不忠诚，通常不牢靠，它会自我毁灭，以抛弃、背叛、疲惫和相互厌倦而告终。他没有要求爱是另外的样子，因为如果快乐是一种甜蜜的发热，那就不能指望它永远地发热下去，如果爱不是道德上的纯洁，被揭发的痛苦的背叛虽然折磨人心，但它不会把爱推往伦理的愤慨，也不会因为痛苦而在精神上拔高它。这种折磨就好比死亡让人与心爱之人天人永隔，莫泊桑以一个性情极其敏感之人的迷失的痛苦感受着、以急促的语言讲述着、以尖锐的画面刻画着折磨，如同这些画面：一个人重新回到空荡荡的家，站在一面镜子前，这面镜子经常映照出死去女人的身影，看起来应该是以某种方式留住了这个形象，他颤抖地站立着，目光盯着那块平滑的玻璃，它深沉又空洞，占据着整个女人，就像被占据，被他爱的目光占据一样；或者是另一个画面，一个年轻人不知道如何相信他爱慕的生物，那双清澈的眼睛里带着温柔微笑的独特存在，如今她已经不在了，"死了"，不再存在于任何地方，那个声音也不会在所有人类的声音中响起，没有人会再以她那样的说话方式说出一个字。但总而言之，疲惫、背叛，失去自己爱的生物，都是恋爱的结束，而不是爱的终结，爱在永恒中重生，它永远新鲜，永远年轻，永远迷人。

  诅咒是另一种：它是个体中爱的力量的终结，是青春的终结，是习惯、枯燥、衰老和无情伴随着死亡的征兆等待死亡：对一切失去好感，生命力减弱，原本似乎在说话的自然，如今变得沉默，冷漠和冰冷地退缩。

24. 莫泊桑

三十岁时，整本书都被读完了，没什么值得期待，也没什么能更让人开心：只有习惯性的重复，这种机械化的过程如此令人作呕，以至于看到自己现在被谴责得无处可逃而感到沮丧，它让人发疯，甚至让人自杀。这样的人常常出现在他的短篇中，他们对生活感到沮丧。如果没有享受过生活，他们感到悲伤；如果享受过生活，他们同样感到悲伤。"我曾经很快乐，"他们中的一个说，"一切都让我着迷：路过的女人，街道的样子，我住的地方；我甚至对我衣服的款式感到兴趣。然而，相同场景的重复最终让我的心充满疲倦与无聊，就像每天步入相同剧院的观众一样。"他回忆起他的恋爱时光："那么我生命中的甜蜜小说，它们依旧活着的女主角如今已经满头白发，让我陷入永无止尽的苦涩的忧郁中。啊！青春的额头前卷曲着金色的头发，双手的抚摸，会说话的眼神，跳动的心，承诺双唇的微笑和承诺拥抱的双唇……第一次亲吻……这个无尽的吻让我闭上双眼，在即将拥有的无限幸福中抹去了所有想法。"当他重新翻开旧时的信件，回想起那些年，重新看到了被遗忘的人物，重温他童年家里的细节，直到他拿起他七岁时由他教师口授的写给母亲的一封信，他感到自己再也无法忍受，于是便自杀了。"都结束了。我来到了原点，突然转而思考我的余生。我看到了可怕又孤独的晚年，以及即将来临的残疾，都结束了，结束，结束了！我身边没有一个人。"

在途中的某个时刻，荒凉和孤寂伴随着恐惧，在迄今为止一直在快乐和爱情的玫瑰色迷雾中前进的男子的眼神里扩散开来，但那种只有他能看明白的孤寂一直陪伴着他。他总是感到孤独，

311 在朋友的陪伴下感到孤独,在情人的陪伴下感到孤独,和另一个头靠在同一个枕头上感到孤独,他总是与他的"我"面对面,这个"我"成为他可恨的地狱伴侣,总是处处撞到同一个难以逾越的障碍。他走不出精神的孤独,因为自我会封闭自己,并与其他的自我发生冲突,但它不会渗入它们,也不会将它们溶解在自身当中。他也无法走出另一个孤独,那就是思想的限制,因为人的思想是"固定不变的",诗歌和艺术永远重复着同一个世界的同一种图景。可以说,莫泊桑的现实观念与宗教观念正好完全相反,他的宗教观念是一种与所有其他生物和与上帝结合的意识,与一切共有的意识。在他快乐的世界和快乐的痛苦世界中,上帝并不存在。相反,这里不时出现一种独特而惊人,但又相当自然主义的形式,它由奇怪的困惑和恐惧,幻觉、噩梦和总在威胁的疯狂的凶兆组成。

但是,莫泊桑紧缩的心经常在一种痛苦的平静或平静的痛苦,以及在怜悯的情感中得到充分扩张,变得十分柔软。这是一种不含正义与拯救的怜悯,因为正义与拯救和道德良知相关,而他的怜悯却诞生于同情,诞生于与他人的共振,它也是色情,尽管是最温柔的,它为他人哭泣,也为自己哭泣。他为人类无限的苦难哭泣,比如短篇小说《港口》(*Le Port*)中的海员,他在一座城市登岸,带领他的同伴们去妓院寻欢作乐,胡吃海塞,然后发现怀中的女子是自己的亲妹妹,并无意间得知他父母的死亡和他家庭的破碎。被欺骗和伤害的年轻新娘宽恕了她们的男人,这些男人
312 为他们所爱之人的死亡感到心烦意乱和绝望痛苦,他们欺骗地爱,

但也痛苦地爱，亲眼见到这个过程的她们被无法抑制的感动征服。承载灵魂的人物，比如《一生》(Une vie)中讲述生活的女人和母亲，还有《如死一般强》中的艺术家，随着他逐渐老去，他深陷对他情妇女儿的荒芜热情中无法动弹，在她身上他再次看到了她的母亲，就像以前一样，他的爱人，就像以前一样。像哈莉特小姐这样的老处女，有着可笑的形象和姿态，同时是个宗教宣扬者，她封闭和压抑自己对情感的无限需求，而当爱情突然涌入她那颗老去的、受尽屈辱的心时，她感到十分惊讶，当她意识到自己陷入了"不可能"的境地时，便猛地投入井中。或者像是临终前还在胡言乱语谈论着孩子们的"奥尔坦丝王后"。还有脆弱的生命，因为爱的罪孽而逐渐感到耻辱，决心在濒死的忏悔中净化自己，像《勤务兵》(L'ordonnance)中上校的年轻妻子（"所以，我对自己说：我必须死。活着，我不可能向你承认一个如此的罪行。死了，我什么都敢。我只能去死，没有什么能洗净我，我太脏了。我无法再爱，也不能再被爱：在我看来，我只通过握手就玷污了所有人……"）。还有一些诞生于罪恶中的小女孩，比如伊薇特，她们因为纯洁的本性而几乎在身体上排斥罪恶，但是仍然被迫向包围和压迫她们的命运低头。像沙利这样的女童，一个沉浸在欢笑和游戏中的印度小女孩，以意想不到的残忍方式死去了。以及1870年的战争场景，其中有两个爱好和平的市民因为钓鱼的习惯而联合起来，为了满足他们的爱好离开了陷于围困中的巴黎，当他们正在一边聊天一边钓鱼时，他们被普鲁士人逮捕了，普鲁士人逼迫他们提供信息，他们拒绝并被枪毙，他们的脚边有一个

313 装着他们刚钓上来的小鱼的弹药桶。又或者像索瓦热大妈，她收到一封信，信中告知她的儿子在战争中丧生，她放火烧掉了她的家，连同她在家中招待的四个德国士兵，但首先她让他们写下名字，以便写信给他们的母亲，就像写信告诉她关于儿子的消息一样。还有对可怜野兽的折磨，它们像人类一样遭受痛苦，同时也让其他野兽受苦，比如《珂珂特小姐》(*Mademoiselle Cocotte*)、《驴》(*Âne*)、《科科》(*Coco*)……这些就是莫泊桑无数次以清醒的笔触呈现的感动和心碎的怜悯。

怜悯是自发和真实的，无须寻求和刺激，笑也是自发的，是另一种短暂心安的反应：笑有时会和怜悯交替出现，比如在《羊脂球》(*Boule de suif*)中；有时会和对事物的讽刺情感交替出现，比如在《泰利埃公馆》(*Maison Tellier*)或《被诅咒的面包》(*Pain maudit*)中；有时会有轻蔑的色彩，比如《漂亮朋友》的某些部分，以及短篇小说《遗产》(*L'Héritage*)和《一家人》(*En famille*)。但在很多其他情形中，它是直率和简单的欢笑，比如在某些关于诺曼习俗的短篇小说中，如《兔子》(*Le lapin*)、《招认》(*L'aveu*)；在某些关于战争的短篇小说中，如《瓦尔特·施纳夫斯的奇遇》(*L'aventure de Walter Schnafs*)；在对共济会的愚蠢的嘲笑中，如《我的舅舅索斯泰纳》(*Mon oncle Sosthène*)；或者在对劫掠旅馆的英国人的嘲弄中，如《我们的英国人》(*Nos Anglais*)；在某些色情的冒险中，如《大头针》(*Les épingles*)、《获得勋章啦！》(*Décoré*)、《邦巴尔》(*Bombard*)、《墓地》(*Les tombales*)；或者在一些奇怪的经历中，如《在车厢里》(*En* wagon）、《布瓦泰勒》(*Boitelle*)。布瓦泰勒不知道如何安慰错失人生幸福的自己，因为他抛弃了他心爱的黑女人。虽然他的父母反对，但他们依旧想取悦他，千方百计试图改变他们自己的印象，可是当他们窥视自己儿子欣赏和赞美的未婚妻时，觉得不可能接受这样的儿媳。"我可怜的孩子，"母亲跟他说，"她太黑了，真的，她太黑了。只要不那么黑，我就不会反对，但是她太黑了。看起来像撒旦。"这是一声没有任何苦涩的大笑。莫泊桑沉浸其中，就像其他时候他也以同样的天真沉浸于同情与恐怖中。

在他的享乐主义中，在他的非道德主义中，在他的非宗教中，在哭泣和欢笑中，莫泊桑是天真和纯洁的，他无法伪装，他不会在其他人和自己面前伪装出福音社会学的和伦理改革的意图与目的。相反，伦理历史的现实和他毫不相干，这意味着对他而言它几乎不存在，在他少有提及它的地方，都能证明他对世界那个方面的迟钝，比如在讨论战争时，他认为战争不过是人类凶残的愚蠢。据他的一个朋友描述，表达政治观点对他而言是"一种痛苦的弱点，良好的教育想要隐藏它"。他充其量让我们窥探到他身上某种贵族和寡头的倾向，以及对宪兵的钟爱，他反对建造路障的人和炸药使用者，因为他们打扰了安静工作的艺术家和恋爱中的情侣。但他没有以其他艺术家、前辈和同龄人的方式让艺术成为一种超越的理想，也没有把研究和批判的好奇对准艺术，他不喜欢理论化、讨论和争论。他关于福楼拜的文章，是他对他的伟大朋友和老师的深情致敬，但依旧摆脱不了平庸，他留下来的那些零散的学术判断都可以归结为一些心理观察（比如他针对艺术家的观察,他说,艺术家似乎拥有两种灵魂,比起初次的震动,他更能生动地感受它的回响,比起最初的声音,他更能感受它的共鸣)。他拒绝了"现实主义者"的称号,因为"伟大的艺术家是那些向其他人展示他们幻想的人"。他尤其反对野心勃勃的"艺术写作",反对"稀缺而丰富的语言",因为对他来说,实现他的目标只需要少量词汇,但要很好地放置在各种结构和音乐节奏的句子中。莫泊桑拥有精致的形式感,却极少琢磨写作技巧,"文学修养"也很缺乏。

他的艺术勤奋源于丰富的经历和情感,它们在1870年至1880年间凝聚在他的精神中,在接下来的十年里,他的创作滔滔不绝地喷涌而出,时而在阳光下最清澈的短篇小说的筑堤小河中闪耀,时而聚集在长篇小说的广阔湖泊中,时而在成百上千的小故事、逸事和玩笑的小溪小渠中分崩离析,几近迷失。有时候,在这种迅速而广阔的进程中,也存在着力量过剩的毛病,完全不顾自身的浪费。这可以从一些对于它们的艺术主题而言篇幅过长的长篇小说中观察到,也可以反过来从一些过于简短扼要的小品文和逸事中感受到,它们带有即兴新闻的痕迹,或是放纵了读者对色情事物的品味。他通常在中等复杂的短篇小说中找到两个极端之间的完美。但在这些艺术强度的起伏中,莫泊桑从未落入做作和空虚。几乎他的所有作品,无论看起来多么小多么轻,都看不出艺术天才的痕迹。他从不让自己被外部的观察和细节的堆砌压得透不过气来,也从不遵循抽象的模式。

他是诗人,他的诗人特质更体现在他的叙事散文中而非诗歌

24. 莫泊桑

中,尽管年轻时他也写诗,后来放弃了。每个理解之人都欣赏他短篇小说中完全的诗歌形式,就像已经提到的《港口》,其中没有词语,没有节奏,没有声音的抑扬顿挫,声音也没有汇聚成最终的整体效果。直到结尾部分,当同伴们看到这个刚刚无意间经历了乱伦的海员,在痛苦和愤怒的爆发中翻滚在地,又啜泣又尖叫,他们觉得他喝醉了,把他搬到妓女的床上让他躺下,而这个妓女是他的妹妹("……他们拽他上了狭窄的楼梯,一直来到刚才招待他的那个女人的房间,她仍然坐在罪恶沙发脚下的椅子上,和他一样哭到早上")。莫泊桑的短篇小说都是抒情诗小说,不是因为他以夸张和抒情风格来写作(这些事物证明了它们自己完全是自由的),而是因为抒情诗是叙事结构真正的内在要素,它决定了每一个部分,没有混杂,没有多余。同样,倘若我们在修辞意义上使用"诗"这个词,那些具有明显诗的特征的地方实际上从未脱离散文的叙述性和谈话性语调,它们如此简单地说话,逐渐加快节奏,自发地上升为诗。

> 我曾疯狂地爱她。我们为什么会爱?脑子里只有一个念头,心里只有一个愿望,嘴边只有一个名字,这很奇怪吗:一个不断升起的名字,像泉水般,从灵魂深处,升到唇边,我们说着这个名字,不断重复地说,不停地喃喃自语,如同祈祷般,无处不在……

这段话中,有某种以孩子般的惊讶和狂喜来回顾最明显事物的感觉，那就是诗歌的伟大美德。莫泊桑写过一些可以说是平庸的句子："人生何其悲伤！"他以这种方式放置这些句子，并赋予它们这样的声调，以使它们恢复最初的活力，仿佛第一次被发明、被说出。年轻的画家曾经感到哈里特小姐的手在他的手上颤抖，这个凄凉的生物为了他而自杀，多年以后，他在自杀女人的尸体前，低声说着内心的哀怨。

> 多么不幸的人啊！我感到无情大自然永恒的不公正压在这个生物身上！对她来说，一切都结束了，也许她从未拥有过支撑最不幸之人的东西，被爱一次的希望！她为什么要这样躲藏，躲避其他人呢？为什么她以这样炙热的温柔去爱男人以外的一切东西和生物呢？
>
> 我明白她相信上帝，希望她遭遇的苦难在别处得到补偿。如今她要腐烂，反过来要变成植物了。她将要在阳光下开花，被母牛吃掉，种子被鸟儿带走，变成动物的肉之后，她会变成人类的肉。但我们称为灵魂的东西在黑暗的井底熄灭了。她不再痛苦。她用自己的生命换取了她将带来的其他生命。

这些平常的反思和贫瘠的语言是如何让人感动到哭泣的？在一种不同的灵感中，我们听到这样一个故事，这是一个移居非洲的人在某个夜晚跟他许久未见的朋友说的，关于婚姻上的背叛如何毒害了他的一生。他怀疑他的年轻妻子并开始监视她，他相信

24. 莫泊桑

在一个值得她青睐的追求者的陪伴下可以让她大吃一惊,却发现她和一个年迈迟缓的将军侯爵在一起,她出于虚荣心将自己献给了他。在故事的结尾,逐渐增长的愤怒蔓延到了所有女性身上,她们委身于所有人,无论年轻还是年老,出于种种可耻的原因,因为这是她们的职业、她们的使命、她们的职责,她们是永恒的、不自觉的、从容的妓女,毫无节制地将自己的身体献给好色的老君主或者令人厌恶的著名人士。他的这个诅咒是《圣经》式的:

> 他像一个古代的先知,在星空下用愤怒的声音怒吼着,他怀着绝望之人的满腔怒火痛斥老君主的所有情妇被歌颂的羞耻,痛斥所有接受年老丈夫的处女受敬重的羞耻,所有笑着得到老年人亲吻的年轻女子被容忍的羞耻。
>
> 我看到那些在他呼唤和叫喊下出现的自世界诞生以来的女子,那些灵魂卑鄙的漂亮女子在这个东方之夜出现在我们周围,就像不知道雄性年纪的野兽,顺从那些老年人的欲望。她们站起来了,《圣经》中歌唱的那些族长的女仆人!夏甲、路得、罗得的女儿们,善良的亚比该,用爱抚让垂死的大卫复活的示拿处女,还有所有其他年轻、丰腴、白嫩的,贵族或平民的姑娘,她们是属于主人的不负责任的女人,是奴隶般顺从的,受到迷惑或者被交易的肉体!

为什么诗人莫泊桑只知道物质和感觉,只描绘物质幽暗的颤抖和感觉的剧痛,在他的描绘中使用如此多的客观真理,并通过痛苦、怜悯和厌恶让伦理理想变得鲜活和在场，通过喜剧和笑声来展现聪明才智的优越性，通过悲伤和绝望来展现宗教的需求。我很清楚为什么列夫·托尔斯泰立即在当时所有的法国艺术家中辨认出了他，并认为他无论外表如何，内在是道德的。事实上他就是道德的，他最胆大妄为的故事给人一种纯洁的印象，正是因为——如同一再说到的——他是诗人。他从他的同时代人和同胞中脱颖而出，左拉们、都德们和相似之人拥有显著的品质和某些艺术的形式，但根本上和本质上不是像他一样的诗人。他就是这样真正地诞生，以强大的创作能力倾倒出诗，耗尽他短暂的生命。他像"一颗流星"（有一天他自己说，他病了，在考虑自杀）进入和离开了文学世界。

25. 卡尔杜奇

我将以焦苏埃·卡尔杜奇这个名字来结束这个系列的札记。319多年前，我曾对他进行广泛的研究，研究了他诗歌的起源、特征，不同的形式与不同的阶段，以及他的历史和批评著作。对于当时我深情刻画过的肖像，如今没有什么要更改或添加的，因此也没有理由再重复已经说过的内容。但我想借这次提供给我的机会，在这些关于19世纪欧洲文学的文章中重申卡尔杜奇在这个文学框架中的地位与等级，并抗议对他的庸俗评价，这种评价依然认为他不过是一个值得尊敬的意大利文学家和爱国主义者，值得他同胞的敬仰，但不足以引起更广泛圈子的兴趣，总之，他没有真正天才的精神，是一位缺乏灵感的诗人，是古代经典和一些现代法国与德国诗人的博学的模仿者。既然我在一些国外杂志中看到，针对我所评价的曼佐尼和巴尔扎克，有人怀疑我深陷"赞美意大利天才的宣传倾向"（原文就是这么写的）中，那么首先我要坦率地说（有被认为过于坦率的风险），在谈论哲学与历史的过程中，我一直有意识地让自己真正摆脱政治或民族情感，否则那样做让我觉得很愚蠢，因为人们无法用"宣传"来创造或摧毁伟大的精神（有人认为在战时可以这么做），它只会导致摧毁自己的严肃性，最终对自身不利。在意大利之外，卡尔杜奇多么以及如何受欢迎和被敬重，我将不做说明，我也不再检验阻止他的作品在更大范围内传播的障碍是大是小，我也不再表达清除那些障碍的希望和祝福。诗的美，如同哲学的真，是坚不可摧的，不管知道的人是多还是少，毕竟，在有很多崇拜者和赞美者的地方，永远只有少数懂行之人拥有完全崇拜和赞美的权利，我的这篇文章便是针对他们的。巨大还是小型的成功，更强还是更弱的共鸣，都随着时代和社会条件的变化而变化。这是一件与诗或哲学无关的事，而是与社会和时代的道德、缺陷、需求、旨趣有关。即使在今天的意大利，卡尔杜奇的诗歌也并未占据新一代人的灵魂，他们认为，可以通过俯视且带轻蔑地衡量这位粗鲁的博洛尼亚教授的作品，来展示他们感觉的细腻和深刻。这当然不是卡尔杜奇的问题，而是新一代人的问题，以及他们应该接受的伦理和美学纪律问题，这也在他们身上形成了一种更加严肃的民族和爱国主义情感，它不可能脱离对传统和历史的崇敬，这么理解的话，它就不会导致一种狭隘的民族主义，而是对一种需要保存的理想遗产的警惕照料，像关怀其他民族那样拥抱自己。异国情调（L'esotismo）理所当然会让人恐惧，只要它不随意行动，传统不被切断，它就不

25. 卡尔杜奇

是这样。而当它蔓延到传统的根上时，它就不应被称作异国情调，而是（歌德所言的）"世界文学"。

如开篇所言的卡尔杜奇在19世纪欧洲文学中的地位与等级是什么意思？非常简单。如果我们坚持纯粹诗歌和经典诗歌的标准，并在这个标准的指引下检验19世纪欧洲出现的数千个作家，那么数千人就会变得越来越少，剩下少数几十人：几十个自由的天才，每个人都拥有自己的面孔，但都被共同的诗的光芒照亮，他们应该以不同的组合与姿态，独自创作19世纪欧洲文学的代表画作。如今能被称为"重要"作家的名单也不长，尽管如此，在这个短名单中，非诗人或差劲的诗人会经常混入真正诗人的行列，诗人的位置有时会被那些由于其他原因或者长处而拥有统治地位和名望的人占据。如今，在更严格执行的筛选中（这本小札记设法为此提供帮助），我认为我们不能再像迄今为止所习惯的那样，忽视19世纪早期的意大利诗人，如福斯科洛、莱奥帕尔迪、曼佐尼，还应该在19世纪下半叶的诗人中添加卡尔杜奇，反过来剔除几个伟大的名字，他们在其他地方会找到更适合的位置。在诗歌领域中，曼佐尼虽然也许是因为他过着专注和沉思的生活，并没有用他的个人冒险和政治功绩来轰动世界，但他占据了乔治·拜伦（以一个响当当的名字为例）无法觊觎的位置。如果有人喜欢说我被爱国情怀感动，我当然无法阻止这种说法，但真相是，唯有诗歌的爱让我感动，同时还有对精确概念的爱，也就是哲学。

让我们只谈论卡尔杜奇，在过去的某个冬天，我花费了不少时间阅读过去五十年欧洲文学中的诗歌、戏剧和小说，我意外确证了卡尔杜奇艺术质量的卓越，因为厌恶所有被吹嘘为精致艺术的印象主义、象征主义、感觉主义和真实主义，我内心不由自主地想起了卡尔杜奇相比之下纯粹与清醒的诗歌，在这些诗歌中我们总能确定地把握基础和本质脉络，在那些没有实质内容的形式、颜色斑点、装饰和所有轮廓柔和却混乱的东西面前，它以简单和纪念碑式的坚固屹立着。在意大利、在法国、在德国，有多少同时代人能与他相提并论？同时我也偶然间读到了莫拉斯（Charles Maurras）的一句话，他在他的一本书中提到了卡尔杜奇，并称他为"神圣的卡尔杜奇"。我乐于相信，那个颓废主义和文学"女性主义"敏锐的发现者与迫害者，如果与我本人相比的话，也经历了我所经历的同样或相似的情感。

自然，当我们说"伟大的"或"神圣的"卡尔杜奇时，我们指的是完美的，处在诗歌完全自主时刻的卡尔杜奇，指的是《三月之歌》（Canto di marzo）、《圣马蒂诺》（San Martino）、《乡村公社》（Comune rustico）、《复仇》（Faida）、《莱尼亚诺之歌》（Canzone di Legnano）、《学校记忆》（Rimembranze di scuola）、《在圣奎多面前》（Davanti San Guido）、《伦巴第教堂》（Chiesa lombarda）、《车站》（Stazione）、《莫尔斯》（Mors）、《晨曦》（Aurora）、《在雪莱的骨灰盒中》（Presso l'urna di Shelley）的卡尔杜奇，以及其他抒情诗的，或者《野蛮人颂歌》（Odi barbare）和《新诗钞》（Rime nuove）中某些诗歌的卡尔杜奇。他诗歌全集中的很大一部分内容都充满了文学模仿，这不是一件可耻的事，因为卡尔杜奇也必须以某种方式学习艺术。如果说后来的他没有排斥这种训练，那是因为，同时作为语文学家的他，知道他拒绝的东西不一定会被未来的出版商收集起来重新出版。全集的另一部分则是由应景诗（versi d'occasione）组成，它们的形式十分传统，这在一位目睹1859年和1860年事件的年轻诗人作品中几乎不可避免。他后来模仿维克多·雨果、巴比耶、海涅，在诗歌中写下了政治谩骂和争论，这也是真的。但没必要详述这些作品缺乏原创性和内在的诗歌，就像没必要详述这位在佛罗伦萨狭窄和封闭的乡村生活与文学语言中成长的托斯卡纳青年的进步，他通过这些模仿，让自己沉浸于愤怒，发泄政治情感，摆脱了与古典主义过于紧密的联系。卡尔杜奇和我们其他重要的诗人一样，在到达高处，进入缪斯的神圣森林之前，一直徘徊在文学的平原上。在征服自由之前他长期服侍，但这种徘徊和奴役是有益的，以至于在那些豁免之人的作品中，它们的缺失总被视为一种缺陷。博学也是如此，他时而在其中过于自满，导致他的诗歌变得沉重，甚至取代了诗歌的位置，另一方面，博学也滋养了他的灵魂和想象力。正如19世纪我们其他伟大的诗人，卡尔杜奇并不以写诗为业，但他每天都以语文学家、批评家和教师的身份工作，当诗歌喜欢拜访他时就让它拜访。意大利也出现了另一种类型的诗人和艺术家，他们的原型来自国外，尤其是巴黎人，他们以"剧院诗人"为模型，以向剧院经理、有趣文学读物的编辑和报纸企业家提供戏剧、长篇小说、短篇小说和诗歌的诗人为模型。诗歌是极其稀有的花朵，不适合这种粗放的栽培。

因此，卡尔杜奇的形式不是印象派的，而是人们所说的本质和古典的。在他的诗中,我们感受到他强壮胸膛的宽阔呼吸,让我们摆脱现实世界,把我们带到理想世界,因此在那里,(如同某次他在一封信里写的)"我们刹那间拥抱和同情宇宙"。晨曦初现:

> 哦,女神,你升起,带着玫瑰色的气息亲吻云彩,
> 你亲吻大理石神殿,昏暗的山峰。
> 森林感受到了你,寒冷地颤抖着醒来,
> 老鹰带着贪婪的喜悦冲上了天,
> 当巢穴在潮湿的叶子下叽叽喳喳地低语着。

死神降临:

> 当严厉的女神降临到我们的房屋上,
> 我们远远地就听到了飞翔的声音,
> 翅膀的影子朝前进,太冷了,太冷了
> 四周散播者凄凉的寂静。
> 在来者之下人们低下了头……

他也会用广阔的笔触来描绘小的事物。男孩把不情愿的羊浸入克利通诺河的波浪中,干瘪的母亲光脚坐在村舍里,唱着歌,将胸脯对向他,

25. 卡尔杜奇

> 一个乳臭未干的孩子转过身
> 圆脸蛋儿微笑着……

诗人在梦里看到他的母亲,她这么多年依旧脸色红润,手中牵着他,金色卷发的男孩:

> 小男孩踩着光荣的小步伐……

一个年轻女子跪在伦巴第的教堂里,热情地祈祷,稍稍抬了抬头:

> 浸湿在黑帽的羽毛阴影中
> 黑色的目光闪闪发光……

火车站,在多雨的秋日黎明中,被真实地呈现,同时还被改变了模样,被理想化:

> 长长的黑色列车,
> 身着黑色的警察如影子般
> 走来;他们提着一盏微弱的灯,
> 和铁棒;久经考验的铁刹车
> 发出了长长的哀戚的声响。

从记忆里成百上千的诗句和画面中选取这些就已足够,它们让我们对卡尔杜奇的风格有了生动的认识。

我们知道，诗人的风格可以是古典的，抽象的物质可以是浪漫主义的，也就是片面的、局部的、夸张的和病态的，只有在上升为诗后它才能恢复普遍的人性，恢复它的尺度和平衡。打个比方，莱奥帕尔迪就是如此，或者是有不同生活经历的波德莱尔，和那个巴黎版本的莱奥帕尔迪，也就是莫泊桑。在卡尔杜奇身上，本质和完整的东西不仅是风格，还有世界的情感，因此我在另一个场合将他定义为预言诗人（poeta-vate）、英雄诗人、"最后一位纯粹的荷马"。战役、荣耀、歌曲、爱情、喜悦、忧郁、死亡，所有人类基本的心弦都在他的诗歌中发出回响与和谐的共鸣，他的诗歌真正属于歌德所谓的"提尔泰奥斯式的诗歌"（poesia tirtaica），适合用他高亢阳刚的音调来鼓励处在生命战斗中的男人，让他做好准备。在这个健康仿佛是低级事物，简单仿佛是可怜事物的时代，卡尔杜奇完整的人性或许不是他不被接受的次要原因之一；但它型塑了所有伟大精神的特征。如果说19世纪下半叶的欧洲文学中很少有人具备这样的特征，那么卡尔杜奇就是少数人之一。当我们回忆起他的作品时，我们感动地转送他一句话，在托尔夸托·塔索的纪念画来到文艺复兴时期史诗般的费拉拉时，他曾用这句话来欢迎和欣赏它：

来自古老和伟大的意大利的最后一位大诗人，如今他来了！

人名索引

（所示页码为原书页码，即本书边码）

Alfieri, V., 维托里奥·阿尔菲耶里, 7—20, 76, 77, 80

Anacreonte, 阿克那里翁, 130

Annunzio (d') G., 加布里埃莱·邓南遮, 24

Aristofane, 阿里斯托芬, 241

Balzac, 巴尔扎克, 240—251, 260, 266, 279, 280, 283, 319

Banville (de), 邦维尔, 260

Barbey d'Aurevilly, 巴尔贝·多尔维利, 257, 258

Barbier A., 奥古斯特·巴比耶, 323

Baudelaire, 波德莱尔, 246, 252—265, 325

Berchet G., 乔万尼·贝谢特, 151—164

Bettinelli S., 萨韦里奥·贝蒂内利, 82

Bohl de Faber C.: v. Caballero F., 塞西莉亚·博尔·德法韦尔, 化名费尔南·卡瓦列罗

Bossuet, 博须埃, 147

Bourdaloue, 布尔达卢, 147

Brunetière, 布吕内蒂埃, 240, 241, 243, 245, 247, 261

Buffon, 布封, 242

Burke E., 埃德蒙·柏克, 24

Byron, 拜伦, 67, 104, 232, 298, 322

Caballero F., 费尔南·卡瓦列罗, 207—225

Carducci G., 焦苏埃·卡尔杜奇, 24, 67, 107, 115, 173, 175, 319—326

Casanova G., 贾科莫·卡萨诺瓦, 93

Cattaneo C., 卡罗·卡塔内奥, 78

Cecchi E., 埃米利奥·切基, 66

Cervantes，塞万提斯，219
Cesari A.，安东尼·切萨里，106
Chamisso，沙米索，60—64
Chateaubriand，夏多布里昂，8，34，256，260，276
Chatel (ab.)，沙泰尔神父，253
Chénier A.，安德烈·谢尼埃，24，77
Citanna G.，朱塞佩·奇塔那，85
Corneille，高乃依，31，145

Dante，但丁，22，30，31，80，273
Daudet，都德，287—290，318
Donadoni E.，欧金尼奥·多纳多尼，85
Donnay M.，莫里斯·多尼，227
Dostoiewski，陀思妥耶夫斯基，192

Erasmo，伊拉斯谟，150

Faguet，法盖，94
Ferrari G.，朱塞佩·法拉利，253
Flaubert，福楼拜，148，258，259，266—278，314
Fogazzaro，福加扎罗，146
Foscolo，福斯科洛，7，21，22，25，76—89，134，172，321

Garibaldi，加里波第，253
Gastineau，加斯蒂诺，253
Gautier，戈蒂埃，260
Giusti G.，朱塞佩·朱斯蒂，165—171
Goethe，歌德，24，25，31，36，53，58，59，65，69，134，298，299，303，321，326
Gosse E.，艾德蒙·高瑟，69，70
Grossi T.，托马索·格罗西，74

Hebbel，黑贝尔，58
Hegel，黑格尔，42，124，174
Heine，海涅，172—185，225，323
Heinse，海因斯，77
Hobbes，霍布斯，81
Hoelderlin，荷尔德林，25，77
Houwald，侯瓦尔德，48
Hugo V.，维克多·雨果，132，248，252，253，254，323

Ibsen，易卜生，58，291—306

Kant，康德，41，42，54，174
Kleist，克莱斯特，52—59

Lacordaire，拉科代尔，258
Lamartine，拉马丁，132，259
Le Breton，勒·布勒东，239
Leconte de Lisle，勒孔特·德·利勒，260
Leibnitz，莱布尼茨，42
Lemaître，勒迈特，240
Lenau，雷瑙，104
Leopardi G.，贾科莫·莱奥帕尔迪，7，21，22，23，26，28，29，103—119，134，257，321，325

Machiavelli，马基雅维利，81

Maistre (de) J., 约瑟夫·德·迈斯特, 253

Manacorda Gius., 朱塞佩·马纳科尔达, 77, 85

Manzoni A., 亚历山德罗·曼佐尼, 21, 22, 106, 107, 133—150, 173, 243, 250—251, 319, 321, 322

Marino G. B., 焦万·巴蒂斯塔·马里诺, 21

Maupassant, 莫泊桑, 229, 325, 307—318

Maurras Ch., 查尔斯·莫拉斯, 322

Mazzini G., 朱塞佩·马志尼, 36, 77

Menandro, 米南德, 242

Mérimée P., 普罗斯佩·梅里美, 260,

Metastasio, 梅塔斯塔西奥, 10, 21

Michelet, 米什莱, 253

Molière, 莫里哀, 55

Momigliano A., 阿纳尔多·莫米利亚诺, 144, 149

Monti, 蒙蒂, 19, 21—30

Müllner, 穆尔讷, 49

Musset (de), 德·缪塞, 104, 226—239, 259

Niccolini G. B., 尼科里尼, 12

Nietzsche, 尼采, 241

Novalis, 诺瓦利斯, 77

Omero, 荷马, 325

Pagello, 杰洛, 192, 193

Parini, 帕里尼, 7
Parodi T., 帕罗迪, 170
Pascoli G., 乔万尼·帕斯科利, 24
Pellico, 佩利科, 12
Petrarca, 彼得拉克, 19, 31
Plutarco, 普鲁塔克, 7
Poe, 坡, 254, 256, 258
Portal M., 马里奥·波塔尔, 253
Prati G., 乔万尼·普拉蒂, 24
Puoti B., 巴西利奥·波蒂, 106

Racine, 拉辛, 31
Radcliff, 拉德克利夫, 49
Ranieri A., 安东尼奥·拉涅里, 112, 115
Rapisardi M., 马里奥·拉比萨尔蒂, 24
Rogeard, 罗雅尔, 253
Rousseau, 卢梭, 7, 9, 33, 77

Sade (de), 萨德侯爵, 254
Sainte-Beuve, 圣伯夫, 90, 91, 96, 240, 248, 256
Saint Simon, 圣西门, 174
Salfi F., 弗朗哥·萨尔非, 25
Sand G., 乔治·桑, 186—206, 207, 209, 228, 259
Sanctis (de) F., 弗兰西斯科·德·桑克蒂斯, 104, 107, 112, 117, 118, 143, 149
Scalvini G., 乔维塔·斯卡尔维尼, 133, 134, 141
Schelling, 谢林, 42, 174
Schiller F., 弗里德里希·席勒, 20,

31—44，49
Schlegel G.，威廉·施莱格尔，10
Schopenhauer，叔本华，39，104，174
Scott W.，沃尔特·司各特，65—75，150，210，242
Settembrini L.，塞滕布里尼，115
Shaftesbury，沙夫茨伯里，42
Shakespeare，莎士比亚，8，18，33，36，58，65，77，239，253
Smiles S.，塞缪尔·斯迈尔斯，67
Sofocle，索福克勒斯，18
Spinoza，斯宾诺莎，42
Staël (di)，斯塔尔夫人，10
Steiner C.，卡洛·斯坦纳，23
Stendhal，司汤达，90—102，260

Taine，丹纳，66，240
Tasso，塔索，80，326
Teofrasto，泰奥弗拉斯托斯，242
Tieck，蒂克，77

Tolstoi，托尔斯泰，318
Tommaseo，托马塞奥，173

Valera J.，胡安·巴莱拉，218
Verga G.，乔万尼·维尔加，107
Verlaine P.，保罗·魏尔伦，45
Vico，维柯，79，141，241
Vigny (de) A.，阿尔弗雷多·德·维尼，104，120—132，260
Virgilio，维吉尔，30
Voltaire，伏尔泰，8，130，147

Werner Z.，扎卡里阿斯·维尔纳，41—51，58
Winckelmann，温克尔曼，260

Zola E.，爱弥尔·左拉，146，279—287，288，289，318
Zumbini B.，博纳文图拉·尊比尼，22—23

译后记

一

当"文学与思想译丛"的主编张辉老师邀请我翻译本书时,我的内心喜忧参半。欣喜自不言而喻,对于曾经的文学学习者和自诩为终身的文学爱好者而言,能翻译这位那不勒斯思想巨擘的文学批评作品,自然是一件光荣的事。但忧虑随即也接踵而至。我并非专业的文学研究者,我所从事的欧洲法律史研究在当代的学科分类中距离文学相去甚远,除了担忧在翻译过程中会犯下对文学从业者而言一目了然的错误外,更是怕辜负了张辉老师的好意。

然而,最终促使我接下这项翻译任务的,是我认为的思想史在某种程度上的共通性和亲缘性。如果说,文学思想是某个时代的精神切面在作为物质的文学素材上的体现,那么同时代的法律思想一定会与文学思想共享这种时代精神(Zeitgeist),哪怕是在最广泛和最宏观的层面上。克罗齐在《十九世纪欧洲史》中涉及的自由主义、抵抗运动、浪漫主义与民族主义,毫无疑问在法律思想中都能一一找到对应物,那么,克罗齐所著的19世纪欧洲文学史必然也是以这些"主义"为思想基石,人为筛选和建构而成的文学史。这是我最初的想法。

就克罗齐的思想本身而言,我心中同样有更深层次的忧虑。原因在于,每每阅读克罗齐的美学、哲学和历史理论著作时,我感受到修辞的力量要大于理论的力量,换言之,倾倒于克罗齐理论语言的力量并不难,但确信自己准确把握了他思想的经纬度,却是一件难事,比如"一切历史都是当代史"的真正含义是什么,何为"直觉",何又为"激情"。读研期间,我曾在北大中文系旁听了李欧梵先生的"中西文化关系与中国现代文学"系列讲座,其中一讲便是关于朱光潜、克罗齐和维柯。因此,在我的印象中,甚至在中文世界里,朱光潜、克罗齐和维柯是一组美学的文化意象。然而,克罗齐的思想不仅限于美学。

许多年过去了,中文世界对于克罗齐的研究和翻译不仅没有得到发展,甚至有些停滞。他的《历史唯物主义和马克思主义经济学》(1900)、《作为纯粹概念的逻辑学》(1905)、《实践活动的哲学:经济与伦理》(1909)、《精神哲学》(1912)、《诗与非诗》(1923)和《诗学:诗歌与文学批评及历史导论》(1936),以及关于个别诗人的专题研究等皆未被翻译成中文。

译后记

二

《诗与非诗：十九世纪欧洲文学札记》初版于1923年，是克罗齐对于"表达"（espressione）类型学的首次尝试。本书副标题又名"札记"，表面上看仿佛是作者的文学阅读笔记，实则是作者于13年后出版的理论著作《诗学》的一次预先"田野调查"。

什么是"表达"的类型学呢？我举书中的几个例子试做说明。比如在评论席勒时，克罗齐说到，有那么一群人，"他们是智慧的和严肃的作家，却不是诗人"；在谈论"感动"时，他会说，"感动通过它所带来的痛苦，偶尔会上升为诗"；在评价克莱斯特的短篇小说时，他说，"这是一件讲述得很好的逸事，但并非诗的篇章"，同时他还认为克莱斯特的天分是二流的，是演说家的天分，"在他身上也许没有真正的诗性之地"；在评价贝谢特大众化的"人民诗歌"时，他说，就这些诗歌的内部而言，它们其实是一种教诲和情感的演说术；在讨论阿尔菲耶里的《讽刺诗》（Satire）时，克罗齐毫不客气地说，它们本质上是散文，强烈且具原创性的散文，时不时地接近诗。

以上所举的大部分例子在现代文学体裁分类中都属于诗歌，但在克罗齐这里，它们却可以是散文、逸事和演说，因为只有诗性的表达才是诗。这样的阐释似乎有些语义反复，让我们进一步来分析他的诗学。

克罗齐的第一步是将诗与哲学分离，这是他的文化与精神偶像维柯带来的启发。在解释维柯的整体哲学时，克罗齐认为维柯是第一个发现美学原理的人,而维柯的诗学则是一个革命性的创新。维柯(也是1911年的克罗齐本人)将诗定义为人类心灵的初级活动。人类在到达形成普遍性的阶段前,先形成想象的观念;在他用清晰的思想进行反思前,他先用混乱纷扰的能力去理解;在他能清晰地吐字发音前,他先唱;在用散文体说话之前,他用诗体演说;在用专业术语之前,先用隐喻——运用隐喻的方式传情达意对他来说就像天生本该如此一样,我们称之为"自然而然"。因此,诗与形而上学(哲学的代名词)的风尚相去甚远,它与形而上学判若云泥,甚至是相对立的两种事物。按照某种人类学的顺序来说,没有诗,就不会有哲学,也就不会有人类文明。

1918年,52岁的克罗齐出版了《自我评论》(*Contributo alla critica di me stesso*),思想家借此对其内心世界和思想历程做出了阶段性总结。克罗齐认为自己当下的思想状况是:美学上是个德·桑克蒂斯唯心主义者,道德和一般价值观上是个赫尔巴特主义者,在历史理论和一般世界观上是个反黑格尔主义者和反形而上学者,在认识论上是个自然主义者或智力至上主义者。而真正引发他兴趣并迫使他进行哲学思考的东西,是艺术、道德生活、法律等问题,再往后就是他准备致力于研究的历史方法论问题。

在精神哲学的总体框架下,成熟期的克罗齐细化了他的哲学与诗学(美学)。哲学作为一种精神的创造性活动,被具体化为一种历史方法论,甚至在某种程度上等同于史学。而诗则并非某种特定时代或人类群体（如原始时代）的表达，也不是某种生理机制（甚至是病态机制）的产物，更不是一种享乐主义的发明或某种特定社会关系或结构的结果与反映。它既非魔法或幻觉的作品，也非宗教教义或任何其他形式教义的愉悦伪装。诗是精神永恒创造的果实，是人类自由精神力量的一种表现形式，是人类精神某一时刻审美价值的创造性表达。

直至1936年《诗学：诗歌与文学批评及历史导论》的出版，克罗齐才将散落在《诗与非诗》以及其他地方的关于诗的阐释理论化。在《诗学》中，克罗齐将人类的表达大体分为五种：情感的或直接的表达、诗性的表达、散文式的表达，演说式的表达和文学表达。除了最为直接和下意识的情感表达外，散文、演说和文学表达与法律和政治类似，在克罗齐的精神形式分类中，皆属于实践活动哲学，或者哲学经济学。演说带有某种说教的目的，在古典时期常常与民主政治密不可分。散文与想象力和梦想无关，它处理真实的事物。文学表达则属于另一个范畴，它是文明和教育的一部分，类似于礼貌（cortesia）和教养（galateo）。

唯独诗性的表达是精神性的，不仅如此，它还具备普遍（universalità）和完整性（totalità），充满至高的想象力和创造性幻想。因此，我们再也不能说诗是声音、音调、色彩、线条、浮雕、气味、味道或其他具体事物，因为它既是这一切的融合，又不特别是其中的任何一种。而最卑微的普罗大众的歌谣也可能是诗，只要它们散发出人性的光辉。

三

如上所述，19世纪在克罗齐的叙述中是自由主义、抵抗运动、浪漫主义与民族主义的世纪，而在19世纪的欧洲文学中，这些元素都是隐藏在诗与非诗背后的时代基调。但是，一种新的宗教，一种与诗紧密相联的新元素在这个世纪诞生了，那就是爱情。

在克罗齐看来，乔治·桑毫无疑问是欧洲1848年革命前20年道德生活最著名的代表之一。她首先在一个可以被称为"爱的宗教"的奇异乌托邦中强有力地代表了它，正是基于这种宗教特征，这个乌托邦区别于18世纪的感伤主义，带来了新时代的印记，一个没有上帝却仍渴望一个上帝的时代。爱情是主权者，它不允许其他情感瓜分它的王国，所有其他的激情和行为都要臣服于它，服务于它，接受它的规则。它是唯一且永恒的。当它看起来有不同的对象时，那是社会的过错，是社会用愚蠢的和僭主式的法律妨碍了它；或者是物质世界的过错，是它们扰乱了它。它的本质是坚贞与忠诚。谁爱上了一个不爱他的人，就应该尊重被爱之人的激情，因为客体有差异，爱情要求自我牺牲，好让激情在绝对的自由中举行和享受神圣的仪式，在这种牺牲中，义务得以完成，完美爱人的英雄主义才得以实现。

波德莱尔则讽刺了爱情。爱情作为人类最崇高、最高贵和最温柔的表达，爱的激情作为英雄主义的形式，是将其对象神圣化的色情崇拜。他凝视色情的深处，意识到"爱情唯一和至高的乐趣在于作恶的确定性，男性和女性一出生就知道，所有的乐趣都

译后记

源自恶"。波德莱尔戏谑地说,爱是一种犯罪,其中"最令人厌烦的是它永远需要一个共犯"。任何将它道德化的尝试,在爱情中引入"忠诚",仿佛想要"以神秘的合意结合阴影与热量,夜晚与白天",都是徒劳。19世纪的小说中出现了一种人物类型,他们以恋爱作为职业,以激情和痛苦作为人生基调,而激情和痛苦有时候可以上升为诗。

世人常将诗与爱情相提并论,认为它们是一对姐妹花,在克罗齐看来,诗更像是爱情的落幕,倘若整个现实都燃烧殆尽于爱的激情中。

四

翻译也可以是一个思想的过程。在翻译本书的过程中,时常回荡在我脑中的诘问是,21世纪的中国人为什么要/会对19世纪的欧洲文学感兴趣,或者说,19世纪的欧洲文学对于21世纪的中国人意味着什么?

从未阅读过克罗齐任何作品的人或许也会听说过"一切历史都是当代史"的说法,我曾以为,克罗齐这句话的意思是,一切历史叙事(非历史真相)都受制于或取决于历史写作者当下的心灵条件。然而,克罗齐在《历史理论》的第一部分《历史、编年史和伪史》中解释到,严格意义上说,"当代"历史只能指那种在事件发生同时产生的历史,作为事件的意识而存在。例如,我在书写这些页面时所创造的历史,就是对我书写行为的思考,这种思考与书写行为本身必然紧密相连。在这种情况下，它被恰当地称为"当代"，正因为它，如同每一个精神行为一样，超越了时间（超越"先"与"后"）。它在与之相连的行为发生的"同时"形成，但通过一种并非时间性的、而是观念上的区分，与该行为区分开来。

如此看来，我原先的理解与克罗齐的本意在逻辑上正好相反，即，并非心灵条件决定了历史写作，而是在进行历史写作的同时，它分离和彰显了区别于写作本身的思考和观念世界，我想，这个思考和观念中自然包含着写作行为的目的与意义。如果将选题、翻译、出版整体视为一个事件，那么与该事件同时产生的观念又是什么呢？

至少对我而言，那观念是19世纪的产物——自由，更准确地说，是最低限度的自由。它不是不被专断意志干涉的自由，亦非不必经过许可、不必说明动机而迁徙的自由，更不是表达个人意见的自由，而是仅仅以一种最适合某个群体的本性或幻想的方式消磨几个小时的自由，一种超越本土主义和民族主义的、想象另一种道德世界的自由。

五

本书的翻译和出版首先要感谢北大中文系的张辉、张沛两位老师，这几年与两位老师的交往，使我一直维持对文学和思想史的热爱，也让我的审美与道德感愈发坚固。同时要感谢商务印书

译后记

馆的孙祎萌和童可依两位编辑，是她们的细心编校才让这本书有机会与读者见面。行文至此，我突然怀念起之前住所附近的一家意大利餐馆，它的名字叫 DIVO，本书的大部分翻译工作都是疫情期间在这家餐馆中完成。在很长一段时间内，这家餐馆白天都只有我一位顾客。上午我会点上一杯意式浓缩和一杯温水，然后开始翻译。中午再点一份意大利面，直到天黑才离开。我原本想，本书出版后可放一本在餐馆的书架上。但在结束翻译后不久，它就倒闭了。

Et amici, sequimini non inferiores!

郭逸豪　于北京昌平寓所
2024 年 12 月 2 日

图书在版编目（CIP）数据

诗与非诗：十九世纪欧洲文学札记 /（意）贝内德托·克罗齐著；郭逸豪译. -- 北京：商务印书馆，2025. -- （文学与思想译丛）. -- ISBN 978-7-100-24607-1

Ⅰ. I500.94

中国国家版本馆CIP数据核字第20243BK707号

权利保留，侵权必究。

文学与思想译丛
诗与非诗
十九世纪欧洲文学札记

〔意〕贝内德托·克罗齐 著
郭逸豪 译

商 务 印 书 馆 出 版
（北京王府井大街36号 邮政编码100710）
商 务 印 书 馆 发 行
北京盛通印刷股份有限公司印刷
ISBN 978-7-100-24607-1

2025年5月第1版	开本 880×1240 1/32
2025年5月第1次印刷	印张 11½

定价：88.00元